제주의 영원한 호텔맨
김광욱 회고록

제주의 영원한 호텔맨
김광욱 회고록

시련과 역경을 딛고

을 이루다

2023년 7월 10일 초판 1쇄 인쇄
2023년 7월 22일 초판 1쇄 발행

지은이   김광욱
펴낸이   김혜라

편 집   김성철 김서연 이영주
디자인   최진영
마케팅   김현정 손준혁 김채영

펴낸곳   도서출판 상상미디어
주 소   서울시 중구 퇴계로30길 15-8, 5층(필동, 무석빌딩)
전 화   02-313-6571~2
팩 스   02-313-6570

ISBN 978-89-88738-07-8(03810)
값 14,800원

제주의 영원한 호텔맨 김광욱 회고록

시련과 역경을 딛고 꿈을 이루다

김광욱 씀

상상미디어

차례

3

섬소년,
제주 호텔의 꽃이 되다

4

소중한 가족,
내 삶을 빛나게 하다

5

좋은 분들과
인생길을 함께 걷다

6

나누고픈 얘기와 글

책을 내며

지나온 세월 뒤돌아보니

앞만 바라보며 정신없이 바쁘게 살아온 세월이었다. "말띠해 오전에 태어났으니 너는 부지런히 움직여야 살 수 있다."고 한 어머니 말씀대로 경주마처럼 전속력으로 부지런히 치열하게 달려왔다. 내 앞에 놓인 길을 따라 쉼없이 달리다 보니 어느덧 나도 모르는 사이에 여든의 나이를 훌쩍 넘어서게 되었다.

긴 문장에 쉼표 하나 찍듯, 이쯤에서 내 삶을 반추하며 지나온 여정을 기록으로 남겨야겠다는 생각이 들었다.

내 연배의 사람들 대부분이 그렇듯 나 역시도 일제강점기에 태어나 해방과 6·25전쟁을 겪고 경제적 궁핍 속에서 힘들고 고단한 삶을 살아왔다. 특히 제주에서 나고 자란 나는 4·3사건으로 형님 가족을 잃는 아픔을 겪어야 했고, 남부러울 것 없던 우리 가족은 하루 아침에 가난에 내몰리게 되었다.

가족이 살 집을 지으며 생긴 빚을 갚기 위해 월남전에 참전해 생과 사의 갈림길을 숱하게 오가며 전우들이 다치고 죽는 것도 지켜봐야 했다. 하지만 해병대 훈련과 월남참전은 나를 강인하게 성장시켰고 "안 되면 되게 하라"는 해병대 정신으로 세상에 맞설 용기와 당당함을 가르쳐주었다.

공무원의 꿈은 연좌제로 막혔지만, 나를 받아준 제주 최초의 민영 관광호텔인 제주관광호텔에서 웨이터부터 시작해 뉴경남호텔 총지배인까지 오르는 등 45년간 호텔리어로서의 삶을 살아왔다. 군인이나 교사, 공무원을 꿈꿨던 내가 그 길과는 전혀 다른 호텔리어를 평생 직업으로 하여 살게 될 줄은 몰랐다.

우리 인생이란 만사분이정萬事分已定 부생공자망浮生空自忙이라 했듯이, 세상만사는 내가 하고 싶다는 대로 되는 것이 아니고 이미 정해진 길을 정신없이 걷는 것이란 말이 이 나이 되고 보니 새삼 고개가 끄덕여진다.

동생들 학비와 아픈 동생의 치료비를 책임져야 하는 형으로서 그리고 가장으로서 늘 책임을 다하려 애써왔다. 배움의 끈을 놓지 않고 주경야독하여 마침내 59세 나이에 1999년 관광호텔경영학 학사학위와 '자랑스러운 만학도상'도 받았다. 나의 희망과 꿈을 이룬 것이다.

1997년이 호텔의 꽃이라 불리는 총지배인이 되는 기쁨과 보람의 해였다면 2005년은 가장 아프고 슬픈 해이다. 휴일도 휴가도 없이 호텔 일에만 매달린 나를 대신해 묵묵히 내조하며 집안을 이끌어온 아내가 병을 앓다가 세상을 먼저 떠난 것이다. 부모님 봉양에 집안 대소사부터 자식들 가르치고 건사하는 것 등 내가 해야 할 모든 역할까지 맡아 하던 아내였다.

오죽하면 딸이 내게 "아버지는 국가, 사회, 직장에서는 존경받는 사람이지만 우리 집에는 0점짜리 아버지"라는 말을 했을까! 딸의 말은 주홍글씨처럼 마음에 깊이 새겨져 있다.

그런 부족함까지 채워준 아내에게 좀 더 다정하게 잘해 줄 걸, 이젠 곱고 예쁜 옷과 맛있는 것도 실컷 사주고, 가고 싶은 곳에도 원 없이 데려갈 수도 있는데… 그러지 못한다는 사실이 내 마음을 한없이 아프게 한다.

아내가 떠난 지 18년이 지났지만 못해준 것만 생각나 눈물이 앞을 가릴 때가 많다. 이 글을 쓰는 순간에도 아내가 사무치게 그립고 보고 싶다.

아내는 곁에 없지만 잘 자라서 가정을 꾸린 자식들과 부쩍부쩍 커가는 손주를 보는 즐거움이 요즘 나를 행복하게 한다. 그리고 나의 손길을 기다리는 농원의 귤나무들 돌보며 수확하는 보람이 위안이자 기쁨이다.

종친회 일도 맡아 하면서 선조와 후손을 위해 나름대로 노력과 정성을 기울였고, 마을회장을 4년 맡아하면서 구남동을 제주에서 모범 마을로 만든 일은 흐뭇한 기억으로 남아 있다.

이만하면 감사한 축복받은 삶이다.

남의 존경을 받을만한 명예나 부러움을 살만한 권세도 갖지 못하고 내세울만한 자랑거리도 지닌 유명인도 아닌 사람이 책을 낸다는 데 대해 망설임도 없진 않았다. 책의 홍수시대에 나까지 끼어들어 행여 남들 눈에 자화자찬의 자랑이나 과시로 비춰질까 염려와 고민도 적지 않았다.

이 책은 나의 진솔한 고백서이다. 후손들에게 우리 가문의 뿌리에 대해 알리고, 자식들에게 손주들에게는 할아버지인 내가 어떻게 살아왔는지 가감없이 알리는 데 그 뜻이 있다. 그리고 나를 아는 친인척과 친구와 동료 선후배를 비롯한 모든 사람들이 이 책을 통해 좀더 나를 이해하고 가까워져 남은 여생동안 정을 나누며 살아갔으면 한다.

흐릿해진 기억으로 인해 혹시라도 정확하지 않거나 잘못 표현된 부분에 대해서는 양해를 구한다. 나주 김씨 문중에 대해 우리 후손들이 자부심을 갖고 친인척간에 정을 나누며 화목하게 지냈으면 하는 바람이다. 어려운 환경 속에서 좌절하지 않고 언제나 주어진 자리에서 도전과 열정과 최선을 다한 내 삶의 여정이 후배들과 후손들에게 용기를 주고 인생을 살아가는데 있어 작은 이정표가 되었으면 한다.

책의 출간에 앞장서 준 자식들에게 고마움을 전하며, 도서출판 상상미디어 대표에게 감사드린다.

책을 출간하고 나니 마치 어깨에 큰 짐을 내려놓은 듯 홀가분하면서 한편으로는 세상에 내놓으려니 두렵고 부끄럽기도 하다. 영국의 대문호 셰익스피어는 "인생은 연극무대이고 인간은 그 무대에 선 배우"라고 했다. 내 인생의 무대가 언제 막을 내릴지 모르지만 마지막 그날까지 내게 주어진 역할에 최선을 다하며 열심히 살아갈 것을 다짐해 본다.

2023년 7월
김광욱 씀

고난 속에서
희망을 향해 나아가다

1

평생 아물지 않는 핏빛상처를 남긴 4·3사건으로
유년시절의 짧은 행복은 끝이 나고
형네 가족을 잃는 아픔과 헤어날 수 없는 가난 속에서도
꿈을 이뤄줄 공부만큼은 놓지 않았던 학창시절.
끊임없이 인내하고 도전했다.
어느 한 순간도 최선을 다하지 않은 때가 없었다.
숱한 시련과 극복을 담담히 겪어내며 그렇게 나는 희망을 향해 나아갔다.

고난 속에서
희망을 향해 나아가다

우리 가문에 대하여

바쁘게 정신없이 돌아가는 세상이다. 모두가 앞만 바라보며 뒤처지지 않기 위해 전력질주를 한다. 과거보다는 미래에 초점이 맞춰지고 행여 "나 때는 말야."라며 과거 이야기라도 꺼낼라치면 '꼰대' 소리를 듣는 게 요즘 세상이다.

과거 없이는 현재가 없고 미래도 올 수 없다. 그렇듯 현재의 '나'를 있게 하고 내 이름에 가장 첫머리에 붙은 '성'의 기원을 거슬러 올라가면 먼 과거에 가문과 조상님이 계신다. 혈통은 그 집안의 문화와 전통과 가치관, 품성, 골격 등을 구성하는 인자로 수천 년, 수백 년 선조로부터 자자손손 후대에 대물림되어 이어진다. 사람의 근본을 이루고 가문의 특성을 결정짓는 중요한 요소이기도 하다.

그러나 지금의 나를 있게 한 조상님들과 혈통에 관심을 갖는 젊은 사람들이 과연 얼마나 될까?

나무에게도 수종이 있고 동물에게도 류가 있듯이 사람에게도 근본이 있다. 내가 어디서 비롯되어 어떤 선조들의 자손인지 그 뿌리를 알아야 한다. 내 자식과 손주들 그리고 미래에 태어날 후손들만큼은 우리 가문과 선조님들에 대해 관심을 갖고 잘 알았으면 하는 마음이다. 최소한 나의 성인 김씨에 깃든 내력과 위로는 어떤 조상님들이 계셨는지는 아는 것이 후손된 도리가 아닐까 싶다.

우리 집안은 나주 김씨 인충공파 위남공계 후손이다. 나주 김씨의 시조는 김운발로 신라 경순왕의 둘째 아드님인 김황의 맏아들이다. 《조선씨족통보》의 기록에 의하면 "부친 김황이 신라가 망하자 해인사로 들어가 삭발을 하고 법명을 범공으로 불가에 귀의하였고, 고려는 그분의 두 아들을 예우하여 첫째 아들 김운발을 문하시중으로 나주군에 봉하고, 둘째 아들 김우발은 경주군 봉했다"고 한다. 김운발 시조부님이 나주군에 봉해진 것을 따라 후손들이 본관을 나주로 하였다.

나주 김씨가 제주에 터를 잡고 살기 시작한 건 고려 말 1403년경으로 추정된다. 14세 김인충 영장공은 그 당시 강화진좌령랑장 지금의 김포위수사령관이었는데 이성계가 조선을 건국하자 벼슬을 버리고 제주에 낙향한 것이 그 시작이다. 영장공께서는 제주시 애월 구엄 지경에 터를 잡고 농사를 지으며 생활하셨다. 이분이 제주 입도 시조가 되신다.

그리고 입도조 6세인 김성조 선조께서는 1555년 조선 명종 때 을묘왜변 당시 김수문 목사와 같이 치마돌격대와 70명의 효용군을 이끌고 적진에 돌격해 남수곽 동쪽 구릉에서 1,000명의 왜적을 물리치는 큰 공을 세운 분이다.

김성조 선조의 장남 김용호는 순천 방답첨사를 지내셨는데 이분의

아드님인 21세입도 8세 봉직랑예빈사첨정 위남공이 바로 위남공계의 중시
조가 되신다. 이분이 제주시 영평동에 정착하면서 설촌을 하여 현재에 이
르고 있다. 인충공파의 5개공계 중에서 인원수가 절반이 넘는 위남공계
는 종손가로서 제주도를 비롯하여 전국에 분포하고 있으며 500여 년 동
안 집성촌으로 명맥을 잇고 있는 영평당평듸을 중심으로 종친들이 단합과
친교 활동을 펼치고 있다.

인충공 묘제

　입도 16세인 행行자 방方자 공公이 나의 왕고조부이며, 고조부는 종
宗자 수洙자 공公으로 치일致鎰과 치용致傭 두 아드님을 두셨다. 두 분 모두
글 공부를 좋아하여 학문에 힘쓰셨으며 특히 치용공은 진사에 합격했지
만 부친과 형이 돌아가시어 집안을 이끌기 위해 벼슬에 나아가지 않으셨
다. 조부는 기基자 선先자 공公은 내가 네 살 무렵 작고하시어 기억에 없고
부모님께 들은 이야기가 전부다.

　할아버지께서는 농사일도 하는 한편 인근 마을을 다니며 집을 지어

아버지와 어머니

주는 건축일도 하신 덕에 부를 이루어 너른 농토와 목장밭을 사들이셨는
데 내가 알고 있는 옥토만해도 2만 평이 넘었다. 할머니는 독실한 불교
신자로 절을 자주 찾아 불공을 드렸는데 손주들이 아프면 가서 빌어주었
다고 한다.

　아버지영永자 규홀자는 영평 하동에서 목축업을 하는 기계 유씨 집안의
7남매 중 큰딸인 유임생과 혼인을 하였다. 4·3사건이 일어나기 전만 해
도 우리집은 잘 사는 축에 속했다. 한라산 자락의 해발 100~300미터에
위치한 영평동 중산간마을에서 아버지는 농사일과 목축업을 제법 크게
해서 번 돈으로 밭을 많이 사들이셨다.

　술을 무척 좋아했는데 아마도 4·3사건 이후로 가세가 기울자 더욱
술에 의존하셨던 것 같다. 어머니는 제주의 여성들이 그렇듯 부지런하여
탕건 만드는 일을 하여 용돈을 모을 정도로 잠시라도 손을 놓지 못하고
늘 바쁘게 움직이는 생활력 강한 분이셨다.

짧았던 행복의 기억

"광욱아. 너는 아침 열 시에 나왔기 때문에 평생 움직여야 살 수 있을 거야." 내가 어릴 때부터 어머니는 마치 예언이라도 하듯 이렇게 말해 주곤 하셨다. 돌이켜 생각해보니 그 말씀이 맞았다. 평생을 부지런히 정신 없이 말처럼 달렸기에 내가 지금껏 살아올 수 있지 않았나 싶다.

어머니가 이렇듯 나의 생을 예견하신 데에는 그만한 사연이 있다.

나는 1942년 음력 6월 5일, 4남 2녀 중 차남으로 태어났다. 음력 6월 즈음하여 제주에서는 여름 농사인 조를 심기 위해 밭을 조성하기 시작하는데 이때 애 어른 할 것 없이 가족들은 물론이고 소와 말의 발까지 이용하려 모두 동원된다. 밭을 갈아 좁씨를 뿌리고 나서 발로 밟아주어야 하는데 그렇게 하면 씨가 자리를 잡아 잘 자라기 때문이다.

내가 태어나던 날, 어머니는 만삭의 몸을 하고서도 조밭을 밟기 위해 가족들과 일찌감치 밭으로 가셨다. 그리고 발에 힘주어 꾹꾹 밟기를 반복하던 중에 진통이 와서 나를 출산하신 것이다. 막달이면 가만히 서 있는 것만으로도 힘든 때인데 오랜 시간 서 있는 힘껏 밟기를 해댔으니 성격 급한 내가 안 나오고 배겼겠는가!

그때가 오전 10시 무렵이었다. 그해가 임오년 말띠 해에다 여름 아침에 태어났으니 말처럼 달려야 하는 팔자를 타고났을 거라고 어머니는 나름의 사주풀이를 하신 모양이다. 명리학이나 역술에 대한 공부를 한 것은 아니지만 아마도 주변에서 주워들은 사주팔자 지식으로 아들의 미래를 짐작하셨는데 얼추 맞추신 것 같다.

내가 태어난 가시나물영평 상동 1845번지 집에는 조부모님과 부모님을 비롯해 대가족이 함께 살았다. 그렇다고 한 지붕 아래에서 같이 산 것은 아니다. 제주에서는 결혼을 해서 일가를 이루었으면 독립가구를 이루는데 하나의 울타리 안에 같이는 살지만 각각의 집이 별도로 있다. 가장 안쪽 집에 조부모님이 살고 그 옆집에는 아들 내외, 그 아랫집으로는 손주 내외가 사는 식이다. 한 울타리 안에 있지만 독립가구인 셈이다.

위로 형인 병국과 누나 순옥, 순자, 순오가 있고, 동생 광진이 광식이가 태어났다. 할아버지의 지시로 형은 어릴 때 큰아버지영永자 배培자의 양자로 출계되었다. 그리고 우리 형제들이 원래는 '병'자 돌림이었으나 6촌 형제들의 '광'자 돌림을 따랐다. 형은 병국에서 광열로 개명하였으나 호적 정정이 안 되었고, 내 처음 이름은 병돈이었지만 아버지가 개명을 위한 절차 대신에 사망신고를 한 후, 1944년 9월 5일에 광욱이란 이름으로 출생신고를 다시 하셨다. 나는 호적에서 두 번 태어났다. 그래서 질긴 명줄을 타고난 모양이다.

아버지가 목축업을 해서 집에는 외양간이 늘어서 있고 집 마당에는 소와 말 30마리 정도가 있었다. 장남머슴도 세 명이나 됐는데 겨울철에 신소라는 연못으로 물을 먹이러 소와 말을 몰고 가고는 했는데, 머슴 등에 업혀 가며 즐거워하던 기억이 지금도 생생하다. 남부러울 것 없는 집안에서 가족들의 귀여움을 많이 받고 자랐다. 어머니와 누나들의 따뜻한 보살핌 속에서 부족함 없이 지냈다.

그 시절을 떠올려보니 좋은 일도 있었지만 힘든 일도 있었다.

1946년 여름, 제주에 콜레라호열자가 유행했다. 그해 8월 말까지 도

내 708명의 환자 중 369명이 사망한 것으로 기록돼 있고, 이후 20여 일 동안에도 424명의 환자가 발생한 것으로 보아 당시 실제 사망자는 더 많았을 것이다. 마을에서는 환자의 집 둘레에 돌담을 쌓아 출입을 막아 확산을 예방했다.

이 무렵 할머니도 콜레라에 걸려 돌아가셨다. 혹여라도 병이 퍼질까 우리 집 주변을 가시덤불을 쌓아서 집 밖으로 나오지 못하도록 했다. 마치 조선시대에 중죄인에게 내리는 형벌인 위리안치처럼 외부와는 차단된 채 집 밖으로 한 발짝도 나갈 수 없었다. 할머니의 장례도 제대로 치르지 못한 걸로 기억된다.

한동안 가족 모두 집안에 갇혀 지내는 신세였다. 한창 밖에 나가서 뛰어놀 나이에 그러지 못하니 답답한 건 둘째 치고 마실 물조차 부족했다. 밥 지을 물조차 길러 나갈 수 없었다. 사는 것이 말이 아니었다.

그러던 어느 날, 이를 보다 못한 어머니가 몰래 나가서 물을 길어왔다. 그걸 알게 된 5촌 당숙이 찾아와 "외지 병을 옮기려 하느냐!" 소리치면서 어머니를 야단했다. 남도 아닌 친척이 너무 한다는 생각이 들어 야속하고 원망스러웠다.

하지만 그도 그럴 것이 권투를 했던 5촌 당숙은 마을의 호열자관리위원장에 해당하는 직함을 맡고 있었기 때문에 가족이라고 예외를 둘 수 없었던 모양이다.

그 일이 있은 이듬해, 내 나이 다섯 살 때 서당으로 천자문을 배우러 다녔다. 훈장님은 우리 집안 삼촌뻘 되는 분인데 아주 엄하고 무섭게 가르쳤다. 그곳에는 나보다 위 연배의 형들도 공부를 하고 있었다. 나는 혼나지 않기 위해 열심히 배웠다. 집에 와서도 읽고 외우기를 반복했다. 오래지 않아 천자문과 동문선습을 모두 읽을 수 있게 되었고 서당에 다닌지 두 달 만에 1등을 차지했다. 부모님은 크게 기뻐하셨고 떡을 해서 서당에 갖고 와 모두가 나눠 먹은 기억이 난다.

서당에서 공부 말고 내가 또 해야 하는 일이 있었는데 그건 바로, 함께 공부하는 형들이 시키는 일이나 심부름을 하는 거였다. 겨울 어느 날인가는 형들이 나에게 소쿠리에 있는 절간 감자를 몰래 가져오라고 시켜서 그걸 가져와 나누어 먹다가 들켜서 훈장님께 크게 혼이 난 적도 있다.

그러나 이런 행복한 시간은 유년시절 잠시뿐이었다.

비극의 서막

나를 포함한 제주 사람들에게는 75년이 지난 지금까지도 아물지 않은 깊은 상처가 있다. 바로 제주 4·3사건이다. 직접 겪지 않은 육지 사람들에게는 제주도에서 일어난 단순한 사건으로 기억될지 몰라도 그 사건은 제주 사람들에게 일제강점기나 6·25보다 더 큰 고통과 아픔을 안겨준 대사건이자 참사였다.

당시 제주 인구가 30만이었는데, 제주 4·3평화재단이 밝힌 공식 자료에 의하면 사망자 1만 245명, 행방불명 3천578명, 후유장애자 163명, 수형자 245명으로 제주 인구 10분의 1에 가까우니 그 시절을 살았던 사람 대부분은 가족과 친지, 지인이 그 사건과 연결되어 있음을 의미한다.

가옥 4만여 채가 소실되고 중산간 지역의 상당수 마을이 폐허로 변할 정도였으니 전쟁을 겪었다고 해도 과언이 아닐 것이다.

제주 4·3사건은 1947년 3월 1일을 기점으로 1948년 4월 3일 발생한 소요사태부터 1954년 9월 21일까지 제주도에서 발생한 무력충돌과 그 진압과정에서 주민들이 희생당한 사건을 말한다.

이 사건의 시작점은 해방 후로 거슬러 올라간다. 해방 이후, 제주도는 육지와 마찬가지로 혼란스러운 상황이었다. 독립의 기쁨과 기대로 가득찬 흥분 속에서 사상과 이념의 대립으로 갈등이 고조되고 있었다. 이런 상황에서 독립운동을 이끈 다수의 좌익과 우익, 그리고 친일세력까지 가담한 조선건국준비위원회와 제주도인민위원희가 결성된다. 이들 단체의 세력을 견제하던 미 군정은 1946년 제주를 전라도에서 독립시켜 도로 승격시키고 일제에 부역한 이들을 군정경찰로 중용해 치안을 맡기면서 갈등이 생기고 미군정에 대한 불신이 커지게 되었다.

당시 흉년이 계속된 데다가 일본으로 건너갔던 제주도민 중 6만여 명이 귀국한 상태라 극심한 실업난과 흉년, 생필품 부족을 겪고 있었고, 미군정과 정부에 대한 불만은 최고조에 이르게 된다.

그러다 1947년 3월 1일, 민주주의 민족전선이 주최한 제28주년 3·1절 기념식에서 경찰이 총을 쏘는 바람에 주민 6명이 사망한 3·1사건이 일어난다. 이 일이 도화선이 되어 급기야 1948년 4월 3일 제주도에 무장봉기가 일어나고, 이에 대한 무자비하고 끔찍한 진압이 시작된다.

그해 음력 10월부터 대토벌작전이 펼쳐져 많은 수의 양민이 잡혀 들어가고, 10월 8일에 제주도 전역에 계엄령이 선포되기에 이른다. 사흘 뒤인 10월 20일 이후 전도 해안선에서부터 5킬로미터 이외 지점 및 산악지대에 무허가 통행금지를 알리는 포고문이 발표되었다.

토벌기간 동안 낮에는 국군과 경찰이 마을을 장악하고, 밤에는 인민유격대와 좌익세력들이 점령하기를 반복했다. 밤에는 남로당 인민유격대가 나타나서 주민들을 마구 학살하였고, 낮에는 국군과 경찰이 나타나 의심스러운 징후가 보인다면서 민간인을 살상하였다.

제주도민들은 이유조차 모른 채 총칼 앞에 스러져갔다. 일제강점기에 일본인들에게 당한 고초와 상처가 채 잊히고 아물기도 전에 같은 민족, 같은 국민에게 또다시 고통을 겪게 된다.

1948년 8월 15일 대한민국을 수립한 정부는 제주에 군 병력을 증파하여 강력한 진압작전을 시작하고, 대대적인 강경토벌작전이 제주 전역에 내려졌다. 일명 '초토화 작전'으로 불리는 이 작전에 따라 중산간 마을에 대한 대대적인 진압작전이 시행됐다. 토벌대는 중산간 마을 주민들을 해안마을로 강제로 소개시키고 100여 곳의 중산간 마을을 불태웠다. 소개령을 전달하지도 않고 방화와 학살을 저지른 곳도 많았다. 해변 마을로 소개해온 사람이라 할지라도 가족 중 한 명만 사라지면 '도피자 가족'이라 해서 총살했다.

10월 11일 경비사령부가 설치되어 해안에서 5킬로미터 이상 들어간 중산간지대를 통행하는 사람은 폭도로 간주해 총살하겠다는 포고문이 발표됐다. 이때부터 군경토벌대는 중산간 마을에 불을 지르고 주민들을 집단으로 살생하기 시작했다. 1949년 4월 1일 미군 정보보고서에는 '1948년 한 해 동안 1만 5000여 명의 주민이 희생되었다. 그중 80퍼센

트가 토벌군에 의해 사살됐다.'고 기록되어 있다.

이러한 혼란스러운 상황에서 아버지는 소 한 마리와 말 두 마리만 남기고 그 많던 소와 말을 전부 처분했다. 그리고 오래지 않아 소 한 마리와 말 한 마리도 다른 사람에게 넘겼고, 마지막까지 남아 있던 말까지 팔려고 하는 걸 보고 나는 아버지한테 매달렸다.

"아버지. 이 말까지 팔면 안돼요. 팔지 마세요."

울면서 애원했지만 소용없었다. 눈만 뜨면 보고 만지고 가끔 올라타기도 하던 가족 같고 친구 같던 말을 볼 수 없다는 슬픔과 허전함에 그날 얼마나 울었는지 모른다. 서럽게 우는 손자가 안쓰러웠는지 목축업을 하시던 외할아버지는 기르던 회색털의 총마 망아지 한 마리를 가져다 주셨다. 그제서야 나는 눈물을 멈출 수 있었다. 아마도 이 눈물이 앞으로 벌어질 불행의 전조가 아니었을까! 그 이후 우리 가족은 형언할 수 없는 아픔과 고난을 겪어야 했다.

1948년 추수가 채 끝나기도 전이었으니 음력 10월 초순쯤으로 기억된다. 어둠이 내리기 시작할 무렵 "영평동에 토벌군이 와서 사람들을 죽이고 집에 불을 지르려고 한다."는 다급한 소식이 전해졌다. 부모님의 표정에서 사태의 심각함이 고스란히 전해졌다.

아버지는 황급히 나를 업고 아랫동네 쪽을 향해 내달리기 시작했다. 희미한 어둠 속에서 피신하는 이웃들이 보였다. 빠른 걸음으로 산길을 내려가는 아버지의 등에서 행여 떨어질세라 나는 양팔로 아버지의 목을 힘주어 끌어안았다. 한참을 달리다 보니 아버지의 등이 땀으로 축축하게 젖어 있었다.

도착한 곳은 황새왓 밭이었다. 어둠이 내려 사방이 컴컴한 밭에 숨어 조짚으로 하늘을 가리고 그곳에서 하룻밤을 새운 다음 집으로 돌아왔다.

그날 이후, 집안 분위기는 심상치 않았다. 심각해진 어른들의 표정이 금방이라도 무슨 일이 일어날 것만 같았다. 불길한 예감은 이내 현실이 되었다.

음력 10월 17일 영평동에 말로만 듣던 토벌군이 들이닥쳤다. 총을 들고 떼로 몰려와서 집에 불을 지르며 사람들을 마구 총으로 쏘아 죽였다. 아비규환이 따로 없었다. 무슨 영문인지 모른 채 사람들이 죽어갔다.

우리집도 예외는 아니었다. 그날 아버지는 아파서 방에 누워있었는데 토벌군이 들이닥쳐 마주 선 채로 총을 겨누며 형을 찾았다. 나는 겁에 질린 채 벌벌 떨면서 그 장면을 지켜보았다. 아랫집에 살고 있던 형은 피신을 한 상태였다. 형수는 몸이 아파서 어린 조카 두 명과 집에 남아 있었는데 토벌군은 형수와 조카를 죽인 다음 집에 불을 질렀다.

토벌군이 돌아간 다음에 가서 보니 시신들은 전부 검게 다 타서 조카들은 형체를 알아볼 수 없을 정도였다. 힘없는 아녀자와 어린애들을 죽인 것도 모자라 시신을 불태운 무자비한 악행에 가족들은 분노하며 치를 떨었다. 하지만 우리가 할 수 있는 건 아무것도 없었다. 집안은 울음바다였다.

끔찍하게 죽은 조카들 모습이 계속 떠올라 나는 한참 동안 먹지도 못하고 잠도 잘 수 없었다. 동물에게도 저렇게는 못할 텐데 심지어 사람이 사람에게 어떻게 저럴 수가 있는지 토벌군들이 원망스러웠다. 그날의 끔찍했던 충격은 잊을래야 잊을 수 없는 아픈 기억으로 남아 있다. 그 생각만 하면 지금도 심장이 벌렁거리고 눈물이 앞을 가린다.

피난살이의 고난과 설움

피난 갔던 형이 돌아와 형수와 조카들의 시신을 이불에 싸서 우리 집 하귤나무 밑에 묻었다. 아내와 자식을 동시에 잃고, 그것도 아주 참혹 모습으로 보내주어야 했던 형은 어깨가 축 처진 채 넋이 나간듯한 모습이었다. 장례도 치르지 못한 채 가족들은 눈물과 아픔을 속으로만 삭여야 했다.

우리는 슬퍼할 새도 없이 당장 입을 옷가지와 수저 몇 벌, 그리고 보리쌀 두어 말을 이고 진 채 서둘러 피난을 갔다. 목숨을 부지하기 위해 정든 집을 떠나기로 한 것이다.

부모님과 큰누나와 작은누나, 나와 동생 이렇게 여섯 식구가 간단한 짐만 꾸려 험한 길로 걷고 또 걸었다. 도착한 곳은 광양 고산동산 밑에 있는 아버지의 큰 외삼촌네 집이었다. 작은방 하나를 빌려 머물게 되었는데 그러나 그곳도 안전하지 않았다.

열흘 정도 지났을까? 영평 사람인 오 모와 강 모가 우리 가족을 죽이겠다고 하면서 순경을 데리고 왔다. 아버지는 밖에서 나는 소리에 황급히 나를 업고 냅다 달리기 시작했다.

이미 형수와 조카의 죽음을 목격했던 나는, 잡히면 그렇게 될지 모른다는 생각에 두려움으로 온몸이 떨려왔다. 그들이 따라오는 것만 같아 연신 뒤를 돌아보았다. 독지골 제석사를 지나고 대미소큰물와 계동을 지나 땟골물을 건너 영평에 도착하였다. 가는 중간에 마을 청년들을 만났는데 형 이름을 대니 가라고 하여 위기를 넘길 수 있었다. 아버지가 향한 곳은 우리가 살던 영평동 옛집이었으나 가서 보니 집은 모두 불에 타고 검은 재만 바람결에 흩날리고 있었다.

하는 수 없이 다시 아버지 등에 업혀 영평 하동알무드내에 있는 외가로 갔다. 그러나 외가 상황도 마찬가지였다. 집이 거의 전소되어 머물 곳이 마땅치 않았다. 집 헛간에 외숙 가족이 지내고, 남은 한 칸 방을 우리에게 내주었다. 밖에서 "토벌대가 왔다!"는 소리가 들리면 누가 먼저랄 것도 없이 재빠르게 숨어야 했다. 매일 토벌대가 와서 온 동네를 샅샅이 뒤져 사람들을 찾아내서는 잡아가는 도중에 총으로 쏴 죽였다. 그 장면을 숨어서 목격했기에 토벌대가 오면 무조건 몸을 숨기고 멀리 산으로 도망가야 했다. 늘 긴장 속에서 살아야 했다.

며칠 후 떨어져 지내던 누나들이 견디다 못해 외가로 와서 함께 지냈다. 무드내에서 지내는 동안 우리 외가 친척들이 우리 삼 남매를 잘 보살펴 주었으며, 그 은혜는 평생 잊지 않을 것이다.

외삼촌 집도 안전한 피난처는 되지 못했다. 언제 죽을지도 모르는 절박한 상황이 이어졌다. 며칠이 지나자 큰 외삼촌과 아버지가 "너희들은 어머니에게로 돌아가라."며 결단을 내렸다.

우리 삼 남매는 다시 길을 나섰다. 늦가을 스산한 산길을 지나 못을 거치고 공동묘지 간월동을 지났다. 다리 아프고 힘든 줄도 몰랐다. 그러다 대나무 숲속에서 사람들을 만났는데 어린아이들인 우리 남매에게 이런저런 질문을 하였다. 그러다 우리가 형 이름을 대니 통과시켜 주었다.

소로길을 따라 지금의 영지학교까지 와서 광양에 도착하였다. 어머니를 만났다. 내 바로 아래 동생 광진이를 데리고 남의 아궁이 속에 숨어 지낸 덕에 무사했다고 하였다. 밤낮으로 총을 메고 다니는 순경과 군인들은 우리를 보호해 주기는커녕 공포의 대상이었고, 밤마다 동네 어른들을 붙잡아 갔는데 가족들조차 행방을 알지 못했다.

고산동산 밑에는 가옥이 열 채 정도 있었는데 어머니와 우리 사 남매는 들에 움막을 짓고 숨어서 지냈다. 얼기설기 나무로 엮은, 겨울 찬바람을 피할 길 없는 한 평도 되지 않는 임시거처에서 어미닭이 병아리를 품듯 어머니는 우리 형제들을 끌어안고 보듬어 온기를 나눠주었다. 먹을 것이 없어 배를 곯는 날이 많았지만 그래도 죽지 않고 살아있다는 것에 안도하며 숨죽인 채 살았다.

1948년 12월, 장정들은 죽거나 끌려가고 또는 피신을 한 상태라서 노동을 할만한 노인과 부녀자들은 모두 성을 쌓는 데 동원되었다. 중산간 지역에 소개령이 내려질 즈음이라 제주성 안을 제외한 제주 전역 마을 곳곳에서 성 쌓는 작업이 진행되었다.

어머니도 아침 일찍 나가서 흙가루를 잔뜩 묻힌 채 지친 모습으로 돌아오곤 했다. 누나들이 동생과 나를 돌보면서 번데기왓 작은할아버지 댁에서 채소를 거두고 심부름도 하면서 생활을 꾸려갔다. 동생은 어머니가 일을 나가서 젖도 못 먹고 또 먹을 만한 것도 없어서 배가 고파서 늘 울었다. 달래도 소용없었다. 큰할아버지가 시끄럽다며 데리고 나가라며 야단이었다.

우리 가족이 떠나온 후, 외가에서 비보가 전해졌다. 외할아버지의 부고였다. 가축들을 돌봐야 한다며 피난 가지 않고 집에 남아계셨다. 그러다 누군가 집에 불을 지르자 아끼던 소와 말들을 밖으로 나가도록 모두 풀어주고 화북으로 피난 가서 잠시 몸을 숨기고 계셨다. 1949년 음력 1

월 18일, 산에 흩어진 가축들을 돌봐야 한다면서 찾아다니던 할아버지는 수소못 입구에서 죽창에 찔려 목숨을 잃으셨다.

둘째와 셋째 외삼촌은 총을 맞고 돌아가셨다. 작은이모는 용강동으로 시집 가서 얼마 살아보지도 못하고 이모부와 함께 행방불명되었다. 우리는 형네 가족 네 명에 외가 가족 다섯 명 등 모두 아홉 명이 영문도 모르는 채 희생된 것이다.

이뿐만이 아니다. 우리 집은 4·3사건으로 인하여 황새왓 동서밭 1만 평과 불미터영평동 소재 5천 평을 비롯하여 골생이왓, 좃제미왓, 냉동왓, 천두왓, 간장목장밭 등 많은 밭과 임야들을 대부분 잃고 거지와 다름없는 떠돌이 피난민 신세가 되고 말았다.

겨울이 지나고 봄이 되자 아버지가 돌아오셨다. 우리는 제석사 옆에 군인 초소로 옮겨 살았다. 바람과 비만 겨우 피하는 정도의 낡고 좁은 공간이었지만 나는 한 데나 다름없는 움막보다는 지붕이 있어서 집 같아 보이는 이곳이 맘에 들었다. 하지만 살기 힘든 건 마찬가지였다. 제대로 입지도 먹지도 못한 채 봄에서 여름, 가을, 겨울까지 가족 모두 그곳에서 어떻게 견뎠는지 지금 생각하면 기적과 같다. 한편 이 즈음에 큰누나는 서울에 있는 집으로 양녀로 보내졌는데 입 하나 덜기 위한 자구책이었으니 지금 생각해도 정말 가슴 아픈 일이 아닐 수 없다.

영평 집을 떠나온 지 일 년 만에 밭에 농사를 지으려고 부모님과 누나가 그곳 밭에 가서 일하려 하자 영평동 사람들이 몰려와 때리고 괴롭혔다. 아버지는 더 이상 영평동에서는 살 수 없다는 걸 깨닫고 끝까지 갖고 있던 밭까지 팔아야겠다는 결심을 하였다.

이를 알게된 규해 할아버지와 셋째 아들인 현수 아저씨가 "조카들. 우리 구남동에 와서 같이 살게."하며 당신들 사는 집의 옆집 터를 사라며 소개해 주셨다. 황새왓 서쪽 맡판이 밭 5천 평을 팔아 그 돈으로 이사할 준비를 하였다.

가을부터 집을 짓는다고 해서 나는 동생을 돌보는 틈틈이 매일 볏짚으로 새끼 줄 100발을 꼬아야 했다. 흙벽의 지지대와 지붕에 쓰이는 유용한 재료로 손에 쥐가 나고 손바닥이 부르틀만큼 힘들었지만 새집에서 살 수 있다는 생각에 힘을 내서 새끼를 꼬고 또 꼬았다. 집이 완성되었다.

비록 초라하기 이를 데 없는, 비바람만 겨우 피할 정도였지만 그래도 우리집이 생겼다는 사실에 동생들과 무척 신나 하던 기억이 난다. 구남동에 원래 몇 가구가 없었다. 김찬우네 가족과 김영준 씨네 그리고 서쪽에 규해 할아버지, 우리 가족, 이인배 가족 이렇게 해서 8가구 정도였다.

집을 지었지만 먹을 게 없어서 굶기가 예사였다. 그런 우리의 형편을 아는 규해 할아버지는 손자들을 시켜 우리 가족들에게 같이 밥을 먹자고 해서 따뜻한 밥을 몇 년 만에 처음 먹어보았다. 이것이 우리에게 희망을 주었다.

규해 할아버지의 은혜

우리가 살아날 수 있었던 데에는 암흑 속 한 줄기 빛처럼 사막의 오아시스처럼 우리 가족에게 인정을 나누는 마음과 손길이 있었기 때문이다. 제석사 식구들은 우리 사는 모습이 측은했는지 밥이나 과일을 종종 나눠 주곤 했다. 그리고 우리 가족이 살아가는데 든든한 울타리가 되어준 규해 할아버지의 고마움을 잊을 수 없다.

우리 식구가 생활하도록 보탬을 주신 것이 한두 가지가 아니었다. 우리가 굶지 않고 연명할 수 있었던 데에도 규해 할아버지 도움이 컸다. 보리 수확 때면 누나와 나에게 "밭갈이 가는데 따라와서 보리이삭 주워라." 하며 데리고 가서는 "앞에 가면서 주워야지 많이 줍지." 하며 되도록 많이 줍게끔 배려해 주셨다. 나무막대를 들고 밭고랑을 다니면서 양편의 곡식 대를 치며 우수수 떨어지는 조 이삭과 콩 이삭도 줍게 하셨다.

콩 타작하는 날이면 우리를 뒤늦게 밭으로 오라고 해서는 "떨어진 콩을 주워다 먹을 것 하라."고 일러주시며 막대기로 쳐서 떨어뜨려 주시기도 했다. 고구마 밭갈이하는 데도 따라오라 해서 누나와 소쿠리 들고 쫓아가면, 할아버지는 일부러 고구마를 발로 툭툭 차며 "얘야. 네가 다 주워라." 하여 그날 가족들이 실컷 고구마로 배를 채우기도 했다.

규해 할아버지가 베풀어주신 그 콩과 보리와 조, 고구마는 우리 가족의 허기를 달래는 귀중한 양식이 되었다. 인정을 베푸시되 구차하게 얻어먹는 것이 아닌 노동의 대가로 얻고, 스스로 구하는 방법을 알려주신 것이다. 규해 할아버지는 우리에게 살아가는 지혜와 사람답게 사는 법을 몸소 일러주시며 가르침을 주셨다.

규해 할아버지도 이전까지는 형편이 넉넉한 편은 아니어서 아들 다섯 중에서 둘째 아들을 양자를 보내기도 했다. 하지만 일본으로 건너간 큰아들이 잘 돼서 보내준 돈으로 밭을 사게 된 것이다. 무엇보다 규해 할아버지야말로 가슴에 큰 아픔을 담고 사시는 분이셨다. 셋째 아들은 행방불명, 넷째 아들 역시 민방위 훈련을 받는 중에 실종되어 소식을 모르고 막내아들은 우리와 같이 숨어다니다 잡혀 잡혀서 죽고 말았다.

원래 인정이 많은 분이시기도 했지만, 가난을 겪으셨기에 남 어려운 입장을 헤아리고, 자식을 셋이나 잃는 아픔도 있기에 큰아들 가족을 잃은 우리 부모님에게 동병상련의 마음으로 더 잘 해주셨던 것 같다.

형이 죽었을 때 우리 집에서는 장례비며, 산소자리며 어떻게 할 방도가 없이 손을 놓고 있었다. 그때도 규해 할아버지는 쌀 한 말을 갖고 오셔서는 "이것으로 장사를 지내어."하며 아버지를 위로하고 할아버지 옛 집터 입구에 자리도 내어주셔서 그곳에 형을 묻을 수 있었다. 늦게라도 내가 초등학교에 다닐 수 있게 된 것도 규해 할아버지의 도움이 있었기에 가능했다.

1959년 추석 전날, 사라호 큰 태풍이 제주를 강타하여 쑥대밭을 만들었다. 새로 지은 우리 집도 쓰러져 추석 차례도 못 지낼 상황이었다. 조상님 모시는 일을 지극정성으로 하시는 부모님이 망연자실하고 있는데 추석날 아침, 규해 할아버지가 꾸러미를 손에 들고 찾아오셨다. "차례 지내어." 할아버지는 손주네 집에서 장만한 제물을 건네셨고 그 덕분에 같이 차례를 지낼 수 있었다. 그리고 바퀴동산에 있는 나무 3개를 베어다가 손수 치목을 하고 다듬어 무너진 집의 기둥과 포도 새로 해주신 분도 규해 할아버지다.

특히 할아버지는 내게 더 마음을 써주셨다. 남의 집 소와 말을 봐주는 일을 하고 있는 내가 겨울에 물을 먹이러 갈 때면 "손자와 만옥이 하고 같이 가라." 하셨다. 혹여라도 덩치 큰 가축을 감당하지 못해 사고라도 날까 염려되셨기 때문이다. 독직골 삼동물에 가서 물을 먹이고 오면 고구마도 쪄서 주곤 하셨는데, 사실 할아버지는 당신 손자보다 나를 더 이뻐하셨다. 시험을 100점 맞아오는 날이면 나를 대견해하시며 흐뭇하게 바라보던 할아버지의 모습이 눈에 선하다.

규해 할아버지와 할머니는 주변 분들에게도 많은 사랑을 주셨다. 4·3사건으로 아들 삼 형제를 잃고 나면 원망과 분노로 자신을 돌보기는커녕 남을 챙기는 마음의 여유도 없을 텐데 두 분은 그러지 않으셨다. 죽은 아들들을 대신에 손자 손녀들을 위해 열심히 일하고, 없는 집에서 봄에 좁쌀 한 말을 꾸어가면 다음 해에 이자를 받지 않고 원금만 받으시는 등 은혜를 베푸셨다.

당신 밭을 누군가 필요하다고 하면 팔았다가 몇 년 지나서 더 이상 빚을 갚지 못하게 되면 값을 더 쳐주며 그 밭을 도로 사주기도 했고, 심지어 주변 밭까지도 전부 사주었던 일은 돈이 아무리 많아도 결코 쉽지 않은 일일 것이다.

마을 사람들이 먼 곳까지 물을 길러 가지 않고 식수를 마실 수 있게 해준 것도 규해 할아버지 덕분이다. 구름마을과 계동마을 주민들을 위해 기꺼이 땅을 내어놓아 우물을 파도록 한 것이다. 훗날 이 우물이 우리 마을 농업용수 역할까지 하게 되리란 걸 그 누가 생각이나 했을까! 또한 마을의 축산 발전에도 기여하셨다. 남촌에서 늘 1등 소만 고집하시며, 암소는 며느리와 손자에게 키우도록 했는데 이를 통해 마을에 좋은 종자가 번식될 수 있었다.

바퀴동산 솔나무 밭은 사계절 내내 구남동민들 삶의 터전이었다. 생계를 잇기 위해 솔잎이나 송진, 솔가지들을 모아 팔았는데 솔밭 주인인 규해 할아버지는 마음대로 갖고 가라며 너그럽게 이해하며 오히려 "잘하고 있다."며 격려까지 해주셨다. 반면에 다른 솔밭의 주인들은 자기들 땅에 들어오는 걸 못하게 했고 만약 몰래 주워 갖고 나오다 들키면 혼을 내며 빼앗곤 했다.

할아버지는 이렇듯 나보다 어려운 이웃을 위해 손해도 감수하며 도와주셨다. 우리가 본받고 따라야 할 덕목을 규해 할아버지는 몸소 행하며 가르쳐 주신 것이다. 우리 가족과 마을 사람들에게 한없이 베풀고 정을 나눠 주시던 규해 할아버지는 돌아가셨지만 지금도 내 마음속에 늘 살아계신다.

"규해 할아버지. 정말 감사했습니다."

형과 동생을 잃은 슬픔

'만약에 형이 살아있었다면······' 지금껏 살아오면서 나 혼자 감당하기 어려운 일이 있을 때마다 형 생각이 많이 났다. 형이 만약 살아있었다면 동생인 내가 고생하는 걸 지켜보고만 있지 않았을 것이고, 돈을 벌기 위해 애쓰기보다는 공부하라며 혼을 내고 모르는 건 가르쳐주었을 것이다. 형의 지원으로 공부에만 전념해 대학진학도 하고 원하는 목표도 이루지 않았을까 싶다.

설령 그렇지 않더라도 맏이 역할을 하는 내 곁에서 고민을 들어주고, 잘했다고 등 두드려 주고, 잘못했을 때는 야단도 쳐주는 형이 있었다면 고난과 역경의 내 인생길이 덜 힘들었을 것이 분명하다.

나이 차가 있기에 대하기는 어려웠지만 집안의 든든한 기둥처럼 의지가 되는 그런 형이었다. 학업에만 정진하는 동네에서도 모범적인 청년으로 18세 되던 해에 동갑내기 광산 김씨 김생을 맞이하여 가정을 꾸려 남매를 낳고 행복하게 지냈다. 그러나 4·3사건으로 누명을 쓰고 피신을 다니다가 서울 마포형무소에 수감되었다. 그 당시 머리에 먹물 좀 들었다 싶으면 죄다 끌려가 조사를 받고, 고문을 받고, 더러 죽던 시절이었다. 혐의만 있으면, 혐의가 의심되기만 해도 죽였다. 1950년 6·25전쟁이 발발하자 수감자들이 풀려났고 이때 형도 나올 수 있었다.

제주항까지 도착하긴 했으나 형의 몸 상태는 오랜 시간 고초를 겪어 제 스스로 몸을 가누지 못할 정도라 외당숙이 소달구지에 태워 우리 가족이 사는 초막으로 데려왔다. 형이 살아 돌아오자 부모님은 안도의 한숨을 내쉬면서도 걱정과 불안의 눈빛이 역력했다.

아니나 다를까! 석달 후, 예비검속 때 순경들이 집에 들이닥쳤다. 매질을 가하더니 죽이겠다고 엄포를 놓으며 형을 끌고 나갔다. 그러나 쇠약해진 몸이 채 회복되지 않은 상태에서 매질을 당하고 붙잡혀 가던 형은 가는 도중 쓰러졌다. 순경들이 놔두고 가버리자 아버지가 부축해 집으로 데리고 왔다. 결국 집에서 숨을 거두었다. 그날이 1950년 음력 9월 30일이다.

예비검속은 1950년 6·25전쟁이 발발하면서 당시 후퇴하던 국군과 경찰이 좌익 사상가 및 활동가와 좌익에 가담할 가능성이 있는 사람들을 잠재적인 적으로 간주해 살해한 것을 지칭한다. 예비검속으로 인한 희생자와 형무소 재소자 희생자는 3,000명에 이른 것으로 추정되지만 유족들은 아직 그 시신을 대부분 찾지 못하고 있다. 제주 내에서도 예비검속으로 인해 1,120명이 집단으로 수장되거나 총살, 암매장되었다.

형수와 조카들에 이어 형까지 세상을 떠나자 우리 집은 다시 슬픔에 잠겼다. 나이 차가 있어 어렵기도 했던 형이었기에 든든하게 의지가 됐었는데 마치 집의 기둥 하나가 빠진 듯 허전함이 더 크게 다가왔다.

우리 형제는 5남매만 살아남았지만 원래는 10남매였다. 형편도 그렇고 아버지 어머니 사이가 썩 좋았던 것도 아닌데 자식을 많이 두신 걸 보면 자식들은 모르는 부부만의 남다른 정이 있었던 모양이다.

그런데 애석하게도 큰 누나는 12살에, 형에 이어 남동생 세 명도 어려서 세상을 떠났다. 그중에서 광명이는 세 살 되던 해 천연두를 앓다가 갑자기 죽었다. 구남동에 살 때였다. 그날 학교에서 돌아와 보니 동생이 보이지 않는 거였다. 어머니한테 "우리 광명이 어디 가수광?" 물으니 어머니는 "병원에도 못 가고 죽었어." 하며 나를 안고 참았던 눈물을 쏟으셨다.

'내가 지금까지 어떻게 키운 동생인데 죽다니.' 어머니가 더 슬프실까 내색하진 못했지만 늘 한 몸처럼 붙어 지내며 키우다시피한 동생이 죽으니 내 살점이 떨어져 나간 듯 그 아픔은 이루 말할 수 없었다. '어찌 이런 일이 생긴단 말인가!'

어머니가 돈 벌러 아침 일찍 나가셨기에 광명이는 젖을 먹을 수 없었다. 배고픈 동생을 들쳐업고 이웃 아주머니들을 찾아다니며 젖동냥까지 해서 키운 동생이었다. 한 동네 사는 박원실의 어머니는 찾아갈 때마다 싫은 내색 안 하고 젖을 준 분이다.

어느 날인가, 배고파 우는 동생을 업고 아주머니를 찾아 나섰다. 보리밭에서 검질을 매고 있다가 일손을 놓고는 내 등에서 광명이를 받아 안고는 젖을 물리셨다. 그리고는 나에게 골갱이 호미를 주며 보리검질을 매라고 하였다.

나는 광명이가 젖을 다 먹을 때까지 아주머니를 대신해 호미질을 했다. 어린 나이에 고개를 숙인 채 쪼그리고 앉아서 하는 호미질이 결코 쉬운 일이 아니었지만 힘든 줄도 몰랐다. 그저 동생이 배부르게 젖을 먹은 것만으로도 기쁘고 흐뭇했다. 배불리 젖을 먹고 난 동생은 기분이 좋아 옹알이를 하고, 업고 왔다 갔다 하다 보면 이내 잠이 들곤 했다. 그렇듯 애지중지 보살피던 동생이 하루아침에 죽었으니 그 슬픔이 얼마나 컸겠는가!

그날 밤, 동생을 묻고 온 부모님은 내 앞에서는 슬퍼하지 않았지만 자식을 앞세운 부모의 심정이 어떠했을지 내가 부모가 되고 나서야 이해가 되었다. 속이 새까맣게 타들어가고 창자가 끊어지는 듯 애끓는 심정이셨으리라. 4·3사건으로 형네 가족을 잃은 것도 모자라 하루아침에 동생까지 잃은 그 충격은 너무도 크고 깊었다.

왜 우리집에는 힘든 일 슬픈 일만 일어나는지, 왜 이렇게 동생들을 잃어야 했는지 세상이 원망스러웠다. 돌도 지나서 반원 명부에도 기재된, 동네 사람들도 기억하고 옆집에 살던 병훈이 친척의 기억에도 남아 있는, 너무도 총명하고 건강했던 내 동생 광명이. 비록 세상에는 없지만 나를 보며 해맑게 웃던 그 모습은 내 기억 속에 또렷하게 남아 있다.

힘들지만 즐거운 초등학교 시절

집안이 이런 상황이다 보니 나는 아홉 살이 되어서도 학교에 가지 못했다. 그 사실이 부끄러워 동네 형들에게는 학교에 다닌다고 거짓말까지 했다. 등교 시간이면 학교에 가는 친구들이 그렇게 부러울 수가 없었다. 정말 학교에 다니고 싶었다. 하지만 부모님에게는 일절 내색하지 않았다. 고통과 불행을 보고 겪으며 나는 그렇게 일찍 철이 들고 있었다.

그런데 드디어 나도 학교에 갈 수 있게 되었다. 6·25전쟁이 한창인 1951년 가을, 또래보다 늦은 열 살 나이에 북국민학교에 입학했다. 1학년 1학기를 건너뛰고 2학기부터 시작했다. 동네 친구들은 동네와 가까운 남교와 광양교, 동교에 다녔는데 교육열이 대단하셨던 아버지는 집에서 멀더라도 제법 사는 집의 자제들이 다니는 학교에 다니도록 했다.

어려운 형편에도 자식만큼은 좋은 선생님들에게 배우고 좋은 친구들이 있는 학교를 다녀야 나의 성장에 도움이 된다고 판단하셨던 모양이다. 지금으로부터 70년 전에, 요즘 학부모처럼 학군 좋은 걸 따지신 것이다.

열 살짜리가 다니기에 8킬로미터 등굣길은 너무도 먼 길이었지만 비가 오나 눈이 오나 열심히 다녔다. 등굣길은 수업시간에 맞춰 걸음을 부지런히 재촉해야 했지만 하굣길은 친구들과 놀며 놀며 오는 놀이 시간이나 다름없었다. 하지만 우리집이 있는 구남동은 성 밖에 있는 집이라서 오후 5시가 넘으면 성을 넘어갈 수가 없기 때문에 그 전에 서둘러 돌아와야만 했다.

이른 봄에는 고산동산 위 넓은 묘지들이 있는 평지에서 친구들과 씨름도 하고 작은 공으로 축구도 했다. 산에 꿩이 많아서 늦가을부터 겨울방학에는 꿩사냥을 하기도 했다. 꿩을 때려 멀리서 다시 날리기를 세 번 정도 하며 놀면 꿩들이 힘이 없어지고 날지 못하게 될 때 잡으면 되었다. 어느 날 두 마리를 잡아서 당시 오천석 형이 대망이에서 요리해 나누어

먹던 기억이 있다.

그리고 학교에서 집 오는 길에 집안 친척인 김순택의 집이 있었는데, 순택이 할머니는 형편 어려운 집의 나를 가엽게 여기며 손주보다 더 자상하게 보살펴 주셨다. 집에 갈 때마다 따듯하게 대해 주며 간식도 챙겨주셨다. 순택이는 나보다 두 살 어렸지만 제 나이에 학교를 들어가서 한 학년 위였는데 그 책을 물려받아 공부할 수 있었다. 공부를 잘해서 훗날 피부과 의사가 되었는데 제주에서 꽤 알아주는 명의가 되었다.

국민학교 6년 등굣길 내내 나는 말처럼 달렸다. 저학년 때는 아기 조랑말이었다면 고학년이 되어서는 다리에 힘도 붙어 날쌘 준마처럼 달렸다. 구남동 집에서 출발하여 고산동산 보초막에서 한숨 돌린 후, 또다시 달려 몰방애간연자방앗간, 현 시청부근에서 잠시 쉬고, 호흡을 고른 후 또 뛰어서 옛 남문파출소까지 가서 잠시 쉬었다가 제주성당을 지나 학교에 도착하는 코스였다. 천천히 걸으면 두 시간도 훨씬 더 걸리는 길이라 뛰어야만 시간도 절약하고 수업시간에도 늦지 않게 도착할 수 있었다. 중고교시절에 육상 단거리와 장거리 선수로 활약하고 군에 가서도 달리기만큼은 남한테 뒤지지 않았던 것은 등굣길 달리기 덕분일 것이다.

하굣길은 그나마 여유가 있었다. 봄 여름 가을 겨울의 아름다운 사계절 풍광을 보고 느끼는 즐거움과 자연과의 교감은 훗날 내가 글줄을 끄적거리고 시를 쓸 수 있게 해준 감성의 자양분이 되었다.

녹초가 되어 집에 돌아오면 또 다른 할 일이 나를 기다리고 있었다. 부모님을 도와 농사일을 하거나 누나를 따라 솔밭에 가서 솔방울과 송진, 솔가지를 주워다가 한데 모아서 학교에 갈 때 지고 가서 팔았는데 초등학

교 시절에 칠성통에 있는 칠성이발소에서 땔감으로 사주었다. 작은누나
는 하루도 빠짐없이 솔잎이며 솔방울을 주워다 팔아서 내 월사금을 내주
었다. 지금은 중학교까지 의무교육이 돼서 육성회비 정도만 내면 되지만
내가 국민학교 다닐 때는 수업료에 해당하는 월사금을 다달이 내야해서
학교에 못 다니는 친구들이 많았다.

　나를 학교에 보내준 부모님과 누나가 고맙고 감사했다. 보답하는 길
은 공부밖에 없다는 생각에 졸린 눈 비벼가며 공부에 매진했다. 그 당시
전기도 들어오지 않아 각지불등잔불을 켜고 어두운 곳에서 늦은 밤까지 공
부하곤 했는데 어머니는 내가 자는 줄 알고 방의 등불을 끈 적이 한두 번
이 아니었다.

　곤궁한 형편으로 밥을 먹지 못해 생긴 배고픔은 얼마든지 견딜 수 있
지만 학교에 못 가면 죽을 것만 같았다. 장거리 통학길도 신나게 다닐 수
있었고 그만큼 학교가 좋고 공부가 재미있었다.

　"광욱아. 공부 잘하고 있으면 누나가 서울에 데려가 공부시켜 줄게."
서울에서 운수업을 하는 매형에게 시집간 큰누나의 말도 나를 더욱 분발
하게 만들었다. 내가 서울 가서 공부를 하게 되다니. 꿈같은 얘기였다. 믿
어지지 않았다. 사실 서울에 대해 막연한 동경이 있었다. 1, 2학년 때 서
울서 피난 온 친구들의 말투며 옷차림, 그리고 들려주는 서울 얘기는 딴
세상 같았다. 나와는 전혀 다른 좋은 세상에서 살다 온 애들 같았다. 서울
이란 곳이 궁금했다. 이런 상황에서 큰누나의 말은 내 맘을 한껏 기대로
들뜨게 했고, 더 열심히 공부하게 만들었다.

선생님과 친구들과의 추억

기침과 사랑은 아무리 숨기려 해도 감출 수 없다고 했는데 가난도 그러하다. 표가 나기 마련이다. 옷이라고 걸쳤지만 매일 매일 같은 옷에 그마저도 낡아서 찢어지고 바랜 옷을 입은 내 행색은 단번에 가난한 집 자식임을 드러나게 했다.

1학년에 들어가니 내가 속한 1반은 제주시에서 제법 잘사는 집안의 자녀와 6·25전쟁으로 뭍에서 피난을 나온 부잣집 애들이 많았다. 고급스러운 옷과 신발에 단정하고 깔끔한 모습이 나와는 다른 세상에 사는 아이들처럼 느껴졌다.

매일같이 해지고 낡은 옷을 입고 책가방이 아닌 책보자기를 둘러메고 다니는 내게 그 애들은 부러움의 대상이었다. 같은 반 친구이지만 다가가는 것조차 어렵고, 그 친구들 앞에 서면 초라하기 그지없는 내 모습에 잔뜩 주눅이 들곤 했다.

내가 그 애들보다 잘할 수 있는 거라고는 공부밖에 없었다. 공부만큼은 지고 싶지 않아서 열심히 하였다. 반 학기 다니고 2학년이 되었다. 송순자 선생님이 담임을 맡았는데 뭍에서 피난을 오신 분이었다. 열심히 가르쳐 주셨고, 나는 열심히 공부했다. 그 결과 학년을 마치며 우등상을 타서 부모님이 매우 기뻐하셨다.

가난한 집 아들인 나를 측은하게 여겨 따뜻하게 대해준 선생님들이 있는 반면 그렇지 않은 분도 계셨다. 3학년 때 담임인 전상림 선생님은 정말 잊히지 않는 고마운 분이다. 나의 어려운 형편을 아시고는 공책도 사주시고 빵집에도 여러 번 데려갔다. 허겁지겁 빵을 먹고 있는 내게 "열심히 공부하면 나중에 훌륭한 사람이 될 거란다."라며 따뜻한 격려의 말씀도 해주셨다. 어떤 날은 우동도 사주셨는데 그 따끈한 국물과 면발의 맛은 지금도 잊을 수가 없다.

어린 마음에 선생님이 그렇게도 고맙고 감사할 수가 없었다. 선생님께 보답하는 길은 공부를 잘하는 것밖에 없다고 생각하고 그런 날이면 더 열심히 공부를 했다. 특히 산수는 언제나 좋은 점수를 받았다.

6학년이 되어 중학교 진학을 앞두고 있어서 공부에 더 신경을 써야 했지만 집에 돌아오면 농사일과 집안일이 기다리고 있었다. 부모님과 누나가 고생하고 있는 걸 보고 그냥 지나칠 수 없었다. 일하다 보면 어느새 어둠이 내렸고 저녁을 먹은 다음 늦은 시간에서야 책을 펼 수 있었다. 공부하랴 집에서 일하랴 괴로움도 많았다. 그런 와중에도 공부는 뒤지지 않았다.

김태운과 고순양, 김영훈, 김제홍, 김종원 등이 경쟁자였는데 나는 이 친구들한테 지지 않으려고 이를 악물었다. 여러 과목 중에서 산수는 늘 좋은 점수를 받았다.

학교에 다니며 소풍날만큼 기다려지는 날이 또 있을까! 잘 사는 집 애들은 도시락과 과일에 간식까지 싸가지만 우리 집에서 들고 갈 거라고는 찐 고구마가 전부였다. 도시락을 펼쳐놓고 먹을 때면 다른 친구들과 비교가 되어 부끄럽기도 했지만 친한 친구들한테 얻어먹는 즐거움도 있었다.

6학년 소풍날, 고구마로 점심을 먹고 오후에 씨름경기를 했는데 어디서 힘이 났는지 내가 상대를 전부 이겨 1등을 차지했다. 선생님께서는 사과와 과자를 상품으로 주셨는데 어찌나 맛있던지 그때 먹은 그 사과의 새콤달콤한 맛과 입안을 행복하게 만들던 달고 고소한 과자맛은 지금 생각해도 입안에 침이 고일 정도로 맛있었다.

달리기 실력은 운동회 때마다 발휘됐는데 6학년 가을 운동회 10,000미터 마라톤 경기에서 1등을 했다. 다른 친구들은 운동화를 신고 달린 반면 나는 맨발이었다. 너덜너덜 헤지고 뜯어진 신발이 달릴 때 오히려 거추장스러워 맨발로 달렸는데 이걸 보고 주위에서 대단하다며 칭찬을 해 주었다. 상품으로 받은 공책과 연필은 중학교 가서 공부하는 데 요긴하게 쓰였다.

동생 광진이도 우리 학교에 들어와 같이 다녔는데 일제고사에서 내가 3등, 광진이는 2등을 해서 조회 시간에 형제가 나란히 상을 받기도 했다. 그때 정말 하늘을 나는 기분이었다.

구남동에서 온 가난한 집 형제가 수준이 높다는 제북교에서 나란히 상을 받은 것에 대해 교생실습을 나온 사범학교 예비선생님들이 우리 형제를 칭찬하며 격려해 주었고 부모님도 기뻐하셨다. 정말 꿈만 같았다.

그 당시 김관희중학교 입학 때 김죄근으로 개명란 친구는 남문통 성당벌에 살았는데 가다오다 그 집에 들러 숙제도 같이하곤 했다. 친구 부모님은 내가 갈 때마다 따뜻하게 대해주며 음식과 학용품을 주곤 하셨다.

친구였던 박상훈의 어머니는 경찰이었는데 경위 계급장을 달고 학교에 오곤 하셨다. 그 모습이 무척 멋있고 대단해 보였다. 4·3사건으로 공권력이 지닌 무소불위의 힘을 확인한 어머니는 우리 가족의 안위를 위해 경찰 '줄'이라도 잡고 싶으셨는지 상훈이와 잘 지내라는 말씀을 자주 하셨다.

어머니 당부의 영향도 없지 않았겠지만 상훈이와는 늘 붙어다니며 서로 돕고 공부도 하고 놀면서 단짝 친구로 12년을 지냈다. 지금은 관희와 상훈이의 부모님 모두 세상에 안 계시지만 그분들이 내게 주신 정과 추억은 그대로 남아 있다.

또 잊을 수 없는 친구는 신상훈과 김영택인데 이들과는 특별한 추억이 있다. 6학년 2학기 시작되고 얼마 지나지 않은 어느 날, 담임선생님이 우리더러 실습지에 김장에 쓸 배추를 심으라고 시키셨다. 우리 세 명 모두 농사짓는 집 애들로 가정형편이 매우 어렵다는 공통점이 있었다. 셋이서 모종 심고, 물 주고, 거름까지 줘가며 정성 들여 키웠다. 그리고 초겨울이 되자 그 배추를 수확해 수레에 싣고 가서 차디찬 물에 배추를 씻은다음 선생님 댁에 갖다 드렸다.

초등학교 졸업사진

돌아오는 길이 얼마나 후련하던지. 농사란 일이 얼마나 마음이 가고 숱한 발걸음을 해야 하는 일인가! 물 길어다 나르고, 벌레까지 잡아가며 혹시 병이라도 들까 노심초사하며 그렇게 석 달의 시간을 함께 고생했기에 잊히지 않는다.

두 친구는 가정 형편이 어려워 졸업을 못하고 상훈이는 서울로, 영택이는 시골로 떠나 그 후로 소식이 끊기고 말았다. 그러다 어른이 되어 상훈이를 한번 만난 적이 있는데 "서울에서 사업하며 잘 지내고 있다."는 말에 내 마음이 흐뭇했던 기억이 있다.

———

고학생으로 다닌 제일중학교 시절

"광욱아. 중학교부터는 네 힘으로 벌어서 다녀야 한다."

"네. 제가 알아서 할테니 걱정마세요."

우리집 형편에 중학교 진학은 가당치 않은 일이었다. 학비는 물론 학용품이나 용돈까지 모든 것을 내 스스로 해결해야 한다는 전제조건이 붙었지만 부모님은 중학교 진학을 허락해 주셨다. 그것만으로도 다행이고 감사한 일이었다.

중학교에 가기 위해서는 입학시험을 봐야 했다. 당시만 해도 비평준화시대라서 성적 우수한 학생들이 가는 학교와 그렇지 않은 학생들이 가는 학교로 나뉘어져 있었다. 시험을 통해 입학 여부가 결정되었는데 제일중학교는 제주시에서 학부모와 학생들이 가장 선망하는 학교로 경쟁률 또한 높았다. 인근 초등학교에서 공부 좀 한다 하는 애들이 대부분 지원을 하기에 긴장을 하며 시험을 치렀던 것 같다.

나는 좋은 성적으로 합격해 신입생이 되었다. 1학년 A반에 배정되어 하순우 담임선생님의 지도 아래 열심히 공부하고 친구들과도 어울리며 재미있게 학교생활을 했다. 하지만 1학기가 끝나갈수록 마음은 더욱 무거워져만 갔다. 2학기 수업료 걱정 때문이었다.

부모님은 밭농사 일을 열심히 하셨지만 나와 동생들의 뒷바라지를 하기에는 역부족이었고, 작은누나가 집안일을 도맡아 하며 틈틈이 산에 나가 모은 땔감을 팔아서 생활비를 보태고 있었다. 나도 학교 갔다 오면 집에서 기르는 소와 말을 관리하고, 닭과 토끼를 길렀다.

어머니의 사촌 동생 이모부가 병아리를 부화시켜 갖고 오면 닭으로 키워 열 마리 중 다섯 마리를 돌려드리고, 나머지는 내 몫이 되는 거였다. 다섯 마리의 닭과 계란을 판 돈으로 학비를 모으고, 책도 사고 용돈으로도 썼다. 3학년 때는 남의 밭을 갈아주고 돈을 벌기도 했다. 장거리 통학에 공부하는 시간도 부족한데 집안일 도우며 내 돈벌이까지 하려니 정말 힘들었다. 하지만 나의 운명이라고 받아들였다.

이런 나의 애로사항을 잘 아는 오두진 선생님_{훗날 큰동서}은 "어려워도 열심히 해야 한다."며 늘 따뜻한 말로 격려를 해주셨다. 선생님에 대한 고마움은 이것만이 아니었다. 그 당시엔 수업료를 못 내면 정학처분을 받고 시험도 치르지 못했는데, 오 선생님께서 수업료를 대납해주신 덕분에 학교도 계속 다니고 시험을 볼 수 있었다. 2학년 때는 담임을 하셔서 정말 좋았다. 친형님처럼 의지가 되었고 보답이라도 하듯 공부에 최선을 다했다.

비록 가난한 학생이긴 했어도 중학교 생활은 여느 아이들과 별반 다

일중 간부와 선생님들

르지 않았다. 지금의 내 키는 중학교 때 그대로라서 당시에는 큰 편에 속했는데 친구들 앞에서 선서를 했고 3학년이 되어서는 규율부 활동을 하였다. 우리 학교에는 한국보육원, 평화보육원, 황성보육원생들이 많이 재학하고 있어서 싸움이 끊이지 않았는데 학생회장인 송영훈, 부회장 김창남 그리고 내가 봉사부장과 규율부를 맡아 교내질서 유지 활동에 앞장섰다.

하지만 친구들과 크게 싸워 다친 적도 있다. 우리 학교에는 광양교 출신과 화북, 봉개, 오라 외도를 비롯하여 제주시 외에도 먼 지역의 학생들이 많았는데 나는 그 친구들과 후배들을 많이 챙기고 도와주었다. 그런데 어느 날, 아라동에 사는 김용식 선배가 자주 쓴소리와 여러 가지 말시비를 거는 바람에 참다못해 내가 이를 따졌고 결국 싸움으로 번졌다.

그 다음 날 아라동 친구 10여 명이 나를 불러내 독지골 큰 산 터에서

10대 1로 싸움을 벌였고 나도 깡으로 맞섰지만 수에 밀려 온몸이 성한 곳 없이 맞고 말았다. 멍들고 터져 피까지 흐르는 몰골을 보며 혹시라도 걱정하실까봐 집에 와서는 내가 잘못해서 싸웠다고 둘러댔고, 학교에서는 담임인 오두진 선생님께서 걱정스러운 표정으로 "무슨 일이냐?" 물으셨지만 대답하지 않았다. 그 후에는 나도 오기가 생겨 싸움을 걸어 오면 피하지 않고 맞서서 반드시 이겨야만 했다.

그리고 중학교에서도 나의 달리기 실력은 인정을 받아 학교대표 육상선수로 많이 출전하였다. 학교대항 이어달리기대회에 초등학교 운동회에서 함께 주자로 뛰던 김창남, 강희삼과 같이 제일중 선수로 출전해 이 대회에서 우승을 차지하기도 했다.

중학시절에 빼놓을 수 없는 가장 큰 행사는 수학여행일 것이다. 지금이야 어려서부터 국내와 해외로 여행을 다니는 것이 일상처럼 되었지만 그 당시에는 학창시절 수학여행이 유일했다. 3학년 5월 말쯤, 경비를 어렵게 마련해 수학여행을 갔다. 집과 학교 외에 근방을 떠나본 적도 없고, 여행은 처음이기에 며칠 전부터 들뜨고 한껏 기대되었다. 가서 먹을 쌀과 반찬거리, 간식을 각자 준비해 트럭 4대에 나눠 타고 출발하는 것으로 여행 첫 일정을 시작했다. 트럭 적재함에 다닥다닥 붙어 앉아 배기구에서 뿜어져 나오는 역한 휘발유 냄새와 달릴 때마다 이는 뿌연 흙먼지를 고스란히 들이마셔도 그것조차 신이 났고, 차가 덜컹거릴 때마다 엉덩이가 차바닥에 부딪혀 아파도 우리는 즐겁기만 했다.

웃고 떠들고 때론 노래도 부르며 서쪽으로 달리고 달려서 몇 군데 견학을 마치고 서귀포에 도착하니 저녁때가 되었다. 서귀포중학교 뒤뜰에 모여 가마솥에다 밥을 지었는데 물이 적었는지 불 조절이 안됐는지 설어서 도저히 못 먹을 정도였다. 시장이 반찬이라고 허기진 우리는 그 밥을 모두 아주 맛있게 먹어치웠다.

요즘에는 제주에서 비행기를 타고 경주나 서울로 수학여행을 가기도 하고 타지의 다른 학교에서는 해외로 수학여행을 간다는 말을 들었는데 격세지감을 느낀다.

중학교 3학년이 끝날 무렵 고등학교 진학을 앞두고 진로를 정해야 했다. 나는 졸업을 하면 교사가 될 수 있는 사범학교 쪽으로 마음을 굳혔다. 인문계고를 나와 대학을 간다는 건 우리집 형편상 힘들 것 같았다.

어서 빨리 돈을 벌어 고생하시는 부모님의 부담을 덜어드리고 싶은 생각뿐이었다. 당시 사범학교의 경쟁률은 매우 높았다. 교사의 인기가 높기도 했고, 또 공부는 잘하지만 형편이 어려운 집의 아이들이 대다수 지원하기에 입시 경쟁이 치열했다.

제주사범을 지원하여 시험을 치렀다. 당연히 될 줄 예상했는데 낙방하고 말았다. 다른 과목은 잘 봤는데 내가 유독 약한 과목인 음악에서 점수가 낮아 떨어진 것이다. 초등학교 때부터 시험이라면 자신 있었는데 실망이 컸다. 부모님이나 학교 선생님들도 아쉬워하셨다.

나는 선생이 못될 바에는 육사에 가서 군인이 되어야겠다는 생각으로 인문계 고등학교 진학을 하기로 했다. 그 당시 제주에는 1951년 개교한 오현고를 비롯해 몇 개의 인문계 고등학교가 있었지만 일중의 3학년 선생님들 모두가 나에게 1955년 설립된 제주제일고등학교 입학을 권하였다. 제주의 인문계고교 중에서는 제일고등학교를 최고로 쳤다. 내가 제주일고에 입학해서도 김종업 교무부장 선생님이 매일같이 수업시간 중에 "인문계고 중에서는 제일고가 좋다."며 자주 말씀하시던 모습이 눈에 선하다.

일고로 마음을 굳히고 입학시험을 치렀다. 합격이었다. 성적도 좋아서 1학년 동안 장학생으로 학비 걱정 없이 공부할 수 있게 되었다. 더없이 즐거운 마음으로 졸업식에 참석했다.

제주일고생으로서 누린 기쁨과 자긍심

1960년 4월 4일 제주제일고등학교 입학식이 아침조회를 겸해서 운동장에서 거행됐다. 2, 3학년과 입학생 110명까지 포함해 전교생이 모인 가운데 진행됐다. 전 학년도까지 입학생이 60명도 채 되지 않았는데 학교 설립 3년 만에 100명을 넘어선 것이다. 하지만 그 이듬해 4회와 5회 때는 입학생이 각각 30명도 안 되어서 폐교 얘기까지 있었다.

1학년 때에는 우등상을 받아서 친구들의 부러움을 샀다. 나 자신도 기뻤다. 중학교에서 잘한다는 애들만 모인 학교라 걱정했는데 할 수 있다는 자신감도 들었다. 그런데 2학년이 되어서는 힘이 떨어졌다. 공부가 쉽지 않았다. 특히 영어는 단어 하나하나를 사전에서 찾아야 했는데 분량이 많아지니 힘들어졌다. 무엇보다 공부할 시간도 부족했다.

1학년 동안 학비에 대한 부담은 줄었지만 중학교에 입학한 동생 광진이의 학비를 마련해야 하므로 내가 나서지 않으면 안 되는 상황이었다. 수업을 마치면 칠성통까지 가서 애들을 가르쳤다. 동생들도 학비와 용돈을 마련하기 위해 일하고 공부하며 열심히 살았다.

일요일에는 농사일을 도와야 하고 시간이 되면 애들을 가르치러 갔다. 농사일 하시는 부모님을 대신해 집안일은 작은누나가 맡아서 꾸려나갔다. 그러던 어느 날, 한여름에 아버지가 병이 나서 앓아누우셨다. 어머니는 농사 지은 보리를 장에 가서 판 돈으로 약을 사서 아버지를 간호하셨다. 차도가 없자 돈을 들여 여러 방도를 찾다 보니 집안은 자꾸 어려워졌다.

나는 이 고비를 넘겨야겠다고 마음먹고 집안일이며 공부와 애들 가르치는 일도 열심히 했다. 부모님이 손을 놓으셨으니 농사일도 내 몫이었다. 어느 날, 동생 광진이를 데리고 뙤약볕 내리쬐는 조밭에서 검질김을 매는 데 얼마쯤 하다가 광진이가 더워서 못하겠다며 도망을 가버렸다. 힘들지만 어떡하든 열심히 살아보려는 형의 마음도 몰라주고 밭일을 전부 떠넘기고 가버린 동생이 무척이나 원망스럽고 한편으로는 서운했다. 그

동안 참았던 설움이 북받쳐 오르며 봇물 터지듯 눈물이 쏟아졌다. 검질을 하는 내내 얼마나 울었는지 모른다.

우리 학교는 학생 수가 적어서 다른 학교보다 단합이 잘 되었다. 선배들을 잘 받들어 모셨는데 이것이 전통으로 이어지는 교내 문화였다. 일고에는 북국민학교와 제일중 동창들이 많아서 즐겁게 지낼 수 있었다. 제주에서는 사는 축에 드는 친구들이라 나보다 형편이 훨씬 나았으나 시골에서 온 친구들은 너무나 어려웠다. 가재는 게 편이고 과부가 홀아비 심정 안다는 옛말처럼 나는 잘 살고 힘 있는 애들보다 가난하고 약한 친구들에게 더 마음을 쓰고 도와주는 편이었다.

일중 2학년 때부터 홍동기와 친하게 지냈는데, 중학교 2학년 때 한림에서 유학 와 같이 공부를 한 친구다. 남문통 임창기 후배 집에서 양만수 수학 선생님과 같이 한 방에서 자취를 했는데 집에 가면 친구가 밥을 해줘서 같이 먹곤 했다. 참 부지런한 친구였다.

그 친구 아버지가 한림에서 잡화점을 하였고 누나가 가끔 와서 있기도 했는데 동기 어머니는 몇 년 전에 돌아가셨다는 말을 들었다. 중학교 졸업하고 동기는 오현고, 나는 일고로 가서 헤어졌는데 하루는 이 친구가 찾아와 스탠다드 타임지 영자신문을 배달한다고 하여, 일중과 일고 학생들에게 배달할 수 있도록 부탁하고 나도 일고 선배 집과 후배들에게 배부하면서 배달비로 돈을 벌 수 있었다. 그 돈으로 동생들에게 용돈도 주고 필요한 책도 사서 보았다. 이것이 계기가 되어 광진이도 신문배달을 하게 되었고, 내가 월남 파병 갔을 적에도 영자신문 기사 덕에 받은 위문편지로 위안을 삼고 힘을 얻기도 했다.

고교 시절의 큰 행사는 1960년 5월 25일부터 3일 동안 제주대학 개교기념일에 맞추어 열리는 배구경기였다. 우리 일고는 2, 3학년 선수가 없어서 1학년만 선수로 참석하게 되었다. 농고, 오고, 상고, 한림공고와 일반직장도 선수는 있었으나 몇 팀 안 되고 여학교는 여고와 신고 두 팀이었다.

우리는 농고와 처음 경기에서 지고 두 번째는 한림공고와 붙어서 또 졌는데 한림공고는 배구를 잘해서 여러 번 우승한 기록이 있는 학교였다. 우리 일고는 여고를, 오현고는 신고를 응원하였는데 우리 일고는 학생 수가 170여 명밖에 안 되어 응원하는 데 힘이 없었다. 선후배들이 모여 힘찬 응원전을 펼치는 오고에 기죽지 않은 걸 보여주려 목이 터져라 외쳐야 했다.

결승전에서 오고와 농고가 만났는데 농고가 이기자 성난 오고생들이 들고 일어나서 학교 간 싸움이 벌어졌는데, 결승전에 오르지 못한 학교 학생들은 경기보다 흥미진진한 구경거리를 관전할 수 있었다. 두 학교의 싸움에서 수가 많은 오고가 밀어붙이자 위험을 느낀 농고생들이 달아나기 시작했다. 용연까지 갔는데 바로 앞이 바다라서 더 이상 도망갈 수 없게 되자 전부 물속으로 뛰어들어서 동쪽 마을까지 달아났다. 결승전보다 더 재미있었던 장외경기의 장면이 지금도 생생하다.

1961년 가을에 제주시에서 고등학교를 주축으로 단합대회와 고교 대항 시합을 하게 되었는데 나는 400미터, 800미터 육상선수로 뛰었다. 단체경기로는 학교 대항 기마전과 단합 원보경기 등이 있었다.

특히 기마전에는 정옥두 선생님 지휘하에 선수구성을 하여 말을 탄 선수는 상체에 피마자기름을 바르고 출전해 첫 대결에서 농고를 보기 좋게 이겼다. 기름에 대한 항의가 있었지만 "이것도 기술이다." 하면서 맞서니 김동규 도지사 보좌관이 승리로 인정하여 주었다.

다음 오고와 맞붙게 되었는데 주최측에서 기름기를 제거하라는 지시가 있어 수건으로 대강 닦고 출전했는데 역시 우리가 이겼다. 일고의 기세에 다른 학교는 기권하여 기마전 우승을 차지하였다. 나도 800미터 경주에서 1등을 차지했다. 마라톤에서는 고인이 된 김계방 친구가 우승하였다.

한편 원보경기는 학교나 단체별로 30명이 팀으로 출전해 운동장에서 신촌까지 뛰어 한 명의 낙오자가 없어야 우승할 수 있었다. 해병대 4기인 정옥두 선생님 인솔하에 끝까지 포기하지 말라고 독려하며 옆에서 호루라기도 불어주고 노래까지 부르게 한 덕분에 왕복 우승할 수 있었다. 그때부터 우리 일고 정신이 이어졌던 것 같다. 적은 인원으로 제주시에 있는 고등학교를 전부 물리쳤으니 영광이 아닐 수 없었다. 일고생이란 사실이 자랑스럽고 뿌듯했다.

1962년 가을에 전도체육대회 겸 단합대회가 열렸다. 다른 학교는 500~600명이 참석했지만 우리 일고는 300명이 안 되었다. 오고는 밴드까지 동원해서 떠들썩한 응원을 펼쳤다. 하지만 우리 학교는 기계체조 전승에 이어 철봉, 평행봉까지 우승하는 쾌거를 이루었다. 모든 학생들이 힘을 합쳐 일군 결과였다.

특히 축구는 농구화를 신고 시합에 임했는데 전반에 우리가 오고에 한 골을 내준 상태로 끝나고 후반에 들어서서 열심히 했는데도 만회 골이 나지 않다가 경기 끝나는 호루라기 소리와 동시에 오고의 골문을 뚫었다. 심판이 인정을 안하자 우리 학교 학생들이 모두 일어나 아우성쳤다. 그 당시에 제주도 학무과장이던 양치종 선생님이 '골인'을 인정해 연장전에 들어갔으나 체력이 소진되어 지고 말았다. 그러나 종합성적은 우승이었다.

우리 학생들은 함성을 외치며 학교로 향했는데 오고 학생들은 우리와 마주치지 않으려고 다른 길로 돌아서 갔다. 하순우 선생님은 "축구는 졌지만 종합우승을 했으니 진정하라."며서 우리를 달랬다. 일고의 근성과 위상을 널리 알린 그날의 일은 지금 생각해도 가슴 벅찬 감동으로 남아 있다.

학생을 가르치는 학생

내가 학생들을 가르치게 된 것은 동생의 학비를 마련하기 위해서였다. 동생 광진이가 일중에 입학했지만 부모님께서 학비를 내지 못하는 걸 보고 가정교사를 시작하였다.

그 당시 교장 선생님이 일가친척이라 아버지한테 "아버지. 교장 선생님께 사정해서 광진이 학비를 면제받을 수 있게 해주시면 안 될까요?" 하고 말씀드렸더니 "광욱아, 김씨 집안 누구 집안 학비 면제하면 학교는 무슨 돈으로 운영하느냐." 며 안된다고 하셨다. 부모님 역시 나한테 그랬듯이 광진이더러 학비와 용돈은 벌어서 다니라고 한 상황에서 형인 내가 학비를 보태줘야 동생이 학교를 다닐 수 있을 것 같았다. 초등학교 은사인 김국현 선생님을 찾아가 부탁을 드리니 국민학교 5학년 문정인과 문정윤을 가르치는 일을 소개해 주셨다. 열심히 가르친 결과 우등생이 되어서 학생들 아버지인 문태생 중선전기 사장님도 좋아하며 특별히 사례금도 주었다. 그리고 입찰에 쓰는 전각서 작성도 도와주었는데 다른 분들은 한자를 몰라서 못하는 것을 내가 처리해 주었다.

오두진 선생님도 "중앙인쇄소에서 초등학생을 가르쳐달라고 하니 한 번 가서 해보라."며 중앙인쇄소를 운영하는, 내 아내의 작은 이모 댁을 소개해 주었다. 5시에 학교 수업이 끝나면 칠성통까지 가서 문익영, 문명자, 문근영 삼 남매를 두 시간 동안 가르쳐 주었는데 집에 오면 8시가 될 때가 많았다. 성적이 올라가고 우등상을 받아 오니 무척 좋아하시고 제사가 있는 날이면 한 상 남겨 두었다가 내가 가면 차려 주셨는데 그 맛이 지금도 잊히지 않는다.

가정교사를 하면서 좋았던 일은 먹고 싶었던 쌀밥을 얻어먹을 수 있었다는 점이다. 끼니 때가 되면 가끔 학생들 집에서 식사를 하기도 했는데 많이 먹으면 눈치 보이고 해서 더 먹고 싶은데도 일부러 적게 먹은 적이 많았다. 굳이 그러지 않아도 됐는데 지금 생각하면 아마도 가난을 표 내고 싶지 않은 10대 후반의 자존심 때문 아니었을까 싶다.

애들은 공부를 잘해서 오현중에 입학했는데 문익영이가 중학교 입학할 때 좋은 성적으로 장학생이 되어, 졸업식에서 학부형 대표 말씀까지 하게 되었다는 말을 듣고 너무나 기뻤다. 익영이 부모님은 보너스를 주며 고마움을

명자, 아영, 서영과 함께

표했다.

잘 가르친다는 소문이 나자 칠성통 여기저기서 자기 자녀들을 가르쳐 달라는 요청이 들어왔다. 그 이후 여러 집을 다니며 애들을 가르쳤다. 4년동안 12명 가르쳤는데 대부분이 잘 살고 있는데 그 중 세 명이 먼저 세상을 떠나 섭섭함을 가눌 길이 없다.

앞이 보이지 않는 길

헤어나올 수 없는 수렁에 빠진 듯한 우리집에도 희망이 보이기 시작했다. 아버지가 건강을 회복하고, 4·3복지주택 융자금을 신청해서 나온 4만5천 원에 내가 대학 가려고 모은 돈 2만 원을 합쳐 기와집을 짓기로 한 것이다. 대학등록금으로 쓰려고 힘들게 모은 돈을 전부 내놓으면서도 가족들이 편히 지낼 수 있는 집이 우선이라고 생각했기에 아깝다는 생각이 전혀 들지 않았다. 부모님은 미안해 하셨지만 기와집을 짓기 위해서는 융자금만으로는 턱없이 부족했다.

1962년 10월부터 공사를 시작해 1963년도에 4칸 기와집이 완성되었는데 건축비 때문에 정말로 힘이 들었다. 건축이라는 게 예상했던 비용보다 더 들어가기 마련인데 감당할 수 있는 범주를 훌쩍 넘어서고 말았다. 방이 4개나 되고 부엌과 마루 등을 갖추어 집은 크고 좋아졌지만 공사비는 계속 증액되고 우리 형편은 이전보다 훨씬 못해졌다. 갚아야 할 빚 때문에 부모님은 남의 밭일까지 하고, 누나와 우리 형제들은 솔가지 꺾어 팔고, 돈 되는 일이라면 이것저것 해봤지만 빚은 좀처럼 줄지 않았다.

대학입시 준비에 매달려도 부족한 고3 시기에, 돈을 벌기 위해 가정교사 일도 한 군데를 더 늘려야 했다. 농협에 다니는 김온희 씨 댁에서 재규와 아영이를 가르쳤다. 내 공부를 할 시간에 애들 공부를 가르치는 내 자신이 한심스러웠지만 어쩔 수 없었다. 대학시험을 보았지만 잘되지 않았다.

졸업은 했지만 희망이 보이지 않았다. 작은누나가 시집가기 전까지는 같이 소나무밭에 가서 솔잎을 주우러 다녔다. 누나가 솔잎을 끌어모으면 나는 그것을 전부 한곳으로 모으는 역할을 했는데, 둘이 잔뜩 지고 와서 말린 다음 좋은 것을 골라 누나와 어머니가 동문다리 밑에까지 가서 팔았다. 몇 푼 되지 않았지만 우리 가족에게는 단 한 푼의 돈도 아쉬웠기에 쉬지 않고 했다.

제주제일고등학교 제6회 졸업기념 1963. 2. 15

누나가 시집간 다음에는 우리 두 형제가 누나 몫의 일을 맡아 했다. 어머니는 항시 팔 것들을 만들어 나가서 쌀이며 먹을 것을 구해 왔다. 아버지도 남의 밭갈이를 비롯해 모든 일을 하였다. 온 가족이 정말 열심히 악착같이 살았다.

누나와 같이 솔잎을 모아 판 돈으로 검은 암송아지 한 마리를 살 수 있었다. 영평에서 그 많은 소들을 처분한 이후 다시 소를 키우게 되니 이루 말할 수 없을 정도로 감개무량했다. 정성 들여 송아지를 돌보며 키웠는데 자라서 새끼도 잘 낳고 밭일도 잘해 주었다. 밭갈이는 다른 소보다 월등하게 잘했다. 두 번째 출산 때는 수송아지를 낳았는데 동네에서 제일 크고 멋졌다.

그 송아지가 두 살 되는 해에 팔아서 그 돈으로 지헐터 윗밭 제석사 보살님인 김용작의 어머니 밭을 빌려 보리, 조, 콩 등을 심었다. 그걸로 먹을 것은 자급자족할 수가 있게 되어 끼니 걱정은 덜 수 있었다. 또한 아버지 친구인 강창식 아저씨의 부친께서 말도 두 마리 주어서 길렀는데 얼마 지나지 않아 새끼를 낳았다. 적다말작고 붉은 조랑말 암말이었는데 이것도 우리 살림에 많은 도움을 주었다.

비록 빚은 남았지만 큰 집에서 끼니 걱정 내려놓고 살게 되었고, 가르치는 애들 모두 공부를 잘하게 돼서 흐뭇한데 나 자신에게는 허무함만 밀려들었다. 인생의 가장 중요한 시기에 꿈을 향해 나아가지도 못하고 정체되어 있다는 생각에 조바심이 일지만 딱히 탈출구는 없어 보였다.

봄이 되면서 임대한 밭에 보리와 무우씨 등을 심었는데 남의 밭 종자들은 싹이 삐죽삐죽 잘도 올라오건만 우리 밭은 가뭄에 콩 나듯 드물었다. 그걸 보고 있자니 한숨도 많이 나고 마치 내 처량한 신세와도 같아 슬피 울기도 하였다. 세상이 고르지 못하구나 하는 생각이 들었다.

인생이란 게 공부처럼 노력한다고 되는 것이 아니었다. 대학시험에 낙방해 그토록 꿈꾸고 바랐던 대학생도 되지 못했고, 공무원이 되고자 시험준비도 했지만 이 조차도 연좌제에 걸려 물거품이 되고 말았다. 4·3사건은 우리 가족에게 크나큰 피해와 아픔과 시련을 준 것도 모자라 연좌제란 멍에까지 씌어 나의 앞길마저 가로막았다.

빨리 돈을 벌어 남은 빚을 갚아 부모님 부담도 덜어드리고 동생들 학비도 보태주고 싶은데 그러지 못하니 답답했다. 고생하시는 부모님을 볼 때마다 집안의 큰아들된 도리를 다하지 못하고 있는 내 자신이 초라해 견딜 수가 없었다.

1963년 3월 20일 답답한 마음에 바람이라도 쐬러 나간 부두에서 해녀들이 추위를 견디며 바다에 들어가 물질을 하며 들어갔다 나오기를 반복하고 있었다. 살기 위해 거센 물결 출렁이는 차가운 바다에 들어가는 해녀들에게 연민이 느껴졌다. 벌벌 떨면서 물 밖으로 나오는 모습이 마치 나의 처지와 같다는 생각이 들어 콧등이 시큰거렸다.

가을이 되니 오곡이 무르익었다. 하지만 우리집에는 흉년이 들었다. 어려운 고비를 어떻게 극복하느냐가 문제였다. 밤낮없이 부모님은 언성을 높이며 싸우고, 헐벗은 동생들이 더욱 더 불쌍하게 생각되었다.

설상가상으로 보리를 갈게 될 무렵에 나는 발을 수술받아야 했다. 수술을 받고 매일 같이 치료를 받았는데 집과 병원이 멀어 익영이네 집에서 지내기로 했지만 마음이 편치 않았다. 수술할 돈이 없어 할 수 없이 수확한 콩을 팔아서 수술비와 치료비를 감당했는데 온가족이 여름 내내 피땀

흘려 지어 놓은 것을 나 때문에 써버리게 된다는 사실이 억울하고 미안해서 한숨만 나왔다. 하루는 어머니가 익영이네에 밥값이라도 대신할 요량으로 줄 고구마와 쌀을 갖고 오셨는데 북받쳐오르는 감정에 나도 모르게 소리내어 울고 말았다. 참으려고 했으나 눈물을 주체할 수 없었다. 돈은 벌지 못하고 가족이 먹어야 할 식량까지 축내는 한심한 내 자신이 부끄러워 견딜 수 없었다.

악착같이 열심히 산 대가가 겨우 이 정도란 말인가!

생과 사의 갈림길,
나를 성장시키다

2

해병대 교육과 월남전 참전을 통해 나는
어떤 시련과 고난에도 맞설 수 있는
불굴의 투지와 용기 그리고
강인한 정신력과 체력을 갖게 되었고
이를 통해 삶과 죽음이 오가는
전장터에서 무사귀환할 수 있었다.
진정한 해병대원으로 거듭나게 한
월남전의 생생한 이야기를 전하려 한다.

생과 사의 갈림길,
나를 성장시키다

해병으로 거듭나기 위한 관문

육군 입대 영장이 날아들었다. 육군으로 갈까 잠시 고민도 했지만 기왕이면 해병대를 지원하기로 했다. 제주는 1949년 12월부터 1950년 9월까지 해병대사령부가 있던 곳으로 6·25전쟁 당시 무적해병의 신화를 만든 것으로 유명하다. 제주의 중·고등학생과 청년 등 3천 명이 주축이 된 해병대 3, 4기가 인천상륙작전과 도솔산지구전투, 홍천지구전투, 안동·영덕지구전투, 장단전투, 그리고 서울 수복까지 혁혁한 공을 세워 제주 사람들에게 자부심이 대단했다. 나 역시도 그러했다.

1965년 3월 10일 병무청이 실시하는 해병대 입대시험에 응시해 1등으로 합격했다. 필기와 체력시험을 봐서 선발하는데 경쟁률이 높았다.

보름 후인 25일, 동기생을 포함한 30명과 부산행 도라지 호에 승선했다. 난생 처음의 육지 나들이라 긴장감보다는 설렘이 앞섰다. 이른 아침 부산항에 입항하였는데 처음 보는 낯선 풍경이 신기했다. 1960대 초반이면 부산도 지금처럼 발전하지 않았지만 그래도 내가 나고 자란 제주

와는 사뭇 달랐다. 산자락에 다닥다닥 붙은 수많은 집들과 항구를 오가는 사람들. 딴 세상 같았다.

인솔자 정인수 중사를 따라 배에서 내린 다음 아침을 먹고 부산역으로 이동해 기차를 타고 진해로 향했다. 중간 기착지인 경화역에 내려 점심을 먹고 진해에 도착해 해병대 신병훈련소에 입소하였다.

60명이 한 소대가 되어 저녁식사 후, 훈련소에서 유념해야 할 주의사항에 대한 설명을 들었다. 그리고 그날 밤. 1번부터 순서대로 한 시간씩 불침번을 서는 첫 임무가 주어졌다. 보초를 서고 돌아와 잠들만 하면 깨우는데 보통 고역이 아니었다. 세 번 서고 나니 동이 트고 있었다.

그리고 입소하는 날, 신병훈련소 입구에서 제주 출신이라는 전역자가 "용돈을 좀 주면 면회를 시켜 주겠다."는 말에 솔깃해 300원을 맡겼는데 며칠 지나고서야 속은 줄 알았다. 세상 물정 모르는, 그것도 군에 입대하는 젊은 청년을 상대로 사기를 친 그 사람도 나빴지만 어리숙하게 그 말을 믿고 편해 보자는 욕심에 귀한 돈을 건넨 내 자신이 너무도 원망스러웠다.

내가 속한 부대는 신병 5중대 7소대로 소대장 밑에 유양배 중사, 교관 임대제 중사와 이순원 하사가 있었다. 일주일 뒤인 4월 1일 선서식을 갖고 본격적인 훈련에 돌입했다.

훈련은 예상했던 것 이상으로 고되고 힘들었다. 훈련 첫날부터 '해병대가 그냥 해병대가 아니구나.'를 실감했다. 교관들의 무자비한 고함소리가 몸과 정신을 바짝 긴장시킨 가운데 강도 높은 훈련이 이어졌다. 해병으로서 갖추어야 할 제식훈련, 총기사용법, 군법교육과 기타 여러 가지

기본 훈련을 익혔다. 일과가 끝나면 다른 생각할 겨를 없이 베개에 머리가 닿자마자 곯아떨어졌다.

그렇게 2개월의 훈련을 마치고 5월 29일 '눈물의 고개'를 넘어 창원 남쪽에 있는 상남훈련소로 이동하여 보병 기초교육을 받았다. 각개전투를 비롯하여 사격훈련, 전투훈련 등을 몸에 익혔고, A, B, C, D, E고지까지 올라갔다가 돌아오는 선착순 달리기를 수없이 반복하며 지구력을 키워나갔다. 야간 전투사격은 전시를 방불케할 정도로 긴박하고 다급하게 진행됐다.

훈련만 받는 건 아니었다. 주말에는 오락시간을 가지며 훈련으로 지친 심신을 달랬다. 나는 〈오돌또기〉, 〈너영나영〉을 제주민요를 불렀고, 심금식이란 친구는 대중가요를 그리고 이재식은 배뱅이굿 같은 민요와 만담을 들려줬는데 호응이 좋아서 매번 등장해 큰 즐거움과 웃음을 선사했다.

3개월 가량의 훈련을 무사히 마치고 6월 25일 수료식이 있었다. 자랑스러운 이등병 계급장을 달고나니 가슴이 벅차올랐다. '내가 진짜 해병이 되었구나.'하는 자부심과 함께 의욕이 불끈 솟아 꽉 쥔 주먹에 힘이 더 들어갔다.

동기생들이 자대 배치를 받고 떠나고, 나는 해병대 제1상륙사단 보충대에 대기하고 있었다. 6월 27일, 2연대 2대대 5중대 1소대로 배치 명령을 받고 전입신고를 했다. 훈련소 동기이자 같은 제주 출신인 김성문과 같이 속하게 된 5중대에는 김승남 병장, 양석보 상병 등 선임 중에도 제주도 출신이 많았다. 그래서인지 다른 중대에서 둙새기중대라고도 했는데 둙새기는 달걀을 뜻하는 제주어로 제주 출신을 약간은 비하해서 지칭

한 것 같다.

연대장 정대식 대령을 필두로 대대장 오윤진 중령, 중대장 강인수 대위. 1소대장 정재원 소위, 1분대장 조영일 하사, 2분대장 김재식 하사, 3분대장 박소남 하사의 지휘 아래 밤낮으로 훈련이 지속되었다.

2주가 지나니 산악훈련이 기다리고 있었다. 줄을 잡고 등반을 한 후 하강까지 하는 훈련인데 달리는 건 자신 있지만 줄 하나에 의지해 절벽을 오르내리려니 처음에는 떨리고 무서웠다. 만약 하지 못한다면 열 번이라도 반복하기 때문에 단번에 완수하여 끝내는 게 낫겠다 싶었다. 그러면 다른 동료들이 하는 동안 쉴 수 있지 않은가!

내 차례가 되자 어금니를 꽉 물고 양손을 교차하며 줄을 잡고 잽싸게 올라갔다. 숨 돌릴 겨를도 없이 단숨에 올라가는 게 관건이었다. 마침내 나는 해냈다. 점심식사는 소대별로 따로 먹었는데 철모에 밥 담고 국 담고 김치 몇 조각 담고 와서 분대별로 나눠 먹었다. 양이 부족하면 한 숟갈씩 덜어서 먹기도 했다.

신병훈련소에서는 동기들끼리라 지내기가 수월했지만 부대에서는 가장 졸병이라 여러 가지 어려움이 많았다. 당시 해병대 군기는 가혹할 정도로 빡셌는데 선임들 눈치 보랴 심부름하랴 훈련 못지않게 힘들었다.

청룡부대 창설과 파병 준비

7월 말, 우리 2연대가 월남파병부대로 편성이 되었다. 훈련도 월남전에서의 전투를 준비하는 임무로 바뀌었다. 월남 파병은 이미 4개월 전에 미국의 요청에서 비롯되었다.

1965년 3월 20일 미 합참은 박정희 대통령에게 "베트남에서 보다 적극적인 작전을 위해 미군 2개 사단과 한국군1개 사단의 파병이 필요하다."며 공식적으로 건의한 것이다. 이에 한국군 해병 제1사단은 1965년 9월 20일 제2연대를 주축으로 월남 파병부대인 해병대 제2여단 청룡부대를 창설하였다.

창설 2개월 전부터 우리 연대는 이미 전투 훈련을 하고 있었다. 전시를 가정한 훈련이라 해병대 훈련소에서 받은 것보다 훨씬 더 고되고 힘들었다. 대대 단위의 야외훈련과 연대 전투훈련 및 야외기동연습, 대게릴라전을 포함하여 중대 단위 주야간전투훈련, 정글지대 작전 및 이동 간 즉각조치훈련과 헬기탑승훈련, 해양훈련과 M1 검정사격 등 단계적 중점훈련을 받았다.

힘들다는 생각조차 할 겨를이 없을 정도로 강도 높게 몰아치는 훈련이 매일같이 이어졌다. 죽기 아니면 살기 식으로 주어진 임무를 완수해야만 했고 이러한 과정을 거치면서 강인한 정신력과 체력을 갖추게 되었고 그런 가운데 전우애는 돈독해졌다. 쇠가 높은 온도에서 달궈지고 식히는 담금질을 통해 더 강해지듯이 우리도 훈련을 통해 강한 해병으로 거듭나고 있었다.

혹독한 훈련이 계속되지만 전장터에서 굶을 상황에 대비해서인지 식사는 부실하기 짝이 없었다. 체력 소모에 비해 영양 섭취가 불충분하니 몸이 많이 지쳐갔다. 심지어 일주일 동안 식사를 주지 않아 토마토와 수박으로 연명한 적도 있다. 어느 날인가는 너무 배가 고파서 수박으로라도 배를 채울 요량으로 중대에서 떨어진 밭에 가서 수박 다섯 통을 짊어지고 왔다. 그런데 갑자기 부대 이동을 하는 바람에 먹지 못하고 온 일도 있다.

파병이 결정된 2연대에서는 나처럼 자원을 한 경우도 있는가 하면 차출된 병사도 있었다. 그 중에는 훈련은 고되면서 먹는 것조차 부실한 데다가 전쟁터에서 죽을 수도 있다는 두려움에 탈영을 하다 걸려 기합을 받는 병사들도 있었다.

당시 강기천 사단장은 "파병이라고는 하나 비행장 방어만 담당하니 위험하지 않다. 파병이야말로 나라에 충성하고 돈을 벌어 부모에 효도하는 일이다."라며 병사들을 독려했다.

어느 날 고된 훈련을 마치고 돌아오니 반가운 소식이 나를 기다리고 있었다. 포병연대 선임하사로 있는 외당숙인 고기옥 상사가 찾아와서 면회를 신청한 것이다. 같이 외출을 나가 식당에서 돼지고기 찌개에 밥을 먹었는데 정말 꿀맛이었다. 입대한 지 5개월 만에 밥다운 밥을 실컷 맛있게 먹게 해준 외당숙이 그렇게 고마울 수가 없었다. 외숙모도 정성을 다해 주셨다.

외당숙 덕분에 한 달에 두 번은 외출을 하여 당숙집에서 차려준 저녁을 먹을 수 있었다. 군 생활의 고단함을 위로 받고 마음의 허기까지 채우고 돌아올 때면 힘이 솟았다. 더 잘해야겠다는 의욕도 불끈 솟았다. 그리고 '이래서 피붙이가 좋은 거구나.' 하는 생각이 들었다. 외당숙은 나를 교육부대로 보내려고 애써주시기도 했으나 파병부대 소속이라 불가능했다.

모든 건 시간이 해결해주듯이 군 생활에도 차츰 적응해갔다. 훈련이 없는 날에는 소대 대항, 중대 대항 축구시합을 했는데 지는 날이면 저녁에 기합을 받기 때문에 온 힘을 다하여 싸울 수밖에 없었다. 운동이라면 자신 있고 또 지기 싫어하는 내 성격에 몸 사리지 않고 누구보다 열심히 하니 중대에서도 나를 인정해주었다.

새벽에 기상하여 저녁 취침시간까지 훈련이 이어졌다. 파병 한 달 전인 9월에 접어들면서는 식사도 제대로 챙겨주고 부식도 잘 나왔다. 하지만 한창때인 만큼 먹고 돌아서면 배가 고팠다. 하루는 영농장에서 보초를 서다가 밭에서 고구마를 캐서 먹었다. 그런데 부 중대장에게 걸리고 말았다. "배고파서 먹었습니다."라고 솔직하게 말하니 웃으면서 다시는 그러지 말라고 해서 넘어간 일도 있다.

어느 날인가 같은 분대의 박광수 일병이 집에서 아끼는 황소가 죽어 농사일에 지장이 있다는 편지를 읽고 울었다. 그 심정을 나도 잘 알기에 같이 슬퍼하고 위로해주며 지냈다.

매일 보충병들이 전입을 와서 소대원이 33명이 되었다. 선임하사관 정희진 중사, 향도하사관 강심규 하사도 편입하였다. 우리 중대는 산악중대였기에 산악 훈련을 많이 하였다. 산악행군을 시작으로 일주일간 산악에서 지내며 전투사격과 야간 매복 등의 훈련이 이어졌는데 월남전 파병을 앞둔 탓에 실전처럼 진행되었다.

고된 훈련의 연속이었다. 이때 오중근 병장은 내가 잘 모르거나 익숙치 않은 부분에 대해 자상하고 친절하게 잘 가르쳐 주었다. 감사한 마음으로 잘 따르며 산악훈련을 마쳤다.

9월 20일 10시, 포항 훈련기지에서 박정희 대통령을 비롯하여 주요 인사들과 파월장병 가족, 포항시민이 참석한 가운데 파월 청룡부대의 결단식이 있었다. 박정희 대통령이 직접 열병 및 분열을 하며 훈시를 했다.

"이같이 훌륭한 부하들을 지휘하는 이봉출 준장의 앞날에 영광이 있겠다. 그리고 월남 파병 해병대 장병들은 나라에 충성하고 부모에 효도할 수 있으며, 장가 밑천도 벌 수 있다."라는 내용이었던 걸로 기억난다.

준비과정에서 웃지 못할 일도 있었다. 군장 검열을 받기 위해 준비하는데 숟가락이 모자랐다. 조연국 병장이 급히 항공대로 가서 10벌을 빌려다 무사히 검열을 마쳤다. 그렇지않으면 기합을 받거나 했을 텐데 간발의 차로 위기를 모면했다.

그로부터 일주일 후, 장도에 오르기 전에 장병들에게 면회가 주어졌다. 찾아온 부모와 그 가족들은 "가지 말라."며 울고불고 난리였다. 사복을 갖고 와서 갈아입히고는 탈영을 시도하는 이도 있었다. 나중에 알고 보니, 1연대에서 우리 부대 쪽을 바라보며 경계근무를 서고 있었다. 우리 중대는 바로 면회소 옆에 있었기 때문이다.

내가 보초를 서는 날, 병사 한 명이 오더니 애인이 왔는데 다녀오면 안되겠냐고 하는 거였다. 부대 이탈이니 영창감이 분명한 일이지만 그의 애절한 모습에 나는 "철조망 넘어서 얼른 갔다 오라."며 보내주었다. 그런데 그만 헌병에 발각된 것이다. 그 병사는 물론 나에게도 자칫 큰 문제가 생길 수도 있는 사안이었다.

나는 "월남 가서 죽을지도 모르는데 애인 한번 만나고 온 것이 잘못이냐?"고 항변하듯 말하니 헌병도 내 말에 동조하듯 웃으면서 그냥 눈감아주었다.

외당숙인 고기옥 상사도 같이 월남 가기로 지원을 해서 든든하다는 생각이 들었다.

출항 그리고 항해

1965년 10월 2일 우리 청룡부대는 부산항 3부두로 가기 위해 포항 역으로 이동했다. 양쪽 도로변에는 시민들이 손을 흔들거나 무사히 잘 다녀오라며 손나팔을 만들어 응원해 주었다.

오전 10시 포항을 출발해 도중에 주먹밥으로 점심을 때우고 부산역에서 부산항 제3부두로 이동했다. 항구에는 태어나 처음 보는 어마어마한 규모의 수송선 2대가 정박해 있었는데 5,000여 명은 족히 탈 수 있는 군함이었다. 우리 해병대 청룡부대원 5,000여 명과 육군 맹호부대 선발대원들이 승선해 짐을 풀고 배에서 하루를 묵었다.

그 다음 날인 10월 3일 오전 9시 30분. 거창한 환송식이 열렸다. 군악대의 연주가 흐르는 가운데 파월 장병들 모두가 갑판 난간으로 나와 환송 나온 사람들을 향해 모자와 손을 흔들어 감사 인사를 전하고, 수많은 남녀 학생과 시민들이 태극기를 흔들며 우리를 응원하고 격려했다. 배웅 나온 장병 가족들은 눈물을 훔치고 목을 놓아 우는 어머니들도 보였다.

파월장병 환송식

우리 부대원들은 "삼천만의 자랑인 대한 해병대, 붉은 무리 무찔러 자유 지키려 삼군에 앞장서서 청룡은 간다."라는 군가 〈청룡은 간다〉를 악을 쓰듯 소리 높여 불렀다. 맹호부대원들도 이에 질세라 〈달려간다 맹호는 월남 땅으로〉 군가를 있는 힘껏 외치듯 부르며 존재감을 과시했다.

드디어 출항. 수송선이 육지와 멀어지자 파병이 실감 났다. 그때까지도 비행장 방어만 하게 된다는 사단장의 말만 철석같이 믿었지 생사의 기로에서 치열한 전투를 하게 되리라는 건 전혀 예상치 못했다. 밤낮으로 항해를 하는 동안 잠수함 2척과 전투기 편대가 영공에서 마치 우리를 호위하듯 따라 왔다.

저녁 시간에는 1개 중대가 식사 당번을 담당했다. 조리사는 미국인이고 우리는 식기 정리정돈, 쓰레기 수거, 배식 등을 했는데 그 많은 인원의 식사를 매 끼니 준비하는 일은 만만치 않았다. 인원이 많으니 준비해야 할 음식량도 많아서 당번이 되는 날은 아침 준비하고 돌아서면 바로 점심, 저녁이 이어져 끝나면 바로 취침시간이 됐다.

식사를 하는 입장에서도 마찬가지였다. 아침 일찍 기상하여 점호 받고 식사를 하는데 너무 많은 인원이 한꺼번에 먹다 보니 순서를 기다리다 겨우 먹고 나면 다시 점심시간이 되고, 기다리다 먹고 나면 다시 저녁 시간이 되곤 했다.

어느 날 하루는 좀 더 빨리 밥을 먹으려는 생각에 꾀를 냈다. 순서가 빠른 3대대 11중대 줄에 끼어 든 것이다. 인병수 병장 앞에 서서 가는데 입구에서 "너희 분대장 이름이 누구냐?" 묻는 바람에 대답을 못하여 창피하게 퇴짜 맞고 돌아온 적도 있다. 과일을 훔쳐 먹으려고 대형 냉장고에 들어갔다가 나오지 못해 얼어 죽을 뻔한 일도 있다. 다행히 다른 병사가 우리를 찾으러 다니다가 냉장고 문을 열어주어 가까스로 살아났다. 전장터가 아닌 냉장고에서 전사(?)할 뻔한 아찔한 일화다.

전투 투입을 위한 준비

항해 일주일이 지난 10월 9일 저녁, 베트남 중남부에 위치한 캄란베이스 항구에 도착해 배 안에서 대기했다. 다음 날 아침 일찍 기상하여 비상 식량과 탄약 등 장비를 지급받은 후 상륙해 차량으로 이동하였다. 나무가 울창한 숲속에 대대본부가 꾸려지고 중대본부는 남쪽에 배치되어 개인 천막을 치고 대기했다. 2~3일 정찰을 나갔는데 처음이라 긴장되고 보이는 사람들 모두가 베트콩으로만 보였다.

10월은 우기여서 비가 계속 내렸다. 철조망을 치고 호를 파 놓으면 금세 호에 물이 가득 차서 들어갈 수가 없었다. 임시방편으로 나무를 베어 위에다 걸쳐놓고 앉았다 섰다 하며 경계근무를 섰다. 같은 조에 김영배 병장이 있었는데 어찌나 겁이 많은 지 밤에 들짐승들이 서성거리면 적으로 오인해 총을 마구 쏘아댔다.

하루는 보초를 서는데 눈을 뜨기 힘들 정도로 장대비가 쏟아졌다. 안되겠다 싶어 개인 천막에 들어가 잠시 비를 피하고 있는데 느닷없이 "비상! 비상!"하는 소리가 들렸다. 분대장이 전 대원을 집합시킨 것이다. '걸렸구나.' 싶었다. '난 오늘 죽었구나.'하며 달려나갔다. 나무 몽둥이로 스무 대 넘게 맞은 것 같은데 내가 잘못했기에 아픈 것도 못 느꼈다. 그보다는 가뜩이나 군기 센 해병대 선임들이 어떻게 나올지 두렵고 무서웠다.

그러나 마음 착한 오준근 병장이 "없던 일로 하라."고 해서 평온하게 하루를 마쳤다.

전투식량인 C-레이션은 먹어도 먹어도 늘 허기가 졌다. 고기와 과일 등 3개의 통조림으로 이루어졌는데 한창때의 장정들이 먹기에는 양이 턱없이 부족했다. 하지만 '이게 전투로구나. 나는 전장터에 있다.' 생각하니 견딜만 했다.

하루에 경계나 보초를 12시간씩 섰는데 고국에서 1시간에서 길면 2~3시간 서던 것에 비해 너무 힘들었다. 언제 적의 습격이 있을지 모르는 상황에서 무더운 날씨와 모기, 벌레도 복병이었다. 정찰과 경계근무는 한 달 동안 계속되었다.

이렇게 10월이 가고 11월이 되었다.

드디어 우리 중대가 큰 전투를 한다는 소식에 전 대원들은 긴장했다. 11월 3일 판낭으로의 이동 명령이 떨어졌다. 차량으로 3시간 이상 갔는데 야자수와 나무들이 울창한 길을 따라가면서 우리 농촌과 같이 농사를 짓는 농민들 모습을 보니 집 생각이 절로 났다.

중대본부를 중심으로 사방에 소대를 배치해 전방에서 매복 정찰하며 대기했다. 옆에는 바나나 농장이 있었는데 하루 이틀 지나면 익어서 먹을 수 있다는 말에 대원들이 가서 따 가지고 왔다. 처음 보는 낯선 과일이지만 허기를 면하게 해줄 만큼 많이 달려 있어서 모두가 기대하며 기다렸다. 그런데 곧바로 작전 명령이 떨어져 맛도 보지 못하고 놔둔 채 이동해야 했다. 전투지역으로의 이동 명령이 하달된 것이다. 다음 날, 아침이 밝기 전 비상식량을 받고 모든 준비를 완료한 후, 카투산으로 향했다.

월남에서의 전투

카투산 전투

　11월 4일 월남에서의 첫 전투라 할 수 있는 카투산 작전에 투입되었다. 카투산고지는 바위로만 이루어진 천연동굴로 되어 있는데 국도 1호로 남부지방에서 중부와 북부까지 이어지는 아주 중요한 도로였다. 하지만 연합군이 고지점령에 실패해 10년 동안 베트콩들이 점령하고 있었다. 프랑스군 2개 연대가 이곳에서 전멸한 적도 있고, 미 101공수여단도 많은 피해를 입었던 접전지이기도 했다.

　산악훈련을 받은 우리 5중대 중대장 강인수 대위가 투입되었다. 1소대는 고지 북쪽에서, 2소대는 남쪽에서 공격을 시작했다. 나는 1소대 1분대 소총수로 좌측에 있었고 우측에는 다른 전우들이 올라가고 있었다.

　전투기가 폭격을 가해 포탄이 날아들고, 80밀리 포까지 일제히 사격을 하고 있는 중에 우리 중대는 A, B, C, D고지에 10~15명씩 배치되어 앞으로 나아갔다. 내 앞에 사람 형태의 모습이 나타나면 소총을 쏘며 계속 전진하였다.

　적과 싸우며 한참을 가다 보니 깊숙한 동굴이 나타났다. 잠시 멈춰서서 살

핀 후, 수류탄과 화염방사기 사격을 시작으로 계속해서 공격을 퍼부었다. 적들은 계속된 소총사격을 받고는 잠시 공격을 멈추는가 싶더니 아군이 포사격과 공중포격까지 연이어 실시하자 저항을 전혀 하지 못한 채 숨어 있는 것 같았다.

산 뒤로는 바다가 연결되어 있었는데 수세에 몰리자 적들은 뗏목을 타고 도망가거나 빠져 죽기도 했다. 3소대는 산에 있는 사원으로 도망가는 베트콩과 접전을 벌였다. 카투산 전투에서 모두 합쳐 베트콩 30여 명을 사살했다.

전투가 치열한 만큼 아군이 쏜 포에 아군이 다치는 불상사도 있었다. 미군이 쏜 포에 동기 한 명의 팔다리가 잘려나간 것이다. 마음이 무척 아팠다.

파병 최초의 첫 전투에서 불과 몇 시간 만에 난공불락의 고지를 점령한 우리 중대는 함께 기뻐하며 승리를 자축했다. 대대장도 헬기를 타고 격려해 주었다. 미 101공수여단에 카투산을 인계한 후, 3대대 기지에서

전선에 투입되기 전

저녁을 먹었다. 오랜만에 쌀밥에다 물소 고깃국을 실컷 먹었는데 정말 꿀맛이었다. 오죽하면 일주일을 내리 먹었는데도 전혀 물리지 않았다.

캄란기지로 와서 낮에는 정찰, 밤에는 경계근무를 계속하였는데 분대장 조영일 하사가 소대장 명령대로 움직이지 않고 다른 곳으로 정찰하다가 사고가 나서 우리 곁을 떠나게 되었다. 강실규 향도하사가 1분대를 맡고, 향도는 오준군 병장이 맡아 계속 이어나가면서 나에게 많은 것을 가르쳐 주었다.

크리스마스 작전

12월 10일 2대대가 투이호아로 이동해 3대대와 함께 작전을 전개하였다. 부대정비가 되어갈 때쯤 '크리스마스 작전'이 개시되어 우리 중대가 산악지역을 기습 공격하였는데 보름 이상을 산야에 머물면서 잠복 공격을 하였다.

어느 날 마을을 지나는데 15세쯤 되어 보이는 소년이 있어 붙잡아 여러 가지 심문을 했다. 월남 통역장교를 통해 들으니 적군이 수없이 총격을 해와서 정신을 못 차릴 정도였다고 했다.

우리는 그 소년을 보호하라는 명령을 받고 산을 넘고 마을을 지나야 했는데 너무도 험한 산세에 완전무장을 한 채 식량 등을 메고 걸으니 신발이 다 해질 정도였다. 베트콩이 남기고 간 신발을 주워 신고 대대로 원대복귀했는데 옷이며 몰골이 거지가 따로 없었다.

나중에 알고 보니 "우리 청룡부대 대원들은 6·25전쟁 고아들만으로 편성된 부대로 무서운 부대니 피난 가고 도망치라."는 적군의 명령이 있었다고 한다. "안되면 되게 하라!"는 투철한 군인정신과 죽기 살기로 덤

비는 투지로 싸우는 걸 보고 그런 말이 나온 모양이다.

월남전의 신화, 청룡1호 작전

1965년도 연말, 파병 최초의 여단급 작전인 청룡1호 작전이 펼쳐졌다. 2대대는 철로 우측, 3대대는 좌측으로 남북보급로 열차길을 탈환하는 게 목적이었다. 이듬해 1월 1일 비가 억수로 내리는 가운데 우리 소대는 마을을 수색하고 산속을 공격하는데 이 와중에 3분대 오장열 상병이 적의 총탄에 전사하고 말았다. 전우의 시신을 헬리콥터에 실어서 후송해야 하는데 적의 빗발치는 총탄에 헬기가 내리지 못했다. 한 시간 이상 움직이지 못한 채 매복하고 있다가 적의 총탄을 피해가며 가까스로 전우를 무사히 헬기에 실어 후송할 수가 있었다.

언제 어디서 날아들지 모르는 총알을 피해 몸을 이리저리 움직여 공격하면서 고지를 점령하고, 밤이 되면 잠시 사주경계를 하며 음지에서 하룻밤을 지냈다. 날이 밝기 무섭게 한 마을을 공격했는데 베트콩들이 밀림이나 대나무숲 아래 땅굴에 숨어 있다가 공격하고 다시 숨어 버려 애를 먹었다. 언제 어디서 적이 나타날지 모르니 긴장의 끈을 놓지 못했다. 그런 가운데 아군 전사자는 계속 발생하였고 내 눈앞에서 전우가 적의 공격을 받고 죽어가는 모습을 보니 눈에 불꽃이 튈 정도로 적개심이 일었다. 베트콩이 보이면 무조건 사살하고 공격또 공격하여 마침내 밤이 되어서야 48고지 점령에 성공했다. 하지만 3분대와 화기분대는 강을 건너지 못하고 후방에서 적에게 포위될 위기에 처하고 말았다.

소대장 정재원 중위가 "김 일병, 너는 수영도 잘하니 3분대 전우를 인도하라."며 나에게 명령을 내렸다. 나는 지체하지 않고 어둠 속에서 쪽

배에 몸을 의지한 채 강을 건넜다. 언제 어디서 적의 총탄이 날아올지 모르는 상황이지만 위험에 처한 전우들을 빨리 구해야겠다는 생각에 마음이 급했다. 그리고 전우들을 우리 소대 있는 곳까지 무사히 복귀시켰다. 그러나 선임하사관이 실종되어서 무척 안타까웠다.

하룻밤을 무사히 보내고 다시 작전이 전개되었다. 48고지가 적의 저항이 가장 심해서 특히 6중대가 피해를 많이 입었다. 3소대 김부한 분대장은 복부에 총을 맞아 창자가 밖으로 튀어나오는 중상을 입었는데, 의무대에서 한 달 동안 치료받고 다시 전투분대장으로 복귀했다. 큰 부상이라 고국으로 복귀할 수도 있었을 텐데 부하들의 원수를 갚겠다며 돌아온 분대장을 보며 우리는 더욱 투혼의지를 다졌고 더 끈끈한 전우애로 뭉치게 되었다.

이 전투에서 2소대 김종시 병장은 철모에 총을 맞았으나 철모가 총탄을 빗맞아 도는 바람에 무사할 수 있었다. 정말 천운이었다. 중대장도 머리 위에 총을 맞고도 살아남았다. 이 고지에서 우리 아군의 피해가 너무 컸기에 베트콩의 목을 잘라 여단본부로 보내기도 하였다.

공격은 계속되어 600고지 산을 점령하여 사주경계를 하는데 적들이 우리 중대를 포위해서 철수할 수가 없었다. 보급이 중단되어 헬리콥터가 와서 공중에서 C-레이션 박스를 투하했으나 바람이 불어 다섯 개 중 한 개 정도만이 우리 쪽으로 떨어졌다. 인원에 비해 턱없이 부족한 양이었으나 서로 나눠 먹으며 어렵게 버텼다. 그러다 6중대와 7중대가 적과 교전을 벌이며 퇴로를 열어주어 철수할 수 있었다. 다행이었다. 하마터면 이 전투가 생애 마지막 전투가 되었을지도 모른다.

전투를 치르면서 우리 해병대 청룡부대가 첫 전투부대로 선발된 이유가 이해되었다. 삼림과 늪지대가 많은 베트남의 전장 환경에 하늘, 땅, 바다 모든 곳에서의 전투능력을 갖춘 해병대가 적격이었던 것이다.

12월 청룡 1호 작전을 전개하면서 투이호아 지구로 이동하여 베트남의 대동맥인 1번 도로를 개척하는 한편, 베트남 3대 곡창의 하나인 투이호아 평야를 확보하여 주민들의 식량난을 해결해 주었다.

투이호아 작전이 끝나고 대대장이 부른다고 해서 트럭을 타고 가니 용감하게 싸웠다고 칭찬해주어 파월 장병으로서 보람을 느꼈다.

그리고 이 즈음 광진이가 보내오는 글과 위문편지는 큰 힘이 되었다. 내가 반드시 살아 돌아가야 할 이유를 명확하게 해주었다. 위문편지는 광진이가 배달하던 영자신문에 〈국군장병 위문편지 보내기〉 공고가 실려서 이를 주위에 알렸고, 내 얘기를 전해들은 많은 학생들이 보내온 것이다. 총탄과 포탄이 오가는 전장터에서 이 편지들 덕에 마음의 평화와 행복을 느낄 수 있었고 미소 지을 수 있었다.

추수보호 작전

대대본부 주위에서 부대를 정비하며 다음 전투를 기다리다가 1월 20일 우리 중대는 추수보호 작전을 전개하게 되었다. 음력설 하루 전, 월남에도 설을 쇠는 풍속이 있어서 베트콩 쪽에서 휴전을 제안해왔다. 휴전하기로 합의하고 작은 개울가에서 쉬면서 부대정비를 한 후에 중포4.2인치를 중심으로 5중대 주위에 1, 2소대가 방어 태세를 취하고 있었다. 3소대는 전방 강가에 매복하고 있었다.

어둠이 짙어갈 무렵, 한 여인이 지나가길래 그냥 내버려 두었는데 나중에 알고 보니 베트콩 부인이었다. 월남전은 병사와 민간인 구분이 애

매한 게릴라전이었기 때문에 베트콩의 구분이 쉽지 않았다. 그 여인이 베트콩들에게 우리 위치를 알려줬고, 적들은 경계가 느슨해진 밤 11시부터 갑자기 공격을 퍼붓기 시작했다. 결국 3소대는 무력화되었지만 우리 중대는 어둠 속에서는 지원을 나갈 수 없어 포사격으로 계속 대항할 수밖에 없었다.

다음날 아침 일찍 포성이 멈췄다. 즉시 출동해 상황을 살펴보니 1개 소대가 거의 전멸하였고 살아있는 병사는 10명 이내였다. 이들도 부상을 많이 당한 상태였다. 정말 비참하고 비통한 일이었다. 잘리고 또는 피범벅이 된 채 널려 있는 아군의 시체를 바라보는 전우의 심정은 이를 직접 지켜본 당사자가 되어보지 않고는 이해하기 힘들 것이다. 그중에 제주 출신 김상하 병장과 진복일 일병도 있었다. '이들의 몫까지 살아남아 적들을 궤멸시키리라!' 나는 전우들의 시체를 운반하며 이를 악물었다. 시체는 헬기로 나르고 부상병들은 전부 후방으로 철수시켰다.

그리고 곧바로 전투를 이어갔다.

전쟁, 죽거나 다치거나 외로운 싸움

전투와 정찰 매복 등으로 하루하루 매 순간 중요한 날이 없었고 긴장의 연속이었다. 격렬한 전투로 아군과 적군이 무수히 다치고 죽어 나갔다. 죽음이 늘 가까이 있기에 잠깐 잠이 들었다 깨어나면 내가 살아있는 게 맞나 싶어 나의 팔다리와 얼굴을 만지며 확인하기도 했다. 그러면서 차츰 그 충격과 연민, 비통함도 조금씩 무디어져 갔다.

갈수록 전투는 치열한 양상으로 전개되었다. 대대본부가 습격을 당하기까지 했다. 그 다음날 이른 새벽에 출동하여서 베트콩을 찾기 위해 정찰에 나섰다. 오전 내내 정찰했건만 어떠한 정보도 얻지 못했고 또 특이사항도 발견 못해 귀대하는데 1분대에서 부비트랩을 발견했다는 신호를 보내왔다.

모두 긴장하여 주의하며 지역을 통과하고 있는데 갑자기 "펑!"하는 소리가 들려왔다. 2분대에서 잘못해 인계철선을 건드리고 만 것이다. 결국 침묵의 살인자라 불리는 부비트랩Booby Trap의 수류탄 폭발로 2분대 장병들은 다치고 나도 발목에 부상을 입고 말았다. 게릴라전을 펼친 베트콩들은 지뢰나 수류탄, 기타 폭발물을 인계철선에 엮은 부비트랩을 진입로나 통행이 예상되는 곳에 교묘하게 위장설치했는데 이로 인해 아군을 비롯한 연합군 사상자가 많이 발생했다. 정찰이나 전투진격시에 가장 두려운 대상이기도 했다.

사격 연습 중에 크게 다친 심광보 상병은 고국으로 후송되고 분대장 이하 8명은 의무중대로 이송되어서 15일 치료를 받고 귀대했다. 그리고 다시 군장을 꾸려 동료 장병들이 있는 전장터로 갔다.

사격 연습

전투는 쉴 새 없이 이어졌고 그런 가운데 많은 장병들이 다치고 부상을 입었다. 전쟁은 끝날 기미를 보이지 않고 시간은 흘렀다. 어느덧 3월. 고향에는 지금쯤 삼짇날이라 제비가 찾아왔을 텐데 이곳에서 흔히 보이던 제비가 포화를 피해 사라졌는지 보이질 않았다. '아마도 우리 고향을 향해서 가고 있는 게 아닐까?' 생각하니 제비가 한없이 부럽고 고향과 가족이 못견디게 그리웠다. 그날 밤, 달을 보며 쓴 시이다.

달밤

달이 둥둥 떠오른다.
월남의 전선 저 너머로
환한 보름달이 떠오른다.
저 달은 내 님을 찾아보는데
이 내 몸 바위 틈에 숨어서
밝은 달만 쳐다보네.
내 고향 산천이 달 속에 비쳐 보인다.
달님이여 어서 나를 불러다오.
달! 저 달 속에는 나의 부모 형제가 비쳐 있어도
전선없는 월남에서 총칼 메고 싸우는 욱이 생각에
이 밝은 달만 쳐다보면서 잠 못 이룰
나의 부모님 안녕하시겠지?
달아 전해다오.
말 못하는 달아 처량한 달아.

찢어진 문틈으로 더 환하게 내 얼굴 반사해서 비춰다오, 어서.
달은 방긋이 웃고 말없이 서산을 넘는구나.

잠복근무를 하며

1966년 3월 4일, 여단본부를 지키고 있던 중에 며칠 전 많은 수색대원들 사상자가 났던 적지로 정찰 명령이 떨어졌다. 어둠이 가시기도 전에 단독무장을 하고 행군을 시작하였다. 그날따라 어쩐지 마음이 불안하고 무슨 일이 일어날 것만 같은 예감이 들었다. 모래밭이라 자꾸만 발이 빠져서 행군하기가 몹시 힘들었다. 선인장밭을 지날 때는 가시에 찔리고 피가 나기도 했다. 한참 걸어서 바닷가에서 잠시 쉬고 난 후 정찰에 나섰다. 주변은 풀도 나무도 없이 선인장만이 군락을 이루고 있었다.

또 공격 개시 명령이 떨어졌다. 사방을 철저히 경계하면서 전진하던 중 1분대에서 "적 발견!" 신호가 왔다. 두 사람을 생포하였다. 이놈들은 경계병들인데 잠이 들었던 것 같다. 즉시 총공격에 나서 두 사람을 포박한 다음 전원 적지로 투입하였다. 베트콩들이 아침 식사 중인 것 같았다. 여기저기서 적들이 잡혀 나왔다. 11명이 생포되었다. 지금까지 적들을 잡고 보면 신체가 매우 허약했는데 이놈들은 혈기가 왕성한 활동적인 놈들이라 "생포했다!" 하는 소리가 우리 소대원들을 흥분시켰다.

계속해서 수색전을 전개하면서 총 10정과 수류탄, 쌀20킬로그램, 탄약 등을 노획했다. 적지 않은 전과였다. 이 적들은 월맹군 산하 부대 지휘본부 소속이었다. 아군의 피해 없이 전과를 세우기는 이번이 처음이어서 승리가 더 값졌다. 중대장이 찾아와 칭찬하고, 대대장이 헬기를 타고 돌아가면서 격려해 주었다.

포로로 잡힌 적들의 눈을 가리고 포승줄로 묶어 헬기로 실어 보낸 후, 주위를 경계하면서 철수를 시작했다. 전 대원이 무사한 상태로 개선 장군처럼 의기양양 늠름한 모습으로 걷는데 모래땅이라 걷기에 몹시 힘들었다.

오늘의 전과는 분대장 김장현 하사, 조병국 병장, 김종하 병장, 추경남 병장 등 1분대의 전과로써 우리 소대의 영광이기도 하였다. 정재원 소대장과 전 대원들의 값진 승리였다.

중대에서도 매우 기뻐하였고 대대, 여단 전체가 환호성을 질렀다. 저녁을 먹고 있는데 여단장의 치하 전문이 내려왔다. 대대장이 "그놈들이 우리 수색대원과 많은 전우들을 죽인 자들이라 한다. 잘 생포하였다."고 말하니 죽은 전우들의 복수를 한 것 같아 분이 조금은 풀린 듯했다. 몇 달 만에 느껴보는 흐뭇한 기분에 잠시 기분좋게 몸을 쉬었다.

훈장의 진짜 임자

3월 말에 작전이 끝나고 소대장 정재원 중위가 떠나자 4월 1일자로 이정윤 소위가 소대장으로 부임하였다. 처음 전쟁에 투입되었는데 부임 인사를 할 때, 우리 소대원들의 눈을 보며 "광채가 난다."는 표현을 하였다. 아마도 동료들을 잃은 분노와 적개심이 눈빛에 그대로 드러났던 모양이다.

주간에는 정찰과 전투를 하고 야간에는 매복을 하는 일정이 계속 반복되었고, 이때 전번 작전의 성공담을 함께 나누었다.

4월 15일은 우리 소대가 전공을 세워서 대대장을 위시해 중대장과 소대장 그리고 이기만 병장이 훈장을 받게 되었다. 대대본부에서 이를 자축하는 기념으로 노래자랑 및 수여식이 열렸다. 우리 중대 대표로는 김만영 상병이 노래자랑에 출전하게 되었다.

그날 대대본부에 간 김 상병을 대신해 오중근 병장이 소대장을 모시고 정찰을 나갔다. 그런데 오후 1시, "오 병장이 부비트랩에 걸려서 전사했다."는 전문이 왔다.

도저히 믿기지 않는 청천벽력 같은 소식에 비통함을 금할 길 없었다. 우리 소대를 위해 향도병으로서 모든 궂은일을 맡아 하고, 소대원들을 챙기며 또 나에게는 다정한 선임으로서 이것저것 자상하게 가르쳐 주신 분인데 이렇게 허무하게 보내다니 목이 메어 울음도 나오지 않았다. 초임에다 그것도 부하의 죽음을 눈앞에서 목격한 소대장의 충격과 상심도 무척 컸을 것이다. 귀대해서도 아무 말이 없었다. 소대원들도 모두 입을 꾹 다문 채 그렇게 하루를 보냈다.

오준근 병장과 함께

그리고 사실 훈장은 전과를 올리는데 기여한 우리 소대 1분대장을 비롯하여 분대원 및 중대 고참 하사관들이 받고 진급하는 게 맞았다. 훈장을 받을 만한 공을 세운, 훈장의 주인들이 받지 못해 억울하겠다는 생각이 들었다. 오 병장까지 다시 볼 수 없으니 이래저래 전의가 상실된 하루였다.

죽이지 않으면 죽어야 하는 전투

작전 개시와 동시에 40킬로그램 군장을 메고, 다시 전장터로 향했다. 아군과 적군의 죽음을 수도 없이 많이 봐서 이젠 남의 죽음에 대해 덤덤해졌지만 그럴수록 내가 죽을지도 모른다는 두려움은 커져만 갔다.

다음날 아침에 옆에 보이는 개와 닭들이 뭔가 먹고 있길래 자세히 보다 기겁하고 말았다. 집안에는 시체가 널려 있었고 그걸 개가 물어와 먹는 중이었다.

우리 중대는 계속 전진하면서 100고지 산봉우리에 진지를 치고 낮에는 정찰을, 밤에는 공격을 계속해 나갔다. 저녁에는 적의 공격을 받아서 정신이 없고 낮에는 적을 쫓아서 공격해야 했다. 이것이 적과의 싸움, 바로 전쟁인 것이다. 생과 사가 언제 어떻게 갈릴지 모르는 전장터에서 두려움이 밀려들 때마다 고향 생각을 떠올리며 위안받았다.

강가로 정찰을 나가서 적의 공격을 받고 양석보 병장이 부상을 당했다. 고향 전우라서 더 안타까운 마음이었다. 헬기를 요청해 실어 보내고 다시 공격을 이어갔다. 가다가 몹시 목이 말라서 강물을 수통에 담아 약을 몇 방울 떨어뜨리고 마셨다. 그런데 그 강을 따라 전진하다 보니 바로 위 쪽에 베트콩 시체가 둥둥 떠 있는 것이 아닌가! 당혹스러움도 잠시, 적진을 향해 걸음을 재촉했다.

그 후에는 여단본부 외곽 경계를 맡아 철길 옆에 소대가 자리 잡았다. 주위는 바닷가였고 모래밭에는 선인장으로 시야가 가려 있었다. 바닷가 마을에는 채소와 김칫거리가 있어서 우리가 가진 것들과 물물교환해서 배추를 샀다. 소금에 절여 씻은 다음 고추와 마늘과 함께 탄약통에 넣어 햇볕에 두 시간 두었는데 집에서 먹던 김치 맛이 났다.

소대장이 특히 이 김치를 좋아하고 식사도 잘했다. 정찰 나갈 때는 C-레이션을 나눠주었는데 나는 소대장 입맛에 맞는 좋아하는 것으로만 챙겨 건넸다. 식사를 함께 하며 여러 가지 전투에 대한 대화를 많이 나누었는데 직급은 아래지만 파병 선배로서의 경험담도 들려주며 소대장이 자신감을 갖고 소대를 지휘하도록 도왔다.

6월 5일경 우리 대대가 캄란베이스로 이동하고 1대대가 우리 전술지역으로 교대 배치되었다. 우리 중대는 나트랑 가는 길 위쪽 고무나무밭에 주둔하게 되었다. 여기는 후방지대지만 베트콩들이 자주 출몰하는 지역이었다. 포병 6중대가 같이 있어 밤에는 포 사격이 계속되었다. 가끔 중대원들이 나트랑에 가서 물건도 사고하면서 즐겁게 지낼 수가 있었다.

전투는 계속되었다. 소대별 정찰과 분대별 매복을 반복했고 우리 소대는 소대장 지휘하에 증강된 소대를 편성하여서 리노아 산림 및 농지에 백마부대 사령부를 설치하는 작전을 개시하기 위하여 계속 전투를 했다. 낮에는 개활지에서 각개전투를 하였다.

전역 전의 여유

오 병장이 전사 후 내게 향도병 임무가 주어졌다. 보급이며, 인원 보충과 배치, 근무시간 조정 등 일이 많아서 당시 인근 지역에서는 가장 번화가이자 장병들이 쉬는 날 놀러나가는 나트랑 한번 가기 힘들었다.

7월부터 귀국 1진이 귀국하게 되었다. 우리 중대에는 김승남 병장비롯해서 고참들과 2분대장 향도하사관 등이 대상이었다. 우리 소대 제주 출신인 나와 김승남, 김성문, 한원옥 넷이서 맥주 사다가 축하 자리를 만들었다. 가는 이들은 살아서 고국에 돌아가는 기쁨에 취하고, 남은 우리는 부러운 마음에 한껏 마셨다. 지금도 그날의 일이 생각난다.

8월 8일 리노아에 백마부대 사령부 진지 구축이 거의 완료되고 김영선 장군이 이끄는 백마부대 대원들이 와서 50일 만에 우리 소대가 철수하였다. 산 넘고 강 건너 부대 복귀를 희망하고 있던 터였다. 여기저기서 적의 사격이 있기도 했지만 무사히 본대로 돌아왔다.

한편 미군 부대 측이 전투에서 혁혁한 공을 세우고 있는 우리 해병대 청룡부대원들의 작전을 보고 싶다고 해서 고무나무밭으로 자주 견학을 오곤 했다. 그런데 굳이 밤에 같이 가겠다고 하여 난처했던 적이 많았다.

서툰 영어로 "오늘 우리와 같이 매복 가면 죽을 수도 있으니 그만 부대로 돌아가라."고 해서 보낸 적이 한두 번이 아니었다. 2, 3분대까지 제대 귀국하고 나자 나도 고참이 되었다. 1진이 떠나며 교대 병력이 왔는데 전장 환경에 익숙지 않으니 사고가 많이 났다. 분대별로 식사를 하게 되면 쌀을 지급받는데 그 쌀을 탄약통에서 쪄서 먹었다. 압력 때문에 뚜껑을 조금 열고 쪄야 하는데 경험이 없어 꼭 닫은 채로 하다가 폭발하여서 화상을 입기도 했다. 실탄사격에 있어서의 주의사항이라든가 가장 많은 사상자를 내는 부비트랩 주의사항 등 유념해야 할 것들을 가르쳐 주어야 했다.

나도 관광지 나트랑 구경을 할 기회가 와서 가봤는데 정말 멋진 도시였다. 바닷가 항구였고 예전의 모습이 그대로 있는 곳이었다. 프랑스식

건물이 많았다. 고무나무밭 진지에서는 낮에 정찰을 나가고 밤에는 전방 매복작전을 수행하기만 해서 비교적 조용히 지낼 수가 있었다. 소대별로 나트랑 외출은 자주 했는데 나는 향도병이라 더 이상은 나갈 수가 없었다. 주어진 의무가 무겁기 때문이었다.

3차 귀국자가 떠나고 나서 추라이로 이동하였다. 우리 4차 귀국 중대는 대대본부에 있었는데 밤마다 적들이 기습을 해서 조용한 날이 없었다. 귀국 전날까지 안위를 걱정해야 하는 처지였다.

10월 13일 귀국 중대는 다낭으로 이동하여 14일, 마침내 고국으로 향하는 귀국선에 올랐다. 출국할 때의 수송선은 무거운 분위기에 수심 가득한 얼굴로 훌쩍이는 병사들이 있었던 반면 귀국선은 축제 분위기였다.

일주일 항해 끝에 마침내 부산항에 도착하여 열차를 타고 포항기지에 도착했다. 드디어 내 나라에 왔다는 안도감과 기쁨이 발끝에서부터 정수리까지 떨림을 선사했다. 일주일간 교육을 받고 자대에 배치되었다. 11월 4일 첫 휴가가 주어졌다. 제주에서는 가족들과 동네 사람들이 전장에서 살아 돌아온 나를 대견하다며 반겨주었다. 어머니는 내가 월남에 간 이후로 매일 아침마다 정화수를 떠놓고 무사히 돌아오기만을 비셨다고 한다. 광진이는 사진반에 들어가 내가 보내준 카메라로 사진을 찍어주며 용돈벌이를 하고 있었다. 그 덕분에 월남에 참전해서도 사진을 담당하는 보직을 받아 편하게 군 생활을 하였다.

보름 동안의 휴가를 마치고 11월 19일 귀대하여 3연대 2대대 5중대에 배치되었다. 비교적 일이 편한 군수 쪽에 배치받아 4개월 가량을 보냈다. 참전 무용담은 일반 병사들에게 인기였고 전쟁을 겪고 나서인지 부대

내의 훈련이나 업무 정도는 아무것도 아닌 것처럼 느껴졌다.

남은 군대 생활 6개월을 동안 포상휴가가 15일이 주어졌지만 나는 쓰지 않았다. 사실 집에 가봤자 몸과 마음이 편치 않을 것 같았다. 편히 쉬기는커녕 돈이며 농사일이며 내가 모든 것을 책임져야 했고 어차피 전역을 하게 되면 그 모든 일들이 내 몫이 될 터였다. 여비도 부담되었다.

1967년 4월 6일 5연대 중대본부로 이동 배치된 후, 제대를 며칠 남겨둔 5월 9일 특별휴가를 얻어 큰누나를 만나러 갔다. 동생의 무사귀환을 알려 주고 싶었다. 경기도 남양주군 미금면 수석리에 있는 큰누나 집을 찾아갔다. 첫눈에 작은 조카가 누나 얼굴과 같아서 한눈에 알아볼 수가 있었다. 살아 돌아온 나를 반겨주던 누나와 조카들과의 짧지만 흐뭇했던 만남은 참 좋았던 추억으로 남아 있다.

월남 전쟁의 아픈 기록

해병대에 입대해서 월남 전쟁에 다녀와 전역할 때까지 모든 고난과 역경을 이겨내고 살아왔기 때문에 사회에 나와서도 어려울 때나 힘들 때 '내가 전쟁터에서도 살아왔는데 이런 것 갖고 좌절하고 힘들어하나.'라는 마음으로 견뎌내고 이겨냈다. 4·3사건 이후 내 인생에서 가장 힘들었고 위험했고 또 그만큼 자랑스러웠던 일은 해병대 청룡부대 장병으로서 월남전쟁에 참전한 일이다.

내가 강인하고 적극적이고 도전적인 삶을 살게 된 것도, 절망과 포기 앞에서 '안되면 되게 하라!' 정신으로 이겨낼 수 있었던 것도 모두 '해병대'와 '월남 참전'에 기인한다.

사실 월남 전쟁은 살아 돌아온 이들에게는 무용담 추억으로 남았지만 전장터에서 운명을 달리하거나 부상을 입은 장병들에게는 악몽이자 치유되지 않는 아픔일 것이다. 50년 전 일이라 젊은 세대들은 잘 모르고 또 알고 싶어하지 않는 젊은이가 대부분이다. 지금의 우리나라가 있기까지 선대가 어떤 노력을 하였고 어떻게 했는지 알아야만 한다. 올바른 역사의 인식없이는 현재도 미래도 없는 법이다. 우리의 할아버지, 아버지, 삼촌이 어떤 희생을 치렀는지 오늘의 편안함을 누리고 있는 우리는 알아야 할 것이다.

월남 파병은 자유민주주의를 수호하고자 미국의 요청에서 비롯되었다. 1973년까지 약 32만 5천 명이 베트남전에 투입됐다. 그 가운데에서 5천 여 명이 전사했으며 부상자 1만5천 명과 고엽제 환자 4만5천 명이 고통 속에 있거나 앓다가 세상을 하직했다. 함께 전장터를 누비다가 적의 공격에 장렬하게 전사한 장병들을 생각하면 지금도 목이 메인다.

그리고 참전용사들은 당시 낙후된 우리나라 경제발전을 이루는 데에도 기여했다. 목숨값으로 받은 전투수당의 절반인 1만원을 나라에 헌납해 우리나라가 근대화로 가는 성장의 토대를 닦는데 요긴하게 쓰였다. 이러한 사실을 과연 국민들은 알기나 할까!

그 당시에 함께 참전해 싸우다가 부상당한 전우들은 지금도 고통 속에 있다. 그러나 1967년 해병대 사령부 창고에 불이 나는 바람에 전상戰傷일지가 타버려서 상이군경으로 인정받지 못해 보상도 못 받고 있고, 그나마 고엽제 환자로 등록돼 살아가는 중이어서 안타깝다. 나 역시도 그 중에 한 사람이다. 월남 파병 1진, 2진은 서류가 남지 않아서 참전기장증으로 파병을 인정받아서 지금까지 생활하고 있다.

지형도 낯설고 기후도 다른 이역만리 타지에서 밀림과 늪을 누비며 대한민국의 명예를 걸고 싸우다 목숨을 잃거나 다친 파월 장병들에게 정부와 지원과 국민의 따뜻한 관심이 있기를 바란다. 정부의 무관심 속에 고통 받는 파병 동기들을 볼 때마다 마음이 아프다.

그나마 위안이 되는 일은 우리 해병대 청룡부대의 참전 성과다. 1965년 10월 월남에 상륙한 청룡부대는 1972년까지 온갖 고난과 시련을 극복하면서 공산군 섬멸을 위한 여단급 작전을 55회 실시하여 포로 715명, 귀순 590명, 용의자 체포 2,669명, 개인화기 4,055정, 공용화기 노획 293문 등 빛나는 전과를 올렸다.

나는 '한번 해병은 영원한 해병'이듯 앞으로도 해병대 정신으로 살아갈 것이다. 청룡부대 대원을 비롯해 순직한 모든 월남참전 용사들의 영면을 기원하며 아직 부상의 고통을 겪고 있는 참전 동기들의 건강과 안녕을 기원해본다.

전장에서의 단상

총포탄 쏟아지는 전장터에서 죽고 죽이는 사활이 걸린 전투를 치르고 난 후, 살았다는 안도감과 더불어 외로움과 그리움이

불쑥불쑥 찾아들곤 했다. 그럴 때마다 수첩이나 종이에 글을 쓰면서 마음을 달랬다. 달빛 밝은 밤, 야자수에 기대어 또는 전투를 마치고 복귀한 막사에서 손전등 불빛에 의지해 그날의 일을 기록하고, 때론 그리움을 토로하고 어떤 날은 감성에 젖어 시를 끄적거리곤 했다. 마음 둘 곳 없는 내가 잠시 누리는 위안이자 위로의 시간이었다.

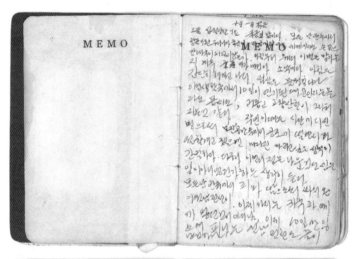

그리는 마음

어쩌면 그렇게도 무정할까?
목마르게 기다리는 그대의 사연
언제면 오려나 생각하였네.
날이 가고 달이 갔으나
기다리는 그 사연 아니 오셨네.
무정한 님 그대의 이름
언제면 만나리 그대의 얼굴
머나먼 이국에서 애타는 마음
어느 누가 위로하고 달래어주나.
그리운 그대 그 이름이여
오늘도 나 홀로 앉아
그대 이름 부르네.

1966년 2월 18일

포 소리

울어라 포야 쏜아라 대포야.
쿵쿵 떨어지는 너의 포탄에
베트콩 다 죽는 너의 용맹성에
이 자신이 고개 숙이누나.
어서 울어라 포야 대포야.
너는 나를 보호함으로
나는 살아왔노라.
이 험한 밀림 속을 찾아왔노라.
이 무서운 밤길을 찾아왔노라.
이제는 살았다 한숨 쉬면서
너에게 감사하는 이 심정
너는 알겠지.
고맙다.

청룡작전 중에

비 내리는 어느 날

비가 내린다.
소낙비가 쏟아진다.
힘차게 퍼붓는다.
사정없이 뿌려댄다.
그칠 줄 모르는 장맛비가
나무에도 내 머리에도 내 천막 위에도
쉼없이 내린다.
이 세찬 비는
누군가 미워서인가 내가 미워서인가
내 얼룩진 철모를 타고 발밑으로 흐른다.
총칼을 메고 저 멀리 밀림 속에
베트콩과 싸우는 이 내 몸에
하염없이 장대비가 쏟아진다.
얼룩진 우의가 더 짙어진다.

1966년 4월 6일

월남의 까마귀

열대의 까마귀가 구슬피 운다.
까옥까옥 구슬피 운다.
까마귀야 왜 너는 그리 우는가?
배 곯은 탓인가 임 없는 탓인가!
아니면 원수의 적이 무서운가?
말해다오. 요 불쌍한 까마귀야.
그렇다. 슬피 우는 까마귀는 저 까마귀는
임이 없는 탓이로다.
적탄에 맞아 쓰러진 임
그리워 슬피 우는 것이지.

1966년 5월 10일
전우 시체를 보면서

야자수

커다란 야자가 주렁주렁 매달려 있다.
마치 어릴 때
어머님 젖 빨던 생각이 난다.
지금이라도 그 맛있는 젖이 나올 것만 같구나.
저 속에는 여러 가지 전설이 얽혀 있고
정서의 꿈이 깃들어 있지.
시원한 야자의 물 음료수가 되어
나의 목을 축여주는 야자수.
너를 잊을 수가 없겠지.

월남 전선 이상없다

열풍도 몰아치고
포성만 울어대는
밀림 속 전투마다
피어린 충성
쓰러진 전우들의
명복을 빌며
돌아선 그 얼굴에
피마음 맺어
언제면 끝나려나
밀림 속 전투

1966년
전우의 죽음 앞에서

조명탄

캄캄한 밤하늘에 조명탄이 떴다.
적들이 들어오는 이 밤에 태양이 떴다.
밤은 환하게 밝은데
빗발치듯 쏟아지는 총성뿐이니
이 밤도 낮과 같이 밝은 세상
너는 나를 죽이려 하고 나도 너를
죽이겠다 기어코
청룡이 이겼다.
떴다 떴다 조명탄이 떴다.
밤새도록 쏟아내는 조명탄이
우리의 승리다.
승리했다 승리했다 조명탄이 승리했다.

1966년 7월 31일
적 습격올 때

나의 M1소총

나의 생명이여 제2의 생명이여
잘 싸웠다 힘차게 싸웠다.
나는 너를 사랑하고 보호하노니
말 없이 내 곁에 있어 적을 노리는
너의 모습에 내 마음 안전하다.
내 생명 지켜주던 나의 M1소총
나는 이제 조국으로 떠난다.
너를 버리고 가는
이 내 심정 매우 아프구나.
새 주인 잘 만나서 힘차게 싸워
너의 사명 다하기를.
나의 M1소총이여, 안녕.

소총을 반납하면서

섬소년,
제주 호텔의 꽃이 되다

3

호텔웨이터로 시작해 총지배인까지
45년의 세월 동안 호텔맨으로 외길을 걸었다.
남들 보기에는 고급 호텔에서 일하는 내가
폼나고 멋지게 보일지 모르지만
물 위에 우아하게 떠다니는 백조가
보이지 않는 수면 아래서 무수한 발질을 하는 것처럼
나 또한 고객과 호텔을 위해 전심전력을 다하였다.
파라다이스 호텔의 성장과 함께한
그 얘기들을 들려줄까 한다.

섬소년,
제주 호텔의 꽃이 되다

호텔맨으로서의 출발

1967년 5월 30일, 26개월간의 군 복무를 마치고 고향으로 돌아왔다. 진로에 대해 여러 방향을 열어두고 계획을 세워놓고 열심히 준비했지만 되는 것이 없었다.

여기저기 입사시험도 보았으나 되지 않았다. 1차는 합격했지만 2차는 꼭 불합격이었다. 신원조회에서 연좌제에 걸렸기 때문이다. 지금이야 없어졌지만 그 당시만 해도 연좌제라는 것이 있어서 범죄인과 특정한 관계에 있는 친족에게 연대 책임을 지게하고 처벌하거나 기타 불이익의 처우를 받게 했다. 집안의 족쇄와도 같은 형벌이었다.

이 또한 4·3사건이 가져온 우리 집안의 피해였다. 공부도 많이 하고 똑똑했던 형이 빨갱이 누명을 쓰고 그리된 것인데, 뚜렷한 증거나 이유도 없이 마녀사냥 식으로 올가미를 씌운 것이다. 그러니 공무원 시험에 합격을 한다 해도 관공서 취업은 연좌제에 걸려 안될 것이 분명했다. 다른 직장도 마찬가지였다.

얼른 직장을 잡아서 새로운 인생을 시작하고 집안에 경제적 도움을 주고 싶었는데 아무리 노력해도 넘을 수 없는 연좌제란 벽 앞에서 나는 자포자기의 심정이 되고 말았다.

마음을 추스르며 집안일이나 돕자며 밭 정리를 시작하였다. 내가 월남에서 보내준, 목숨값이나 다름없는 9만 원을 종잣돈으로 하여 소 2마리를 판 돈과 청두왓영평동 족제비왓영평동을 판 돈을 보태 어머니가 산 밭이다. 면적은 2천 평으로 아라1동 2505번지에 위치해 있다. 예전에는 부잣집 밭이라 불리며 보리와 조, 콩 등의 농사를 짓던 곳인데, 사방이 가시밭으로 둘러쳐져 있었다. 밭 가운데에는 무덤도 있고 돌도 많아서 맹지나 다를 바 없어 개간이 필요했다. 나는 매일 곡괭이와 삽을 들고 나가 치우고 갈아엎기를 반복했다.

그러던 어느 날, 종삼이 삼촌이 "호텔 같은 데서 일해 볼 수 있겠냐?" 며 제주관광호텔을 소개해 주었다. 지금이야 곳곳에 들어서 있지만 그 당시 일반인들에게 호텔은 아주 생소한 곳이었다. 직장으로 한 번도 생각해 보지 않은 곳이었지만 나로서는 더운밥 찬밥 가릴 처지가 못 되었고 어떡하든 돈을 벌어야 했기에 선뜻 "가겠습니다."라고 대답했다.

약속한 10월 1일, 옷 중에서 가장 깨끗한 걸로 차려입고 집을 나섰다. 처음 가본 호텔은 근사하고 깔끔한 외관에 잘 꾸며진 정원이 인상적이었다. 제주관광호텔은 1963년 10월 13일 개관한 제주 최초의 민영 관광호텔로 3층 건물에 30개의 객실과 식당, 나방을 갖추고 있었다. 김수남 객실 과장을 만나서 면접을 보고 식음료 과장 한경선 씨에게 인계되었다.

마침 점심시간이었는데 종업원 식당으로 나를 데리고 갔다. 직원들이 밥을 먹고 있었고, 내 앞에 쌀밥과 고깃국에 옥돔구이 등 여태껏 먹어 보지 못한 좋은 음식이 차려졌다. '여기서 일하면 매일 이렇게 좋은 식사를 하겠구나.' 씹을 새도 없이 술술 넘어가는 맛있는 밥을 먹으며 오길 잘했다는 생각이 들었다. 직장이 주어졌다는 사실에 감사했고 돈을 벌어 집에 도움을 줄 수 있다는 안도감이 나를 기쁘게 했다. 그동안 취업 때문에 응어리진 가슴이 봄 눈 녹듯 풀리며 열심히 일해야겠다는 의욕이 불끈 일었다. 이렇게 호텔 안으로 첫걸음을 내디뎠다.

호텔웨이터가 되기 위한 담금질의 시간

제주관광호텔은 김평진 회장과 김평식 사장 그리고 유하영 총지배인 체제로 운영되었다. 김평진 회장은 제주시 출생으로 열다섯 살에 일본으로 건너가 성공한 재일교포로 서귀포호텔 설립과 허니문하우스 병합으로 제주 관광의 성장의 토대를 닦고, 제주일보 회장, 제주여자학원 이사장, 제주개발협회장 등을 지내며 제주의 언론과 여성교육, 경제 발전을 위해 기여한 인물이다.

유하영 총지배인은 서울 반도호텔에서 총지배인을 하다 온 사람이었다. 반도호텔은 조선호텔과 함께 서울의 최고급 호텔로 쌍벽을 이룬 곳으로 그 명성이 1960년대 중반까지 유지되었다. 김택제 부지배인은 손가락으로 먼지를 확인하는 것으로 직원들을 긴장시켰다.

나는 11월부터 식당에서 근무를 시작했다. 음식 서비스와 청소를 담당했는데 모든 것이 처음이라 서툴렀다. 특히 서빙을 하려면 한 손에 접시 4개를 들어야 인정받았는데 이것이 가장 힘들었다. 혹여라도 연습을 하다 깨뜨릴 수 있기에 접시에 뜨거운 물을 담아서 흘리지 않고 드는 연습을 하며 손에 익혔다. 못하면 잔소리를 들어야 했기에 그것이 듣기 싫어 숙소에 머물면서 매일 반복하고 반복해 연습하니 얼마 지나지 않아 거뜬하게 해낼 수 있었다.

1968년 12월 중순, 서귀포관광호텔이 개관을 앞두고 있었다. 제주관광호텔보다 세 배나 더 많은 150개의 객실과 카지노까지 갖춘 대형 호텔로 규모가 크다고 하여 맘모스호텔이란 별칭으로 불리기도 했다.

개관에 맞추어 신입사원을 선발한다는 모집공고가 신문에 났고, 약 30명 정도를 모집하였다. 교육은 오현고에서 학교 방학기간인 12월 말부터 2월 말까지 2개월 동안 진행되었는데 이때 나도 함께 교육을 받았다.

열아홉, 스무 살의 한참 어린 교육생들과 9시부터 4시간 가량 호텔 서비스 전반에 대한 교육을 받고, 오후부터는 근무를 하며 실전에 투입돼 실무를 익히는 식으로 진행되었다.

1968년 3월, 드디어 입사 5개월 만에 정직원 발령을 받았다. 함께 교육받은 사람 대부분이 많은 인원을 필요로 하는 서귀포관광호텔로 발령을 받고, 나를 포함한 몇 명이 제주관광호텔에서 근무하게 되었다. 특히 오랜 친구인 김창남은 객실과, 나는 식음료과에 근무하며 일에 대한 의견이나 고충도 함께 나누며 서로 의지가 됐다. 그러나 오래가지 못했다. 창남이가 경찰에 입대해 그만두었기 때문이다.

식음료부에는 여섯 명이 근무하였는데 나보다 나이가 어렸고, 군대 갔다온 사람이 한 명도 없었다. 하지만 군대와 같이 입대 순으로 서열이 매겨져 나이는 어린 데도 선임이랍시고 궂은일은 전부 나에게만 시켰다. 나는 이것저것 시키는 대로 열심히 했는데 특히나 집기 세척은 너무나 힘들었다.

점심시간이 지나면 사용한 그릇이나 집기들을 씻고 정리해야 하는데 그때는 온수도 나오지 않을 때고 세제도 없어서 물을 끓인 후 비누를 풀어 닦아야 했다. 조금만 주의를 하지 않으면 그릇이나 포크 등에 기름기가 남아 있어 물을 끓이는 일부터 다시 해야 했다. 포크 나이프 숟가락은 일일이 닦아 마른 수건으로 물기를 제거한 후 정리해야 했는데, 설거지 속도가 느리면 선임들이 개수대에 담가 처음부터 다시 해야 하는 고초를 겪기도 했다. 반복하다 보니 손놀림이 빨라질 수밖에 없었다.

심지어는 정진수라는 선배는 나에게 세탁까지 시키는 것이었다. 더 이상 참지 못하고 어느 날인가는 그 선배를 뒤뜰로 불러내 "나이도 나보다 어린데 너무 하지 않으냐"며 화풀이로 몇 대 쥐어박았다. 효과가 있었는지 그 후부터는 조심스럽게 나를 대했다.

호텔 직장생활 적응과 성장의 과정

"야! 비행기다!"

누군가 내지른 소리에 하던 동작을 멈추고 우리의 시선은 일제히 하늘을 향했다. 저 멀리로 비행기가 고도를 낮추며 날고 있는 모습이 눈에 들어왔다. 지금이야 제주 창공을 오가는 비행기가 새가 지나는 것처럼 잦지만 그 당시는 흔치 않았다. 내가 제주관광호텔에 입사해 어느 정도 일이 손에 익은 1968년대만 하더라도 일주일에 고작 2~3대가 전부였다.

하지만 제주공항이 국제공항으로서의 면모를 갖추기 시작한 것이 그 즈음이다. 일제강점기에 건설된 제주공항은 1946년 1월에 민간비행장이 되어 민간항공기가 서울-광주-제주 간을 운항하기 시작했다. 1958년 1월 대통령령으로 제주비행장이 되었고, 1962년부터 국내선이 정기 운항되었다. 1968년 4월에서야 국제공항으로 승격되어 제주-오사카 간의 국제선이 개설되어 국제공항으로서의 면모를 갖추게 된다. 여수·대구·진주선이 개통된 것도 1970년대 들어서였다.

먹고 살기 어려웠던 60년대 후반, 비행기를 타고 제주에 오는 사람들은 소수에 불과했다. 뭍에서 여행을 온 신혼부부와 재일교포들, 그리고 출장을 온 사람들이 대부분이었다.

비행기가 보인다는 건 우리 호텔에 손님이 곧 온다는 신호였다. 제주관광호텔은 대통령을 비롯한 주요 인사들은 물론 출장을 오거나 관광을 하러 온 사람들이 으레 찾는 숙소였다. 1968년 12월 서귀포관광호텔이 개관하여 숙박 손님이 분산되기는 했지만 1978년 중문관광단지가 개발되기 전까지 제주를 대표하는, 제주 관광호텔 역사를 써내려간 곳이다.

주로 주말을 이용해 왔기에 평일은 식당만 붐볐다. 양식당이 드문 시절, 우리 호텔의 양식은 인기여서 점심시간이면 관공서의 고위직, 특히 병무청과 도청 간부들과 시내에 사는 사람들도 많이들 찾아왔다.

점심 먹으러 온 손님마저 모두 가고 나면 할 일이 없어진 젊은 직원들은 옥상으로 올라가 잡담을 나누거나 놀면서 시간을 때우곤 했다. 짙푸른 하늘을 배경으로 빨랫줄에 걸린 이불 홑청이며 식탁보와 수건, 베갯잇들이 하얀 파도처럼 펄럭이고 있는 옥상 구석은 고된 노동에서 해방되어

숨을 고르고 상사들의 눈을 피하기에도 안성맞춤 공간이었다.

누가 먼저랄 것도 없이 내려가는 출구 쪽으로 바쁘게 걸음을 옮겼다. 호텔이 손님 맞을 준비로 다시 분주해지기 시작했다. 나도 옷매무새를 가다듬고 주방으로 들어갔다. 제주에서 나고 자란, 호텔 일과는 전혀 맞지 않을 것 같은 무뚝뚝하고 요령없는 나도 어느새 흰 와이셔츠에 검정 나비넥타이가 제법 어울리는 호텔웨이터가 되어 있었다. 지금이야 호텔리어라고 해서 젊은 사람들이 선망하는 직업이지만 그 당시만 해도 호텔에서 일을 하는 사람에 대해 인식이 좋지 않았다.

해방 후 이십여 년이 지났건만 양반계급문화의 잔재가 남은 탓인지 호텔에서 일한다는 것이 남의 시중을 드는 사람이란 인식이 있어 하찮게 여기는 사람이 대부분이었다. 호텔에 우리 친척들도 왔는데 처음에는 창피해서 자리를 피하기도 했다. 지금이야 호텔리어를 꿈꾸는 젊은 이들도 많고 자부심도 상당하지만 그 당시만 해도 '호텔보이'라 부르며 하급 노동자 취급을 받는 직종이었다. 친척인 병읍이 형님은 그런 나를 위해서 따뜻한 위로의 말을 많이 해주었다.

1970년 8월, 제주관광호텔을 인수한 파라다이스 전락원 회장을 처음 뵐 기회가 생겼다. 호텔에 투숙하고 식사를 했는데 어려워서 다가가지는 못했지만 멀찍이서 봐도 하시는 행동이나 말씀이 너무 훌륭한 분인 것 같았다. 이런 분이 운영하는 호텔에서 일한다는 사실에 움츠렸던 어깨가 조금은 펴지는 것 같았다.

월급을 받고부터 내 형편은 물론 집안 살림도 조금 나아졌다. 호텔의 급여는 적었지만 객실과에서 일할 때는 봉사료, 일명 팁으로 생기는 별도의 수입도 있었다. 그래서 객실과와 식음료과에서 일할 때 급여는 같았지만 집에 가져가는 돈의 차이가 꽤 나는 편이었다.

1970년대 일반실 숙박비는 2,700원, 특실이 10,000원 하던 시절이었다. 2층과 3층 각각 15개 객실로 한실 9개와 트윈베드 11, 더블베드 10개의 양실 21개 그리고 특실을 갖추고 있었는데 직원 두 명이 전 객실을 담당했다. 신혼부부들과 출장 온 사람들 그리고 일본교포들이 주 고객이었는데 손님들이 주는 100원, 200원의 팁이 한 달 모으면 그 금액이 상당했다. 6, 70년대 제주에 비행기를 타고 오는 사람들은 극소수였는데 그만큼 여유가 있는 사람들이었다. 받은 팁을 한푼 두푼 모아 15일에 둘이서 나누어도 공무원 봉급보다 많았다.

트레이로 손수 음식을 나르는 룸서비스와 객실을 쓸고 닦고 정리하는 일에서부터 베딩까지 손이 많이 가는 일이었지만 그 덕에 힘든 줄 모르고 일했다. 그때는 지금처럼 성능 좋은 청소기는커녕 청소용품도 변변치 않던 시절이었다. 빗자루로 쓸고 대걸레를 빨아가며 닦고 바닥에 광을 내는 노동조차도 신나게 할 수 있었다.

하지만 어쩌다 가끔씩 충격적인 장면과 마주해야 했다. 1970년 초반, 젊은 여성들이 호텔에 투숙해 자살하는 일이 많았던 것이다. 특히 여성 두 명이 함께 오는 경우에 그런 일이 많아서 늘 긴장을 해야만 했다. 예의주시하며 밤 늦게까지 살피고 룸으로 전화도 자주 해서 사고가 나지 않도록 하였다.

3년 정도 지나자 일도 익숙해지고 직원들과도 친해졌다. 근무 끝나고 가끔은 호텔 복장인 검은 양복 차림 그대로 동료들과 칠성통에 나가서 양식과 한식 등을 먹는 여유도 생겼다. 정말 남 부러울 것이 없었다.

1969년 서귀포관광호텔 카지노가 마침내 개장하여 영업을 시작하였다. 그때만 해도 국내 관광객들 출입이 가능했는데 잘되지는 않았다. 하지만 1969년 말부터 일본인 관광객이 들어오기 시작해 호텔이 바빠지기 시작했다. 주로 사냥을 하러 오는 사람들이 많았는데 한번 오면 3박에서 5박은 기본이어서 일본어를 많이 써 볼 기회가 있었다. 내가 일본어 공부를 시작한 이유이기도 하다.

당시 사냥을 위한 총기를 호텔 창고에서 보관했는데 수렵총과 실탄 수를 관리하는 일도 직원들 몫이었다. 현직 군인인 방첩대가 수시로 확인을 하러 왔기 때문이다. 직원들이 간혹 실탄을 몰래 챙겨두었다가 쉬는 날 사냥을 하러 가기도 했다. 하지만 12·12사태 이후 정보부대 방첩대로 총기류 관리가 이관되어 더 이상 호텔에서 총기류 관리는 하지 않게 되었다.

1970년대 주말이면 일본관광객들이 몰려와 예약이 넘쳐 주말에는 방이 부족할 정도였다. 그런 상황에서 기관에서 갑작스럽게 방을 달라고 하면 무조건 원하는 대로 방을 줘야만이 무사하였다. 아니하면 주위가 시끄러워졌다. 지금 생각하면 그 당시는 모든 것이 힘이 최고인 시절이었다.

<hr />

박정희 대통령과의 일화

박정희 대통령은 연두순시나 산업시찰을 하러 제주에 자주 내려오곤 했다. 그 당시 제주관광호텔은 대통령을 비롯해 주요 요직에 있는 분들이 제주에 방문할 때 숙소로 사용되었는데 이상하게도 나는 그 근처에는 얼씬도 하지 못하게 했다. 우렁이 각시마냥 숨어서 조력자 역할만 해야 했다. 박 대통령은 1968년 150실 규모의 서귀포관광호텔이 개관한 후에 서귀포 포도당공장 준공식에 이어 1970년 1월에 휴식차 다시 방문하였다. 이와 관련한 일화가 있다.

제주컨트리클럽에서 골프 치고 서귀포호텔에서 점심식사를 한다고 해서 우리 호텔 직원들이 전부 지원 출동을 나가고, 제주관광호텔에는 나를 포함해 몇 사람밖에 없었다. 그날따라 눈이 많이 내렸다. 결국 박 대통령과 10여 명의 일행은 서귀포로 가지 못하고 우리 호텔로 와서 식사를 하게 되었다. 갑작스러운 방문에 호텔에 비상이 걸렸다. 접대할 직원들조차 없으니 하는 수 없이 내가 양식을 코스대로 요리해서 갖다 드렸다. 먼발치에서만 보다가 가까이서 대통령을 뵈니 꿈만 같았고 긴장되었지만, 떨리는 마음을 억누르며 침착하게 실수 없이 임무를 수행했다.

김갑수 검식관이 나에게 "잘 끝났다."고 칭찬하면서 "이제부터는 김광욱이도 대통령님께 서빙할 수 있다."는 말을 하는 거였다. 칭찬을 받은 것은 기뻤지만 '이제부터 내가 서빙을 한다고? 그렇다면 전에는 왜 못하게 했지?' 의아해하고 있는데 김탁제 지배인이 지금까지 내가 4·3사건으로 인하여 연좌제에 걸려서 주요 내빈들 곁에 다가가는 것이 금지되었다는 얘기를 해주었다.

그 말을 듣고 너무나 억울하고 슬펐다. '4·3사건으로 우리 형님 가족 네 명을 잃는 아픔을 겪은 것도 모자라 끝끝이 괴롭힘을 받는구나.' 하는 생각이 들었다. 그후 경호실에서 "오늘부터 김광욱 씨는 연좌제에서 풀려났다."는 명령을 들었다. 정말 예기치 않게 박정희 대통령과 일행에게 식사 한 끼 정성껏 대접한 것으로 인해 그동안 내 발목을 잡아 왔던 연좌제에서 벗어날 수 있었다.

박정희 대통령을 위해 만든 한 끼의 식사가 어찌 보면 내 운명까지 바꿔 놓았다고도 볼 수 있다.

그후로 대통령이 방문하면 언제나 일선에서 서빙을 하고, 대통령이 외출하고 나면 경호관이 지켜보는 앞에서 방 청소와 정리정돈 등 꼼꼼히 뒷정리를 하였다.

하루는 이 비서관이 방에서 식사를 한다고 해서 한식으로 차려주었는데 "동지나물 김치가 맛있다." 하여 아무 생각 없이 더 갖다 주었다. 고객이 원하니 호텔 직원으로서 당연한 일이었다. 그러자 김갑수 검식관이 "각하께서 잡수실 것을 주었냐."며 구둣발로 내 정강이를 걷어챘다.

훗날 김 검식관이 관직을 떠나서 경주 불국사호텔 사장으로 있을 때 만났는데 그 상황에서는 업무수행 때문에 어쩔 수가 없었다며 미안하다고해서 웃어넘긴 일이 있다.

또한 1970년 초에 박 대통령과 육영수 여사 일행이 일주도로를 둘러본 후 김녕사굴에서 점심을 먹기로 돼 있었다. 그날까지 제주에는 몹시 많은 눈이 내렸다. 나와 이정현이 김밥과 반찬, 국을 준비하고 취사도구와 그릇까지 갖고 가서 국을 따끈하게 데워 점심을 차리고 후식으로 커피까지 대접했다. 무사히 마치고 호텔로 돌아와 팀원들과 팔을 걷어부치고 저녁 준비를 했다.

그날 저녁 만찬 때 영부인이 "각하. 제주도 일주도로도 포장을 해서 제주에 많은 관광객이 올 수 있도록 하여 주십시오."라고 요청하는 것을 들었는데 그해에 일주도로 포장 공사가 시작되었다. 일주도로를 지날 때마다 박 대통령과 육영수 여사의 생전 모습이 떠오르곤 한다.

관광도시 제주를 견인한 파라다이스그룹

1965년 한일국교정상화에 따른 일본 관광객의 증가에 힘입어 제주도의 관광산업이 기지개를 켜기 시작한다. 1965년 11월 30일 제주공항을 국제공항으로 승격시켜 제주-일본 노선이 운항되고, 1968년 제주-부산-오사카를 잇는 국제삼각항로를 이용해 후지마루호가 제주항에 입항함으로써 화물수송도 가능해졌다.

정부는 1970년 제주도종합개발계획을 수립하여 1973년 관광종합개발 계획을 발표한 후 서귀포시 중문에 대규모 관광단지를 조성하며 제주도가 관광도시로 도약할 수 있는 여건을 마련해주었다. 이와 때를 같이하여 제주국제공항 활주로가 확장돼 관광객을 대량 수송할 수 있는 항공기 보잉 727도 취항했다.

1972년은 한국관광산업에 있어 획기적 전기가 마련된 해이다. 일본 정부가 해외여행자유화조치를 취하며 단체 일본관광객이 제주를 찾기 시작한 것이다. 그리고 1973년 도내 관광업계를 이끌고 있던 김인규, 유하영, 김득현, 김대옥 등과 제주도가 "제주를 노비자지역으로 선정해 줄 것을 요청"하는 건의가 받아들여진다.

제주도가 '노비자 지역'이 되며 이때부터 해외관광객은 급속도의 신장세를 보이게 된다. 1960년에 1만 명도 채 안 되던 관광객이 1966년에는 10만여 명, 1977년에는 50만 명을 넘어서게 되었다.

주말이면 일본 관광객들로 인해 호텔이 잘되긴 했지만 문제는 평일이었다. 우리 직원들은 열심히 하려고 했지만 평일에도 객실 손님들이 많아야 하는데 그렇지 못하니 운영이 어려웠다.

김평진 회장이 제주관광호텔이 계속 적자가 나기 때문에 매각하든지 임대하려 한다는 소식이 들려왔다. 드디어 임대하기로 결정이 나고 전락원 회장이 인천 올림포스호텔 공동 운영자인 유하열 회장과 함께 인수하였다. 그리고 1970년 9월 1일부로 제주관광호텔이 파라다이스 제주호텔로, 서귀포관광호텔이 파라다이스 서귀포호텔로 사명이 변경되었다.

잠시 쉬고 있던 유하영 총지배인이 전무이사로서 두 호텔과 허니문하우스를 총괄하였다. 허니문하우스는 1957년 정부 주도로 지어진 호텔로 소정방폭포 부근에 위치해 절경을 자랑하던 곳으로 주로 대통령과 정부 고위층 인사들이 투숙하여 유명해졌다. 원래 명칭은 서귀포호텔이었으나 허니문하우스로 명칭이 바뀌고 파라다이스그룹에 인수된 이후 신혼여행객들의 명소로 알려지게 된다. 이후 파라다이스그룹은 호텔운영과 카지노사업을 통해 제주의 관광도시로의 성장을 이끌게 된다. 파라다이스 제주호텔은 김탁제 씨가 총지배인이 되었고 영업과장은 유순모 씨였다. 객실과에는 나보다 입사가 빠른 이승규 씨가 있었는데 선배로서 잘 가르쳐 주었다.

어느 날 내가 룸서비스에 근무 중이었는데 객실 손님이 숙박료를 계산하면서 사례금을 프론트에 주고 간 적이 있었다. 당시 프론트에 근무 중인 김 모 씨가 자기가 받았으니 자기 몫이라며 나눠주지 않아 객실 주임과 언쟁이 일어났다. 내가 주임 편을 들며 대들어 몹시 난처한 상황이 되자 그만들 하라고까지 하였다. 서열로 치면 제일 아래인 내가 선배한테 대든 일은 잘못이었지만 정말 억울한 일이었다. 다행히 유 전무와 김탁제 지배인이 크게 문제 삼지 않아서 인사이동으로 끝나고 말았다.

객실은 그래도 팁이 있어서 수입이 좋았으나 식음료 부서는 부수입도 없이 힘든 생활이었다. 객실 투숙객들이 꿩사냥을 가는 날에는 아침식사 준비 때문에 오전 6시까지 식당을 열어야 했기에 눈 쌓인 길을 걸어서 호텔까지 가느라고 애를 많이 먹었다. 다른 직원들도 마찬가지였지만 그때는 눈이라도 내린 날은 출근길이 고생길이었다.

식음료부서에 있을 때 기억나는 일이 있다. 1972년 가을에 군사정전위원회 감시단이 제주를 시찰하기 위하여 방문했는데 중장을 비롯해 여러 나라 장군들이 와서 양식을 주문해 식사를 하게 되었다. 비프스테이크와 전복스테이크, 닭새우구이 등 최고급 식사메뉴와 크림스프와 후식 과일 등을 주문 받아 서빙까지 순조롭게 잘 마치나 싶었다. 그런데 주방에서 실수가 있었는지 우리나라 공군 소장 한 분이 닭새우구이를 주문했는데 안나왔다며 야단이었다.

실수를 인정하고 사과 드린 후, 빠르게 요리를 해서 가져다 주었는데 화가 가시지 않았는지 식사를 마치고 총지배인 오라고 하면서 역정을 많이 내었다. 같이 온 대령이 "식사는 다 했으니 그냥 가시자."며 말리는 바람에 겨우 마무리할 수 있었다. 이 일로 큰 행사 때에는 인원과 음식 수가 맞는지 꼭 확인하고, 행사 인원도 정원에 맞게 배치되어야 한다는 것을 새삼 깨달았다.

허니문하우스에 10개 객실과 식당이 있었는데 호텔 일대 풍광이 아름다워서 많은 손님이 찾아 주었다. 주위 환경과 바다의 경치며 모든 것이 자연스럽게 어우러져 조화를 이루고 있었다. 나는 제주에서 계속 근무하고 있었으며 두 친구는 선배들 과외 마치고 배광웅 씨는 먼저 그만두고 김창남은 제주로 와서 근무하였다.

서귀포관광호텔 카지노 근무

1972년에 유 전무가 그만두고 방원 전무가 부임하였다. "두 호텔이 잘 되어 가는 것 같으나 계속해서 적자입니다." 그도 그럴 것이 객실 수가 적어 많은 손님을 받지 못했던 것이다. 주말에 몰려드는 관광객들을 위해 1973년도에 제주호텔을 25실 증축하기 시작하였다. 나는 그 당시 생활이 너무 어려워서 다른 곳으로 이동할까 하는 생각도 많이 했었다. 그러던 중 박근태 관리부장이 서귀포호텔 객실과로 발령을 냈다. 9월 1일자로 서귀포 생활이 시작되었다.

그 당시 제주시에서 서귀포까지는 20인승 마이크로버스를 타고 5.16도로를 달려서 갔다. 눈이라도 내린 날이면 미끄러워 나아가지 못하는 버스를 밀고 당기면서 다녀야 했는데 그러다 보면 꼬박 하루가 걸리곤 했다. 서귀포에서 제주시에 있는 집에 오는 것도 힘이 들었다.

1973년도 그때는 일본 관광객이 몰려와서 객실이 만실이었다. 매일같이 투숙객 파티며 객실 손님 서비스 등의 일을 하다보면 새벽 2~3시가 되어서야 끝나곤 했다. 잠시 눈 붙이고 6시에 일어나 손님들의 아침식사와 퇴실을 도와주었다. 그 당시에는 객실 담당 남자직원들이 청소 및 정리정돈을 하고 여성직원인 룸메이드는 화장실 청소와 한실만 정리하는 식이었다. 무척 힘들었지만 팁이 생겨서 열심히 일할 수가 있었다. 젊은 패기로 휴식이라는 것도 없다시피 하며 근무했다. 늦은 퇴근길, 바닷가 포장마차 횟집에 들러 회와 매운탕을 안주 삼아 술 한잔 하는 것으로 위안을 삼던 시절이었다.

그러던 중 1차 유류파동이 발생해 전 세계가 어려움을 겪게 되었고, 호텔업계도 예외는 아니었다. 손님의 발길이 끊기자 호텔 운영은 힘들어지고 그 여파는 직원들에게까지 미쳤다. 팁은커녕 급여조차 제대로 나오지 않으니 생활이 어려워졌다.

하루는 김익환 지배인이 직원들에게 "보너스도 못 주는데 도나스도너츠라도 먹자."고 하여 종업원 식당에서 도너츠를 먹으며 웃던 기억이 난다.

우리 집은 여전히 농사를 지었다. 6월 초순 어느 날 평일 오후, 보리 수확을 위해서 잠시 집에 들러 보리타작을 하려 했으나 갑자기 기계가 고장나는 바람에 그날 하지 못하고 다음날 새벽에서야 겨우 할 수 있었다. 그런데 하필 전날 밤에 호텔 주방에서 불이 나서 큰 피해를 입게 되었다. 보리타작을 마치고 늦게 출근했더니 어젯밤 근무를 안 했다고 인사조치를 해서 식음료과로 내려가게 되었다.

급여로만 살려니 생활이 더욱 어려워졌다. 2년이란 세월이 흘러서 다시 객실과로 이동이 되었다. 또다시 밤과 낮이 없이 호텔에서만 먹고 자고 일하면서 살았다. 세월이 좋을 때 김익환 지배인이 남원리에서 과수원을 했는데 거기까지 가서 약을 뿌려 주었고 심지어는 사냥을 했는데 한상만이라는 친구는 매일 따라다녔다.

호텔의 직원들은 이직이 많은 편이라 늘 들고 났다. 내가 객실주임할 때 잊히지 않는 것은 강창훈이란 실습생이 와서 말썽을 많이 피웠던 일이다. 연락도 없이 출근을 안해서 버스도 안 다니는 그의 집이 있는 고성까지 눈길을 걸어가서 찾아온 적도 있다. 그래서 좋은 말로 가르치고 다독이고, 집에 갈 때는 부모님과 동생들 선물이며 학용품을 사가라고 용돈을 좀 주었더니 차츰 사람이 되어가는 것 같았다. 얼마 후 그의 부모님이 우리집에 농산물을 갖고 와서 고맙다는 인사를 하기도 했다.

1974년 칼KAL호텔이 개관하고 1978년 제주호텔이 25실을 늘려 55실로 증축되었다. 서귀포관광호텔 개보수공사도 모두 완료되자 직원들이 떠나고 혼자 남게 되었다. 그 즈음 나도 좋은 호텔에서 근무하고 싶어서 칼호텔에 원서를 냈는데 합격이었다.

그 무렵 나는 종사원 시험과목인 영어와 호텔서비스개론을 공부해 합격한 상태여서 어느 정도 자신이 있었다. 칼호텔은 320개 객실과 양식 한식 중식 일식과 제주 전망을 한눈에 볼 수 있는 스카이라운지를 갖춘 18층 규모의 호텔로 제주에서 가장 큰 규모였다.

그런데 본사에서 가지 못하게 하여 아쉽게도 기회를 접어야 했다.

———

제주호텔 프론트 계장

1978년 4월 20일자로 민병진 사장이 부임했다. 1978년 9월부터 서귀포호텔이 개보수에 들어가면서 나는 제주호텔로 옮겨 프론트 책임자가 되었다. 이 또한 종사원 시험에 합격했기에 가능했다. 당시 학원이 있었던 것도 아니고 내가 전공을 한 사람도 아니었기에 책을 사서 독학으로 공부해 이룬 결실이었다. 프론트 계장이 되고 나니 더 열심히 해서 위로 올라가야겠다는 욕심도 생겨났다.

처음에는 민병진 사장이 서귀포에서 온 직원들을 미워하고 천대한다는 느낌이 들어 열심히 해서 신임을 받고자 하였다. 워낙 꼼꼼하고 정확한 성품이라 결재를 받을 때도 글자 하나 알파벳도 하나 빠지면 다시 하라고 해서 몇 번이고 고치고 나서야 받을 수 있었다.

관광호텔 관련하여 많은 지식과 경험을 가진 분이었기에 기본 서비스부터 모든 호텔 분야의 전문지식이 직원들에게 전달되어 호텔 내부 운영은 안정적으로 유지되었다. 나는 민 사장으로부터 많은 지식을 얻었고 또한 객실 계장으로 진급할 기회도 가질 수 있었기에 감사하게 생각한다.

문원빈 총지배인과 함께

민병진 사장의 재임기, 겨울에 눈이 오는 날이면 카지노 직원과 호텔 직원들이 같이 영실을 거쳐 진달래밭까지 걸으며 여러 이야기를 나누고, 설경의 운치 속에 한데 어울려 즐거운 시간을 보내곤 했다. 어느 날인가는 눈 쌓인 곳에서 라면도 끓여 먹었는데 정말로 맛이 기가 막혔고, 막걸리도 마셨는데 너무 기분이 좋아서 막걸리 통을 치며 재미있게 놀던 기억은 한 폭의 수채화처럼 머릿속에 남아 있다. 그것이 내 생애 겨울 산행으로서는 처음이자 마지막이었다.

제주호텔 문원빈 지배인과 서귀포호텔 김인환 지배인이 그만두고 제주호텔에는 홍남표 지배인, 서귀포호텔은 개관준비를 위해 임덕성 지배인이 왔다. 전에 있던 임원들 대부분은 임기 채우는 식의 자리보전에만 신경 쓸 뿐 직원들을 가르친다거나 하지 않고 수익과 직결되는 판촉 활동에도 적극적이지 않았다.

이때 야간근무를 할 때면 직원들을 긴장시키는 일이 있었는데 그건 바로 늦은 밤에 행해지는 지배인의 순찰이었다. 호텔은 24시간 운영되지만 낮에는 드나드는 사람들로 북적이는 반면 한밤중 이후에는 조용한 편이라 직원들이 긴장에서 풀어지는 시간대이기도 하다. 그런데 지배인의 순찰은 가끔이 아니라 수시로 이루어졌으니 직원 입장에서 달가울 리 없었다.

그날도 순찰을 왔나 본데 그것도 모르고 나는 졸고 있었다. 잠결에 인기척을 느끼고 순간 나도 모르게 "도둑이야!" 소리치면서 그 사람에게 다가가 몇 대 때렸는데, 쓰러진 사람은 도둑이 아니라 지배인이었다. 송구함에 쥐구멍이라도 찾고 싶었던 그 날의 사건을 떠올리면 빙긋 미소가 지어진다.

서귀포호텔 카지노를 칼호텔로 옮기면서 대표이사도 바뀌었다. 카지노 운영은 칼호텔이 직접 하지 않고 전락원 회장이 운영권을 갖고 있었다. 하지만 칼호텔 카지노는 해외 판촉이 부족했던 것 같다. 이준재 이사가 총괄했는데 매출이 저조한 탓에 1984년 5월 파라다이스 본사에서 강수창 대표이사가 취임하고 조영인 부장, 이희제 부장, 박선보 경리과장이 내려왔다. 영업에도 큰 변화가 있었다. 일본을 비롯한 해외 판촉에 힘써 카지노에서 많은 수입을 올려 주었고, 우리 호텔도 영업이 잘되어 갔다.

특히나 2개월에 한 번씩은 일본 관광객들을 위해서 칼호텔 카지노 영업장에서 파티와 여흥의 자리를 마련했다. 공연도 보고 음식을 즐기면서 게임을 하는 식인데 호응이 높았다.

우리 제주호텔에서 식음료를 담당했기에 테이블이며 모든 집기와 음식을 운반해 갔는데 지금 생각하면 어디서 그런 힘이 났는지 모른다. 음식의 종류에 따른 수많은 재료에 양념, 그리고 냄비며 접시 등 모든 집기까지 실어 날랐는데 그 양이 엄청났다. 칼호텔 유수부 과장, 권황 과장 등 같은 과장들과 의논하면서 내가 앞장서 지휘하면서 열심히 했다.

또한 호텔 간의 유대를 강화하기 위하여 칼호텔 직원들과 제주호텔 직원들이 축구 시합을 자주 하였다. 하루는 강수창 대표가 격려의 말씀을 하기로 해서 내 나름대로 원고를 써서 갖고 갔는데 늦게 오는 바람에 못하고 말았다. 너무 당황한 나머지 쓰러질 것 같은 느낌이 들었다. 우리 호텔이 승리했지만 섭섭하기도 하였다.

또한 80년대 일본인 사냥꾼 손님이 많이 왔는데 경찰서에서 총기 관리 하던 것을 보안부대에서 하기 시작하여 많은 어려움이 따랐다. 불시 검문 형식의 총기관리상태를 점검 받느라 늘 긴장되고 힘이 들었다. 11

월부터 2월 말까지 사냥꾼 손님이 몰려오는 4개월 동안은 한시도 마음 편한 날이 없었다.

나는 호텔 직원들과 돈독한 관계를 유지했는데 어머니가 돌아가셔서 집에서 장례를 치를 때, 전 직원이 와서 조의를 표해 주었고 민병진 사장은 발인할 때도 찾아와 위로의 말씀까지 해준 일은 내 생애에 잊히지않는 고마운 기억으로 남아 있다.

나는 직원들에게 경조사를 꼭 챙겨야 한다고 강조한다. 나 역시 직원들의 경조사는 적극 참석하고 상가에서 밤을 새우기도 하였다. 전문수 과장 모친상 때는 우리 직원들이 가서 삼양에서 상여를 메고 회천 넘어서 장사를 지내고 온 적도 있다. 호텔은 고객에게 서비스하는 공간이지만 직원들의 회사이기도 하다. 회사에서 직원들은 또 다른 가족이라 생각한다, 매일 얼굴 보며 같이 밥을 먹는 식구인 것이다. 그러므로 경조사가 있으면 가족의 마음으로 참여해야 한다는 것이 나의 확고한 지론이다.

―――

호텔을 향한 짝사랑

80년대 들어서 제주는 허니문 부부의 낙원으로 인식되어 주말이면 신혼부부들이 제주로 몰려왔다. 그랜드호텔, 서해호텔, 로얄호텔 등 관광호텔도 많이 들어서며 제주는 관광의 섬으로 탈바꿈하기 시작했다.

파라다이스제주호텔의 근무조건도 많이 개선되고 조직 체계도 잡혀 안정을 찾는 듯했다.

아수선한 상황에서 설살가상으로 나이트클럽 화재로 큰 피해를 입을 뻔한 일도 일어났다. 1984년 겨울, 한 불량배가 호텔나이트클럽에 들어와서 잠을 자다가 불을 낸 것이다. 밤에만 운영되어 낮에는 문을 닫아둔 상태라 직원들 그 누구도 알지 못했다.

그날 나는 2층 객실 사무실에서 혼자 근무 중이었다. 그런데 창 너머로 흰 연기가 피어오르는 것이 눈에 들어와 다가가서 내려다보니 나이트클럽이었다. 깜짝 놀라 급히 소화기를 들고 내려갔다. 불길은 가까이 다가서지 못할 정도로 이미 번지고 있었다. 혼자 불길을 잡으려 애썼지만 쉽지 않았다. "화재다! 불이야! 불!" 하며 크게 연거푸 외치는 내 목소리를 듣고 직원들이 모두 달려 나와서 다행히 불을 끌 수가 있었다.

지금 생각하면은 어떻게 그런 위험한 일을 할 수 있었을까 싶다. 하마터면 화상을 입거나 목숨을 잃을 수도 있었는데 시뻘겋게 달려드는 불과 맞설 수 있었던 건 아마도 해병대 정신이 있었기에 가능했다고 본다. 그리고 생사를 오간 월남 전장터에서 경험을 통해 체득한 해내겠다는 투지와 책임감 덕분이라 생각한다.

무엇보다 호텔을 내 집만큼이나 소중하게 여기는 마음이 있었기에 용기를 낼 수 있었던 것 같다. 내 집이 타고 있는데 가만히 구경만 할 사람이 어디 있겠는가! 만약에 불을 끄지 않고 피하거나 불길을 잡지 못했다면 우리 파라다이스제주 호텔은 재가 되었을지도 모를 일이다.

호텔을 위해 내가 해결사를 자처해 나선 적도 있다. 호텔의 창고와 차고지는 가건물이라 건축 허가를 받을 수가 없었다. 이로 인해 두 곳을 증축하고 싶어도 손을 못 대고 있었다. 이를 보다 못해 내가 방법을 찾기로 했다. 먼저, 건축 관련한 법 조항을 공부하여, '공원지구 내에 있는 가건물이라도 10년 이상 공원 형태를 변경하지 아니하면 허가를 받을 수 있다.'는 조항을 찾아서는 제주시청 건설국장실로 찾아갔다. 담당자들을 만나 이야기하고 검토 끝에 마침내 증축허가를 받을 수 있었다. 그리고 호텔의 수도요금이 많이 나온다는 말을 듣고 '이걸 줄이는 방법은 없을까?' 고민하다가 지하수 개발에 착수했다. 제주의 청정한 지하수를 사용함으로써 물 부족 상태도 해결하고 수도요금도 대폭 절감하게 되었다.

사실 증축 허가를 맡고 수도요금을 절감하는 일은 굳이 내가 나서지 않아도 되지만 호텔에 도움이 된다면 나는 기꺼이 자원하고 자청해서 해결하고자 했다.

영업과장으로 진급하면서 육지 지방으로 판촉활동을 많이 다녔다. 짐가방을 꾸려 몇날 며칠씩 뭍으로 나갔다. 12·12사태 이후에는 외국여행을 나라에서 금지시켜 제주도가 대한민국의 신혼여행지로 유명해지기 시작하였다. 주말인 토·일요일과 월요일에는 제주에 객실이 없을 정도로 신혼여행객들이 많이 왔다. 그러나 화~금요일은 손님이 없었다.

그래서 주중에 광주, 여수, 순천, 부산, 경주, 울산에 있는 2급 호텔 지배인들과 같이 연계해서 객실 판촉에 힘썼다. 부산호텔 이광수 지배인 중심이 되고 제주에서는 우리 호텔이 참가하여 많은 손님을 유치하였다. 또한 여행을 마치고 날씨관계로 떠나지 못한 손님을 대상으로 할인판매를 하였는데 우리 호텔이 많은 성과를 올렸다. 그래서 그 당시 서해호텔 고세진 사장이 화가 나서 총지배인에게 야단을 친 모양이다. 어느 모임에서 나를 보고 "당신은 어떻게 해서 객실 판촉을 잘 하느냐?"고 해서 그 회사 총지배인 보기가 미안했던 적이 있다.

또한 파라다이스 제주호텔은 시내에 있어 동창 모임과 라이온스나 로타리 주행사 때 2층 연회장을 활용해 식음료 판매를 많이 하였다. 기관장 이취임식 때는 식사 판매에도 힘썼다. 이 모든 것들이 지나고 보니 호텔을 향한 나의 짝사랑은 아니었는지 싶다.

기억에 남는 일

호텔은 숙박과 식사 외에도 가족이나 단체 모임과 행사장소로도 사용된다. 당시 제주의 관광호텔 원조라 할 수 있는 우리 호텔에서도 다양한 연회와 행사가 열렸는데 그중에 가장 기억나는 일화 몇 가지가 있다.

겨울의 제주에는 눈이 많은 편이다. 그러다 보니 비행기 이착륙이 지연되거나 취소되어 발이 묶이곤 한다. 하지만 '안되면 되게 하라!'는 해병대 구호처럼 날지 못하는 비행기를 띄워야만 하는 경우도 있다.

1980년 1월 1일부터 3일까지 사흘 내내 눈이 많이 내려서 항공 및 배편이 모두 끊기고 말았다. 그런데 하필 3일에 우리 그룹의 전락원 회장과 임직원 스무 명이 일본 오사카에서 들어와 제주공항에서 특별기로 갈아 타고 바로 서울로 간다는 연락을 받은 것이다. 당연히 호텔에는 비상이 걸렸다. 다른 회사 회장도 아닌 우리 그룹 회장의 일이니 서울 본사 및 제주에서도 난리가 났다.

비행기 이착륙이 금지되었지만 무조건 띄워야만 했다. 공항으로 달려가 관계자와 항공사 담당자들에게 사정을 설명하며 간청도 하고 또 김

윤범 예약계장이 협조해준 덕에 무사히 일행을 태워 보낼 수 있었다. 그
날 유일하게 뜬 비행기였다. 이륙하는 비행기를 바라보며 안도의 큰 한숨
이 절로 나왔다.

가벼운 걸음으로 호텔에 돌아오니 여기저기서 수고했다는 말을 해주
었다. 해냈다는 뿌듯함에 피곤한 줄도 잊었다. 이후에 다른 기관에서는
그날 특별기를 띄우도록 도와준 대한항공에 대하여 많은 욕을 하고 또 뒷
수습을 하느라 애를 많이 먹었다는 얘기를 들었다. 미안한 생각도 들었지
만 어쩌겠나. 회장님 회사에서 월급 받고 사는 내게 비행기보다 더한 걸
요구했어도 해냈어야 하는 처지인 것을….

1983년 유엔사령부 주관 외국사절단 파티가 2박 3일에 걸쳐 우리
호텔에서 진행되었다. 전원 숙박을 하며 낮에는 관광을 하고 저녁에는 호
텔 뜰에서 가든파티를 했는데 당시 일반인들은 맛보기 힘든 고급음식들

외교사절단 야외파티

이 총동원되었다. 각 나라의 사절단이 근사한 복장으로 음악이 연주되는 가운데 닭새우구이와 랍스타구이, 전복구이 등 해산물과 비프스테이크 등 고급요리를 즐겼는데 마치 영화의 한 장면을 보는 듯 화려했다.

1985년 6월에는 J.C.전국대회가 제주에서 열렸는데 인원이 많아서 한 호텔로는 부족해 나눠 투숙을 했다. 우리 호텔에도 회원들이 투숙했고 그중에 회장 당선자도 있었는데 그가 "호텔의 넓은 마당에서 300명 규모의 뷔페 파티를 하겠다."고 하는 거였다. 몹시 당황스러웠다. 한 번에 300명의 행사를 뷔페식으로 치러본 적이 없었기 때문이다. 그 많은 식사를 준비하기란 그 당시 호텔 여건상 불가능한 일에 가까웠다. 조리실 인원이며 시설, 도구들이 턱없이 부족한 상태였다. '과연 잘 해낼 수 있을까?' 호텔 직원들은 우려를 나타냈고, 나조차도 의구심이 들긴 마찬가지였다.

비가 오면 2층에서 하고 날이 좋으면 야외에서 하기로 하고 준비에 들어갔다. 음식도 최대한 넉넉히 준비하고 마당은 300명 동선에 맞춰 뷔페 상차림을 구상했다. 대량의 재료 구입이 쉬운 제주특산물 요리를 메인으로 하여 다른 부서 직원들까지 모두 동원해 음식준비를 하였다. "이렇듯 큰 행사를 잘 치러서 우리 호텔의 이미지를 높여보자."며 직원들을 독려해가며 진행했다.

행사 당일, 아침부터 비가 내려서 실내행사로 하나 싶을 찰나 날이 개어 예정대로 야외에서 하게 되었다. 비에 말갛게 씻긴 나무와 화초들, 그리고 파아란 하늘과 신선한 공기가 회원들의 눈과 마음을 사로잡고, 신선한 각종 회와 갈치구이, 돔베고기 등 육지에서 접하기 어려운 제주특산물 요리는 회원들의 입을 즐겁게 하여 만족스럽게 마무리되었다. 한마음

한뜻으로 네 일 내 일 가리지 않고 최선을 다한 직원들이 무척 고마웠고, '내가 해냈구나.' 하는 생각에 힘든 줄도 모르는 하루였다.

우리 호텔 식음료부의 요리 솜씨는 제주에서도 최고로 인정받고 있었다. 외부행사에서 출장 요청이 들어오면 조리실에서는 한바탕 난리를 겪고는 했다. 지금이야 요리를 완성하여 보냉 보온 기능의 기기에 담아 현장에서 플레이팅만 하면 되지만 그 당시는 상하지 않거나 데우면 되는 요리 몇 가지를 제외하고는 현장에서 직접 만들어야 했기에 요리할 재료 전부와 조리기구와 식기와 수저까지 버스에 실어 날라야 했다.

부산과 제주를 오가는 여객선 부산카페리호 선상 파티에도 우리 호텔 식음료팀이 단골로 가서 격식에 맞는 요리와 디저트로 선사와 참가자들에게 큰 호응을 얻었다.

또 한번의 기사회생

1984년 연말 강수창 대표가 워커힐호텔 카지노에서 여행사를 비롯해 도와준 분들을 모시고 경품행사를 포함한 가수 나훈아 초청 만찬회를 열었다. 김 과장과 장상부 계장과 같이 출장 명령을 받고 처음으로 서울 워커힐호텔을 방문하게 되었다.

가서 보니 아차산 기슭에서 한강이 내려다보이는 주위 환경이며 호텔 규모가 정말 대단하였다. 만찬은 뷔페로 준비됐는데 특급호텔인 만큼 모든 것이 훌륭했다. 음식 가짓수도 다양하고 맛있었다. 나훈아 노래를 들으며 초청 손님들이 즐거워하는 모습을 보고 있으려니 나까지 기분이 좋았다. 쉬지 않고 계속해서 노래를 부르는 나훈아의 모습도 감동적이었다. 경품추첨까지 합쳐 두 시간 이상 진행되었다. 제주에서 같이 근무했던 워커힐호텔 강성모 상무가 "제주 촌놈들 서울 왔으니 대접 잘해서 보내라."고 해서 문기원 직원이 우리를 전담하며 안내도 해주고 술도 많이 갖다 주었다.

자정까지 놀고 난 뒤에, 다른 직원들은 호텔에 남고 나는 구리시에 사는 큰누나를 만나기 위해 택시를 타고 삼패리로 향했다. 조금씩 눈발이 날리고 바람도 세차게 부는 한밤중이었다. 한 시간 넘게 달려 도착했다.

누나집은 철길 건너에 있기에 택시에서 내려 걸어가는데 그만 철길 옆 논두렁에 빠지고 말았다. 불빛도 없는 캄캄한 밤에 술기운 얼큰한 상태에서 걷다가 발을 헛디딘 것이다. 날은 춥고 밤은 깊어가는데 미끄러워서 도저히 기어 나올 수가 없었다. 이러다 얼어 죽을 수도 있겠다 생각하니 덜컥 겁도 났지만 '월남에서도 죽지 않았는데 여기서 죽을 수는 없다.'며 이를 악물고 견뎠다.

새벽 2시쯤 되자 철길 옆을 지나가는 사람들의 기척이 있어 살려달라고 소리쳐서 간신히 나올 수 있었다. 깔끔하게 차려입은 양복은 전부 흙탕물에 젖어 말이 아니었다. 그 행색을 한 채 덜덜 떨고 나타난 나를 보고 누나는 깜짝 놀라서 서둘러 옷을 갈아입혀 주었다. 누나와 잠시 만나고 다시 워커힐로 돌아가야 해서 바지만 매형 것으로 갈아입었다.

워커힐호텔에 도착했는데 복장이 거지처럼 남루하니 입장을 시켜주지 않는 거였다. 객실에 갈 수가 없었다. 그래서 김왕균 총지배인의 "어려운 일이 있으면 조영남 객실부장을 찾으라."는 말이 생각나 찾아가서 자초지종을 설명한 끝에 객실에 들어갈 수 있었다.

옷은 세탁을 맡기고 객실에서 식사를 시켰는데 너무 피곤하고 힘들어서 먹을 수가 없었다. 하루 종일 객실에 있다가 민병진 사장이 총지배인으로 있는 플라자호텔로 갔다. 나한테 꼭 오라는 연락이 와서 택시 타고 가서 만났는데 누나집에 가면서 돈이 든 지갑과 시계까지 잃어버려 꼴이 말이 아니었다.

다음 날 아침을 먹고 다시 제주로 왔는데 몹시 마음이 아팠다. 누나한테도 미안하고 장상부 계장에게도 할 말을 잃었다. 집에 돌아와서도 아내에게 자세한 말을 못 하고 며칠을 지내다가 털어놓았다.

지난 일 돌이켜 후회하고 반성해봤자 무엇할 것인가. 지금 생각하니 그때도 하늘이 나를 버리시지 않은 것 같다. 그날 새벽 논두렁에서 동사해 새해 벽두 신문을 장식했을지도 모르는데 용케 살아났으니 긴 명줄을 주신 모양이다. 나는 월남전쟁과 논두렁 사건 그 이후 세 번째의 삶을 살고 있는 거나 마찬가지이다.

전락원 회장 부친에 대한 기억

전락원 회장은 파라다이스그룹 설립자이자 우리나라 카지노대부로 통하는 분이다. 올림포스관광호텔 대표이사로 관광업계에 종사하기 시작한 그는 1973년 한국관광공사로부터 워커힐 카지노를 인수하며 국내 카지노 사업의 선두에서 활약하였다.

워커힐 카지노를 통해 막대한 부와 인맥을 쌓았으며 이를 바탕으로 차례로 부산, 제주, 도고, 인천, 아프리카 케냐 등에 파라다이스 호텔을 설립하고 부산과 제주, 인천에도 카지노를 개장하며 우리나라 관광 발전에도 기여했다. 이후 사업영역을 확대해 면세점과 건설, 호텔과 학교 법인 계원학원 설립 등 교육사업에 이르기까지 큰 발자취를 남겼다.

파라다이스에 오랜 기간 재직하다 보니 전락원 회장과의 이런저런 소소한 추억도 적지않지만 가장 잊히지 않는 분은 전 회장의 부친이다.

전락원 회장의 부친이 돌아가시기 전에 마지막으로 호텔을 가보고 싶다고 해서 제주호텔에 오셨다. 몸이 불편하여 휠체어로 거동을 해야 하는 상황이었다. 처음에는 부산비치호텔로 가기로 했으나 제주로 장소가 바뀐 것이다. 가까운 거리에서 하루 세 끼 식사를 챙겨드리고 운동 삼아 휠체어를 타고 다니기 때문에 내가 시간이 안될 때는 한 사람을 대기 시켜 불편함이 없이 힘 닿는 대로 밤낮으로 보살펴 드렸다.

이전에도 자주 와서 호텔에 머물렀는데 그때는 몸소 걸어 다니고 늦게까지 영어책을 보시고 했는데 세월 앞에 장사 없다더니 많이 힘들어 보였다. 예전 얘기들을 들려주고, 또 제주가 너무 좋다고 말씀하시던 생각이 많이 난다.

한 달가량 머물다 가셨는데 두 달 후에 돌아가셨다는 소식을 들었다. 가까운 친지분이 돌아가신 듯 슬픈 마음이 오래 갔다. 모든 절차가 끝나고 전 회장 막냇동생이 미국에서 왔는데 나에게 "너무 고맙다."며 감사인사를 하는 거였다. 다른 호텔에서는 못 모신다고 했는데 "제주에서는 다들 잘 보살펴 주어서 편히 쉬고 왔다."는 말씀을 가족들에게 하신 모양인지 그 얘기를 그대로 나에게 전했다. 정말 보람을 느꼈다.

강수창 대표에 대한 기억

1984부터 허니문하우스에서 공사가 시작되었다. 휴양식 호텔로서 U자 형식으로 전 객실이 바다가 보이게 설계된 공사로 제주건설업체인 세기건설에서 착공하였다. 다양한 부대시설과 회의장을 갖춘 허니문하우스는 한식당과 고급식 소연회장으로 만들어졌다.

홍 지배인이 서귀포호텔로 가고 문원빈 지배인이 와서 그런대로 제주호텔은 현상유지는 되었는데 서귀포호텔은 그렇지 않아서 고민이 많았다. 그 무렵 허니문하우스에 55실 객실을 위주로 하여 영업장, 사우나 등을 오픈하기 위하여 공사 시작과 동시에 서귀포호텔은 문을 닫았다. 직원들도 그만두게 되었다.

허니문하우스 재오픈을 위해 제주 출신 이광영 상무가 부산비치호텔에서 제주로 와서 공사 전반에 대한 총괄을 맡게 되었다. 열심히 하느라

강수창 대표와 같이

고 했는데 서로 이해관계가 잘 맞지 않아서 일이 잘 풀리지 않았다.

　　1984년 5월 10일 강수창 대표가 취임하였다. 침체된 칼호텔 카지노를 활성화하여 운영을 정상화했으며, 원리원칙으로 회사를 운영했다. 직원들의 복지와 급여에도 신경을 써서 희망을 갖고 일할 수 있게 하였다. 재임 6년 동안 허니문하우스를 하와이의 그랜드하얏트호텔을 벤치마킹해서 현대식 휴양호텔로 설계하여 바다가 다 볼 수 있는 객실로 개관한게 큰 공적이라 할 수 있다.

　　강수창 대표는 재임기간 동안 호텔에 가족들과 친척들을 데리고 와식사를 제공하거나 객실을 사용토록 한 적이 단 한 번도 없었다. 대부분의 다른 임원분들은 호텔을 자기 집같이 여겨 가족 지인 등에게 인심을 베풀었지만 강 대표는 공과 사를 엄격히 구분하였다.

고향에서 친척이나 자녀들이 와서 관광할 때도 호텔 차를 쓰지 않고 나에게 차비를 주면서 택시를 잘 이용하게 해주라고 한 분이다. 그리고 경찰에 강민창 씨라고 형님뻘 되는 분이 있었는데 해양경찰대장 재직 시절에는 우리 호텔에서 투숙하고 갔지만 강 대표 재임하는 기간인 치안본부장 시절에는 단 한 번도 우리 호텔에 온 적이 없었다. 나는 그분이 퇴직한 후에 우리 호텔에 왔길래 "왜 현직에 있으실 때는 안 오셨습니까?"라고 묻자 "내가 왔다 가면 동생이 힘들어질까 봐서 오지 못했다."고 대답하는 것을 보고 과연 훌륭한 가문의 자손들이라는 것을 느꼈다.

강 대표는 제주 각 기관장들과도 잘 어울려서 회사 운영하는 데 여러모로 많은 도움을 주기도 했다.

어느 날 강 대표가 제주호텔 넓은 뜰에다 토끼와 닭을 키우자는 아이디어를 내서 토끼와 닭을 구해 풀어 놓았다. 잔디 위를 뛰어다니는 모습은 호텔을 찾는 방문객들에게 신기한 볼거리를 제공했고 손님들의 반응도 너무 좋았다.

1990년 5월에 파라다이스 서귀포호텔을 개관할 때 제주호텔의 토끼와 닭을 가지고 가서 키웠는데, 닭들이 나무에서 집을 짓고 병아리도 많이 낳아서 오가는 손님들이 신기하게 여겼다. 데리고 온 자녀들에게는 자연 속에서 동물과 교감하는 즐거움을 선사하고, 새벽녘 닭 울음소리에 잠을 깨어 고향에 온 기분이라고 말씀하시는 분도 있었다. 지금 같으면 상상도 못할 일이다.

바다와 육지에서 즐길 수 있는 장소가 되어서 우리 허니문하우스에 와서 경관을 보고 차를 마시고 식사까지 하여서 매상도 많이 올랐다. 퇴임 말씀에서 "내 평생 정성을 다한 파라다이스의 나무 한 그루 풀 한 포기 내 손 안 간 것이 없다."고 한 게 기억난다.

1963년 10월 13일 제주도의 첫 민영호텔이자 관광호텔의 선두주자인 제주관광호텔은 제주를 찾는 대통령을 비롯한 신혼부부와 관광객들에게 좋은 추억을 선사하고 1990년 문을 닫았다.

파라다이스 제주호텔의 뒷마무리를 가장 마지막까지 하고 개관 2개월 여를 앞두고 파라다이스 서귀포호텔에 합류했다. 호텔 내외부 공사점검 및 직원 교육에 신경 쓰는 한편 개관식 준비에 들어갔다.

파라다이스 서귀포호텔

오랜 공사 끝에 드디어 1990년 5월 16일 전락원 회장의 생일에 맞춰 파라다이스 서귀포호텔 개관식이 열렸다. 이탈리아 남부의 '까라디볼페'와 '체르보' 호텔을 모델로 신축 개관한 것인데, 동서양의 조화로운 건

파라다이스호텔 전경

축미와 인테리어는 한국의 호텔 건축 수준을 한 차원 높여 놓았다고 볼 수 있다. 동굴 같은 느낌인 아프리카식 객실과 통로는 테라코타 타일을 깔았고, 지붕은 유럽에서 들여온 기와로 장식했다. 내부 장식도 외부와 어울려 좋은 인상을 주도록 만들었다. 개관식 사회는 KBS 김동건 아나운서가 보았고 초대 손님으로는 국회의원을 비롯한 고위급 인사들과 초청받은 외국 손님들, 제주도 각계 유지들이 참석했다. 식의 첫 순서로 현관에서 테이프 커팅을 하고 다음으로 로비에서 연혁 보고, 라운지와 수영장에서 칵테일 파티가 이어졌고 마지막에는 허니문 하우스 한식당 야경을 보면서 마무리하였다.

나는 개관식 전날인 5월 15일, 공항에서 초청 손님들을 대형 고급버스에 태워 서귀포중문골프장까지 실어 날랐다. 제주도에 골프장이 3개밖에 없던 시절이라 단체팀 하루 잡는 것도 어려웠다. 이렇듯 골프 예약이 하늘의 별 따기만큼 힘들던 시절에 60명 15개 팀을 한꺼번에 그것도 사흘 연속 예약하기란 거의 불가능에 가까웠다. 하지만 골프장의 김재옥 과장이 적극적으로 발 벗고 나서준 덕분에 손님들이 라운딩을 즐길 수 있었다. 이 때문에 골프장 상사인 운영부 오 부장이 김재옥 과장에게 책임을 묻겠다고 하여 난감한 상황이 벌어지기도 했다.

일정을 무사히 마치고 호텔로 돌아와서도 식사대접과 객실 배정 등 하루 해가 가는 줄도 모르고 정신없이 지내야 했다. 사흘 동안 연속으로 골프장 왕래, 공항안내 등을 도맡아 했는데 단 한 차례의 실수도 없이 정확하게 일정대로 진행하다 보니 전락원 회장도 아주 흡족해했다. 파라다이스 계열 임직원들도 나에게 "정말 수고했다."며 진심어린 칭찬을 해주었다. 김재옥 서귀포중문골프장 운영과장과는 그 일을 계기로 30여 년이 넘는 지금까지 둘도 없는 형 동생 사이로 지내고 있다. 전에는 서울에 갈 일이 있으면 그 친구 집에서 지내고 오기도 했다. 그 친구 딸 결혼식이며 신혼여행까지 내가 챙길 정도로 각별하게 지냈고, 이 친구는 나의 큰아들 성철이가 결혼식을 올릴 때 울산까지 내려와서 축하해 주었다.

그 후에도 처제가 제주에 신혼여행을 와서 대접해주었는데 서울 갔을 때 그 친구의 처제까지 선물을 사 와서 반겨 준 적도 있다. 정말 세상은 돌고 도는 것 같다.

1991년 7월 15일자로 강수창 대표이사가 본사 전무로 이동하고 후임으로 심경모 사장이 부임해 파라다이스호텔 일은 물론 그랜드카지노호텔 개관과 중문에 신라호텔 카지노까지 개관 준비 등 모든 일을 총괄했다. 영업은 이갑수 이사와 나에게 전적으로 위임하며 손님 유치에 큰 힘이 되어 주었다.

나는 그 당시 일년에 두 차례씩 5박 6일에 걸쳐 여수와 광주, 대전, 대구, 포항, 경주, 울산, 부산지역으로 판촉활동을 다녔다. 호텔 팜플렛을 가득 넣은 배낭을 메고 제주파라다이스호텔 허니문하우스을 널리 홍보하여 제주신라호텔보다 더 좋은 이미지를 심어나갔다. 그리고 일하는 틈틈이 독학으로 영어와 일본어를 익히고 호텔개론, 관광개론, 서비스개론, 관광법규 등 시험준비를 하여 마침내 1992년 4전 5기만에 2급지배인시험에 합격하는 기쁨도 맛보았다.

1995년 매출이 55객실 호텔에서 66억 원이나 되었는데 이는 당시로서는 대단한 일이었다. 먼 길 한뎃잠 마다않고 무수히 발품 팔고 사람 만나 거둔 값진 결실이었다.

식음료 판촉은 학교 동문과 군대 선후배들이 많이 도와주었다. 북초등학교부터 일중과 일고 그리고 해병대 동기와 선후배 등을 찾아다니며 결혼과 생일, 환갑 등의 집안 행사를 비롯하여 동창회 등의 학교동문 행사와 기업과 로타리클럽, 라이온스클럽과 같은 단체 모임뿐만 아니라 소모임에 이르기까지 판촉활동을 펼쳤다.

그리고 행사 개최시에는 고마운 마음에 내가 해줄 수 있는 선에서 최대한 베풀었다. 그러니 재방문률이 높고 이는 곧바로 매출로 이어졌다. 정말 힘들어도 신나게 일했다. 가정보다 호텔을 위해 살았다고 해도 과언이 아니다.

직원들 또한 똘똘 뭉쳐 열심히 일했고 심경모 사장은 이러한 직원들의 복지향상을 위해서 많은 애를 써주었다. 직원들이 일하기 좋은 환경과 여건을 만들어준 덕분에 호텔 운영도 더 잘되었던 것 같다. 또한 심 사장 역시 가족들이 호텔에서 지내는 일이 없이 공과 사를 철저히 구분한 분이었다.

그리고 이때 신라호텔 백운태 총지배인과 우리 호텔 이갑수 총지배인이 잘 아는 친구사이라서 상호 협조하는 관계였는데, 나를 포함한 우리 호텔 간부들이 백 총지배인과 함께 식사를 함께하며 정보공유 및 의견 교환을 하는 자리도 종종 갖곤 하였다.

2년간의 임기를 마치고 심 사장이 워커힐호텔 대표로 떠날 때 직원들 모두가 아쉬워했다. 그 후임으로 1993년 워커힐카지노에서 일하던 정승용 상무가 대표로 왔는데 너무도 다른 운영 지침을 내렸다. 부임하자마자, 정성 들여 조성해 놓은 호텔의 야외 환경을 바꾸고 또 허니문하우스 손님도 개인과 소그룹만 받으라는 지시를 내리는 등 어려움이 많았다.

단체 관광객이 오거나 제주에 관광차 왔다가 둘러보고 마당의 토끼와 닭들을 구경하는 관람객들이 드나드는 걸 탐탁지 않게 여겼다. 호텔에 많은 손님이 드나들도록 하기 위해 영업도 하고 이것이 매출과도 직결되는데 도무지 이해되지 않았다.

그리고 파라다이스호텔 재직 기간 중에 나에게 큰 상처를 준 장본인이다. 무엇보다 열심히 일하는 나를 아무런 이유도 없이 영업차장에서 판촉차장으로 인사이동 시키더니 다시 환경미화차장이란 엉뚱한 자리로 좌천시킨 것이다. 지금도 이 일만 생각하면 억울하고 화도 나지만 어쩌겠는가! 이미 지난 일. 더욱이 정 대표는 세상에 있지 않으니 이제 그 이유조차 물을 수 없다.

25년 근속 표창과 여행

1995년 9월 1일 창립기념식에서 25주년 근속표창과 부상으로 행운의 열쇠를 받았다. 그리고 10월 27일 1급지배인시험에도 합격하여 두 배의 기쁨을 만끽했다. 심경모 사장이 재임기에 조치를 해놓고 간 덕분에 부부동반으로 동남아 4개국 4박 5일 여행이 보너스로 주어졌다. 장이부 경비계장 내외와 태국 싱가포르 말레이시아 홍콩 등을 관광하였는데 우리 부부는 물론 장 계장 내외도 첫 해외여행이었다.

제주로 여행 오는 부부들을 맞이하면서 늘 부럽고 '나도 언젠가는 아내와 해외여행을 가리라.' 생각만하고 있었는데 가게 되어 너무 기뻤다. 출발 전부터 아내도 나도 한껏 들뜨고 설렜다. 여행지에 도착해 관광의 즐거움을 만끽했다. 특히 아내가 태국에서 보트가 끌어주는 패러글라이딩을 하며 창공에서 어린아이처럼 좋아하던 모습은 내게 울컥할 정도의 행복감마저 들게 했다.

한편으로는 내가 그동안 살아오면서 아내를 저리도 환하게 행복하게 웃게 해주었던 일이 없었다는 사실에 자책감도 들었다. 당시에 호텔에서 일하는 사람들에게는 휴일도 없이 24시간 근무나 다름없었다. 손님들을 편안하고 즐겁게 하기 위해 정작 나는 아내와 자식들과 함께 시간을 보내

지 못했다. 나의 부재 속에 가족들은 호텔은커녕 여행을 가거나 나들이조차 하지 못한 것이다.

책을 준비하며 사진첩을 들춰보다가 가족여행 사진 한 장 없는 걸 보고는 자식들에게 그렇게 미안할 수가 없었다. 부부여행도 총지배인연합회에 참석할 때 아내와 동행한 것이 전부다. 아내가 하늘나라에서 나를 원망해도 할 말이 없다.

한 직장에서 30년간 지내면서 국가적 큰 행사를 치르느라 고생했다며 회사에서 위로차 보내준 외국 여행은 혼자 다녀와야 했다. 1986년 아시안게임 후, 7박 8일 동안 대만과 홍콩, 태국, 싱가폴, 인도네시아 발리섬과 일본을 다녀왔고, 1988년 서울올림픽 이후에는 홍콩과 태국 싱가폴 등을 4박 5일 관광했는데 2년 사이에 달라진 관광 트렌드가 몰라 보게 변해 있음을 알 수 있었다.

회사에서 도와주어 다녀온 지배인협회 주관 6박 7일 하와이 여행도 있었다. 하와이에서는 KAL대한항공에서 운영하는 호텔에 정진섭 총지배인이 근무하고 있어 많은 도움을 받았다. 해양관광이며 섬과 섬 사이에 관광이 발달되어 있었는데 선박에서 하는 식사와 쇼는 처음 보는 장면이었다. 제주 여행과 비교하며 앞으로의 관광 방향을 전망해보는 시간이었다. 세계에서 해양관광은 천혜의 자연환경과 늘 따뜻한 기후가 사계절 관광지 효과를 톡톡히 누리고 있는 하와이가 최고라는 생각이 절로 들었다.

1996년에는 퇴직을 앞둔 상황이어서 미지믹이란 생각으로 총지배인협회에서 주관하는 5박 6일 호주여행에도 참가했다. 광활한 들판과 밀림, 산악이 펼쳐진 아주 넓은 대륙이었다. 원주민들이 정착하지 않고 집시처럼 이곳저곳 떠돌며 정부가 주는 돈으로 생활하고 있다는데 보기에 너무 가엽고 측은하다는 생각이 들었다. 하지만 대자연 속에서 보고 느끼며 파라다이스에서의 지친 몸과 마음이 치유되는 여행이었다.

___

파라다이스, 굿바이

칼호텔 카지노를 시작으로 그랜드호텔카지노가 개관하고 서귀포, 중문에 신라호텔카지노가 잇따라 문을 열면서 제주도 내 카지노사업은 흑자를 내고 있었다. 그런데 해외호텔 사업 등 사업역역 확장을 해나가던 전락원 회장의 활동에 제동이 걸리고 말았다.

1993년 김영삼 대통령 취임 이후 카지노 업계에 대한 강도 높은 '세금탈세' 조사로 1996년 전락원 회장이 잠시 해외로 나가 있게 되었다. 이때 김성진 부회장의 고생이 많았다.

해외에 있는 전 회장은 가끔 내게 전화를 해 호텔과 나의 안부를 물었고, 나는 "잘되고 있습니다."라며 응대해 드렸다. 그런데 회장과 내가 여러 차례 통화를 했다는 걸 알게 된 정승용 대표는 내가 회장에게 호텔 관련해 정기적으로 보고하고 있다고 판단했던 모양이다. 나에게 사실 확인도 하지 않은 채 그 이후로 못 견딜 정도의 많은 시련과 고통을 주었다.

나는 '사장이 월급을 주는 것이 아니라 손님이 주는 것.'이라고 여기기 때문에 정 대표의 호텔 방문 때 고객에게 신경을 더 쓰느라 무관심했는지는 모르나 어쨌든 자기한테 "인사도 하지 않는다."고 하면서 나를 대놓고 미워하기 시작했다.

그런 정 대표가 원망스럽고 또 회장과의 전화로 인해 생긴 일이기에 고민하다가 하루는 전 회장과의 통화 중에 "회장님, 다시는 저한테 전화하지 마시고 대표이사에게 하십시오."라고 정중히 말씀드렸다. 아래 직원인 내 말이 전 회장의 귀에 상당히 거슬렸는지 몹시 화를 내며 "알았다."하며 끊으셨다.

자세한 내막은 모르는 채, 전혀 그럴 사람이 아닌 내가 "전화하지 마시라." 했으니 내 언행에 상당히 불쾌했을 것이다. 아마도 대표이사에게 전화해서 한 말씀 하신 것 같다.

그러거나 말거나 주어진 내 소임에 충실하려 마음을 다잡았지만 좌불안석이었다. 전에는 호텔이 내 집처럼 편하고 일하는 게 즐거웠는데 전혀 그렇지가 않았다.

이 즈음 호텔 내에서 젊은 직원들 중심으로 노조가 설립되는 쪽으로 분위기가 형성되고 있었다. 그러던 차에 형의 제사를 앞두고 직원 여섯명을 집으로 초대해 식사를 하는 자리에서 그 얘기가 나온 것이다. 나는 노조 설립에 반대하는 입장을 표명했다. 그런데 젊은 직원들과 함께 있었다는 이유로 내가 노조 설립에 동조했다는 오해를 사고 말았다.

더 이상 견딜 수가 없었다. 정 대표로 인한 극도의 스트레스로 지친 상황에서 설상가상 엉뚱한 오해마저 받게 되니 더 이상 호텔에 미련이 없었다.

1996년 11월. 사표를 제출했다. 그런데 수리가 바로 되지 않고 1997년 2월 15일에서야 퇴사 치리가 뇌었다. 내 삶을 온전히 쏟아부었던 파라다이스호텔 30년 여정에 마침표를 찍은 것이다.

역대 대표와 임직원들의 협조와 지도를 받으면서 후회없이 열심히 일했다. 덕분에 삼 남매 모두 4년제 대학을 졸업했으며 장남은 대학원까지 다니고 있었고, 급여를 아끼고 아껴서 1992년에 작은 2층집도 지을 수 있었다.

가장 고마운 분은 전락원 회장이다. 내가 역량을 발휘할 수 있도록 전폭적으로 밀어주고 신뢰해주신 덕분에 더 힘을 내서 일할 수 있었다. 전 회장 장례식 때 김성진 부회장이 나의 손을 잡고 "세상이 변해서 너와 끝까지 못해서 미안하다."고 하면서 눈물을 보일 때 나도 같이 울었다. 집에 돌아오는 길, 30년 함께한 회장님과도 호텔과도 끝났다고 생각하니 눈물이 앞을 가렸다.

내가 직장생활을 하는 동안 대표이사를 비롯하여 본사 홍순천 부회장, 허덕행 부회장이 해준 격려와 응원의 말씀은 고마움으로 남아 있다. 김성진 회장 타계 시에 소식이 닿지 않아서 조문을 못한 일은 큰 아쉬움으로 지금까지 자리하고 있다. 내가 짐을 꾸려 호텔을 나오던 날, 너무도 아쉬워하던 직원들 모습이 떠오른다. 선임들에게는 믿을만한 확실한 후배, 후배들에게는 정도를 걸으며 열정적으로 도전하고 최선을 다하는 선배가 되고자 노력하였다. 내가 같은 길을 걷는 후배들에게 작은 이정표 역할을 했다면 그것으로 족하다.

늦깎이 대학생이 된 나를 본받아 대학생 꿈을 꾸고 그리고 보증은 부모님 말씀대로 여간해서는 서주지 않았으나 직원이 학비나 집을 마련한다면 기꺼이 보증까지 서주면서 희망을 갖게 했던 건 정말 잘한 일로 기억된다. 자격증이 없는 요리사들에게 위생에 대한 법규를 공부하고 실습을 하라고 권유해 그들이 자격증을 취득하여 당당한 조리사로 자리매김할 수 있도록 한 것도 보람으로 남아있다.

내 생애에 한 직장에서 30년 동안 몸 담을 수 있었던 힘은 가족과 호텔 동료들이었다. 그리고 또 한 사람 전락원 회장. 그는 "너는 할 수 있어. 훗날 회사를 대표할 수도 있다."며 내가 안주하지 않고 도전하며 앞으로 나아가도록 동기부여를 해주셨다.

세상은 늘 변하고 사람도 바뀌고 인생 항로도 바뀌기 마련이다. 뒤를 돌아보면 앞으로 나아갈 수 없는 법. 파라다이스에서의 모든 일들은 추억으로 남기고 나는 새로운 마음가짐으로 제2의 출발을 준비하고 있었다.

뉴경남호텔 총지배인

퇴직 며칠이 지난 1997년 2월 하순, 서울로 가는 비행기에 몸을 실었다. 뉴경남호텔을 찾아가 김점판 회장에게 면접을 보고 다시 내려왔는데 2월 말, 뉴경남호텔 제주 사장으로부터 출근하라는 전문이 왔다.

평생 몸담았던 곳이 아닌 낯선 호텔 근무에 대해 기대와 걱정이 교차됐다. 이 호텔은 서귀포에 있는 5층 95개 호실로 1993년 리모델링을 마친 상태였다.

나는 파라다이스에서 했던 경영방식으로 판촉을 시작했다. 객실은 95실이었는데 주말에는 신혼여행 손님을 대상으로 하고 주중에는 단체 손님과 야간손님까지 받아가면서 확대해갔다. 그에 따른 호텔의 수익도 점차 올라갔다.

서귀포 지역 단체, 동창, 로타리클럽, 라이온스클럽 등을 따라다니면서 일고 선후배들을 모았다. 특히 해병대 후배들이 많은 도움을 주었다.

남원로타리클럽, 표선클럽과 성산포까지 파티를 유치하였고 야간 행사로 진행한 허니문 나이트도 인근 호텔의 도움을 받아 객실과 식음료 수입 등을 서울 경남호텔보다 많이 올렸다.

제주가 신혼여행지로 알려지면서 주말이면 자리에 앉아 있을 틈이 없었다. 관계 기관 및 지인 여행사 할 것 없이 객실을 부탁했는데 너무도 힘들었다.

그런데 임금이 적어서인지 직원들이 자주 그만두는 일이 비일비재하게 일어났다. 갑자기 사직하고 나가고 또 와서 일할만 하면 다시 떠나고 해서 조직이 안정되지 않았다. 회장에게 전체적으로 임금을 올려 주도록 승낙을 받고 실천에 옮겼다.

총지배인은 호텔의 꽃이라 할 정도로 호텔리어라면 누구나 오르고 싫어하는 자리이다. 파라다이스에서 못 이룬 꿈을 이루어 흐뭇한 반면 매출증진은 물론 30명 직원의 관리까지 내 어깨 위에 있다 생각하니 막중한 책임감이 짓누르는 듯했다.

그러나 파라다이스 재직 때보다 더 열심히 발로 뛰며 영업을 했다. 내부적으로는 조직의 안정을 도모하면서 뉴경남호텔을 한 단계 더 성장시키기 위해 고군분투했다. 또한 야간에는 탐라대학교에 편입학하여 학문을 연구하면서 시야를 넓혀 나갔다.

재직 당시 기억나는 행사는 섬문화 축제이다. 이때 남태평양의 피지 공화국에서 온 30명이 15일간 투숙했는데 직원들이 언어소통이 잘 안 되어서 곤란을 겪었다. 밤낮없이 그들 곁에서 열심히 손짓 발짓과 미소로 소통을 시도했더니 떠나면서 감사의 말과 자기나라로 돌아가서는 편지까지 보내줘서 기뻤다.

회장이 서울에서 관광호텔협회 회장으로 선출되면서 총지배인제도에 대해 필요 없다 인식했는지 6개월 동안 집에 쉬게 되었다. 그 사이에 진 사장이 거액의 회삿돈을 자기 마음대로 쓰고 도망가는 바람에 회사는 쑥대밭이 되고 말았다.

회사 공금 15억 원을 갖고 미국으로 사라진 것이다. 이로 인해 회장 이하 직원들이 많은 고통을 겪어야 했다. 다시 복직해 근무하면서 직원들을 위로하고 어수선한 호텔 분위기를 쇄신하는 한편 운영을 정상으로 되돌려놓았다.

미국으로 도피한 진 사장을 수배하라는 회장의 지시가 내려왔다. 진 사장 아들이 운영하는 모텔에서 미국으로 가는 전화를 차단해서 소재시를 알아낸 다음 회장에게 보고했다. 여러 가지 방법을 동원해 마침내 1년 후, 귀국과 동시에 김포에서 진 사장을 체포하여 경찰에 인계하였다.

나도 진 사장에게 속아 국민은행에 2천4백만 원을 보증해 주었는데 고스란히 떼이게 되어 마음에 병을 얻기까지 했다. 파라다이스에서 받은 퇴직금의 일부로, 정말 나에게는 너무나 큰 돈이었다. 내 인생에 처음 당한 일이어서 충격이 상당했고 집사람도 애간장을 태우다 병이 났다.

"아버지 할 수 없으니 운명이라 생각하고 다시 시작합시다." 딸의 위로에 겨우 정리할 수 있었다. 진 사장이 제주교도소로 이감되어서 면회하고 차용증을 받고 법원에 압류해 두었는데 나중에 그가 교통사고로 사망해서 어쩔 수 없이 포기하고 말았다.

그 후에 이런저런 사정으로 사장이 여러 번 바뀌었다. 이렇다 보니 운영이 제대로 될 리 없었다. 내 책임과 역할은 더욱 커지고 중요해졌다. 내 스스로 열심히 하지 않으면 안 되는 상황이었다.

2002년, 월드컵 경기의 함성이 온 나라에 울려 퍼졌다. 제주월드컵 경기장에서 열리는 경기를 보러온 사람들과 관광객들로 인해 제주도 내의 호텔은 유래가 없는 호황기를 맞이하였다. 우리 호텔도 예외는 아니었다. 외국인을 포함해 손님이 많이 왔지만 내국인은 받지 않기로 했다.

회장과 협의한 대로 월드컵이 끝나는 6월 말에 그만두겠다고 한 상황이었지만 유종의 미를 거둔다는 생각으로 내 모든 역량을 쏟아부었다. 시종여일. 처음과 끝이 한결같다는 뜻의 이 사자성어를 나는 좋아하고 지키는 편이다. 퇴직하는 마당에 뒤로 물러나 수수방관할 수도 있었지만 호텔에 몸담은 35년 중에서 가장 바쁘고 뜨겁게, 월드컵 참가한 선수들 못지않은 투지와 열정을 불사르며 보냈다.

뉴경남관광호텔에서의 6년은 내 인생에 있어서 무척 특별하고 가치 있었다. 호텔의 꽃이라 할 수 있는 총지배인이 되어 소임을 완수했고, 또 회장의 배려로 대학을 다니며 학사모를 쓰는 꿈도 이루었다. 그리고 총지배인연합회 회원으로 활동하며 시야를 넓히고 폭넓은 교류를 통해 나를 성장시킬 수 있는 기회도 얻었기 때문이다.

한국관광호텔지배인협회의 탄생과 역할

협회는 1975년 관광호텔 총지배인들이 주축이 되어 만들어졌다. 서울과 제주를 비롯하여 인천, 부산, 경북, 대구, 충남, 충북 호남의 호텔 지배인들이 참여해 1년에 한 번씩 관광호텔에 모여 교육도 하고 친교와 정보를 나누는 장으로 현재는 전국 각지의 100여 개 호텔이 참여하고 있다.

관광진흥법에는 총지배인 산하 각 부서에 1급 지배인과 2급 지배인을 두도록 되어있는데 총지배인 권한이 막강해지자 호텔경영자들이 박사학위 소지자들에게도 총지배인 자격으로 참여하게 하여 호텔 관련 교수들도 회원으로 속하게 되었다. 현재는 호텔에 주류나 식품 등을 납품하는 업체들도 특별회원으로 가입이 가능해졌다. 총지배인들만이 아닌 학계와 관련 회사들이 회원으로 활동하여 폭 넓은 교류와 더불어 공생을 위한 다양한 목소리를 내며 의견을 나누고 있다.

나는 1997년부터 2001년까지 4년 동안 총무를 맡아 봉사했으며 현재는 고문으로 활동하고 있다. 2002년에는 12월 한국관광호텔지배인협

회에서 수여하는 〈영원한 호텔맨상〉을 받는 영광을 누렸다.

35년 간 호텔맨으로서 한 길을 걸어온 데 대한 훈장이라 생각하며, 동종 업계 선후배와 동료들이 주는 상이라 더욱 의미있고 소중했다. 지면을 빌어 감사를 전한다.

리조트에서의 새 출발

퇴직을 하고 두 달이 지난 어느날 뉴경남호텔 프론트에 있던 김형우 후배로부터 전화가 왔다.

"지배인님. 법환동에 있는 비치리조트에 근무해 보시죠."

매일 출퇴근을 하다가 집에만 있으려니 갑갑하기도 했고 무엇보다 돈이 필요했다. 생활비며 아내 치료비와 동생 병원비 등 지출할 곳은 많은데 고정 수입이 없으니 집에서 쉬는 게 좌불안석이었다. 이것저것 가릴 처지도 아니고 또 리조트라고 하면 호텔과 별반 다를까 싶어 다니기로 결정했다.

비치리조트는 서귀포 법환리의 규모가 작은 리조트로 회장은 상주하고 있었다. 객실은 50실밖에 되지 않는데 학생 단체를 비롯하여 일반 모임이나 행사, 그리고 가족 및 개인에 이르기까지 다양한 계층의 손님을 받고 있었다. 호텔과는 다른 운영 시스템이라 어느 장단에 맞춰 관리를 하고 영업을 해야 할지를 몰라 처음에는 당황스러웠다. 그리고 함께 손발을 맞춰 일해야 할 직원들의 입사와 퇴직이 빈번하다 보니 질서가 잡히지 않아 애를 먹기도 했다.

나는 가장 먼저 조직의 안정화를 위해 발 벗고 뛰었다. 직원들에게 소속감을 심어줌으로써 자긍심과 책임감을 갖게 하고 리조트의 발전이 곧 개인의 발전임을 인식시키며 다독이고 설득하며 격려했다. 말뿐이 아닌 행동으로 보여주며 허드렛일도 마다하지 않고 직접 팔을 걷어부쳤다.

다행스럽게도 리조트 운영은 잘되는 편이었다. 3개월 가량 지나자 나도 새 직장에 어느 정도 적응되었고 직원들도 조금씩 변화된 모습을 보여주기 시작했다. 투숙객들의 식사는 단체 뷔페로 하여 반응이 좋았다.

리조트 부지가 상당히 넓었는데 수시로 잔디를 깎고 주위의 풀을 베는 일도 녹록지 않았다. 그런 데다가 이쪽을 깎고 나면 며칠 전에 깎은 저쪽이 다시 자라서 해도 해도 표가 나지 않는, 반복되는 도돌이표 노동이었다. 체력적으로도 힘이 들었다. 특히 눈이라도 내린 날은 고역이었다.

해가 가고 봄이 왔다. 정 회장이 나와는 상의 한마디 없이 객실 부분과 식음료 부문에 별도의 책임자를 뽑았다. 내가 생각하기에는 필요 없는 사람이란 생각이 들었다. 식음료 부서라면 이 업무와 관련한 경력자가 적임자인데 방첩대 상사 출신이 왔으니 일이 시원치 않았다. 그는 훗날 사기행각도 벌였다.

성수기 여름, 리조트에는 넓은 수영장이 있어 찾아오는 사람들이 많았다. 맑고 차가운 샘물을 끌어다 수영장 물을 채웠다. 그런데 청소가 보통 힘든 일이 아니었다. 가만히 서 있어도 땀이 줄줄 흐르는 한여름 땡볕 아래서 넓은 밑바닥의 물때와 가라앉은 부유물들을 쓸고 닦아내는 일은 해병대 훈련 그 이상으로 혹독했다.

물론 나이 탓도 있지만 '이곳에서 정말 잘해보자.'고 마음먹었던 내 열정이 식은 탓도 없진 않았다.

그런 와중에 직원 한 명이 문제를 일으켰다. 판촉을 담당하던 김형우란 직원이 신혼부부들의 예약을 받으면서 선불로 받은 돈을 제 맘대로 유용하는 바람에 사고를 낸 것이다. 그 사실이 발각되어 결국 해고되고 새 직원이 왔지만 잘 되지 않았다.

리조트 운영은 그런대로 잘 되는 편이기는 했으니 직원 수는 많은 편이라 수익이 적었다. 가을이 오기 전에 그만두었다. 한 푼이 아쉬운 나로서는 오래 다니길 바랐으나 리조트 사정이 그러하니 다른 곳을 찾아볼 수밖에 없었다.

수입은 없는데 아내의 병세는 점점 심해져만 갔다. 딸이 취직을 해서 도움을 주었다. 받은 퇴직금이 있지만 병원비 감당은 안 되었다.

그후 일 년이 지난 어느 날, 상패판매업을 하는 김 사장이 선흘리에 있는 선린지리조트에 한번 가보라는 것이었다. 버스를 타고 찾아갔는데 상당히 멀었다. 고민이 되었지만 찬밥 더운밥 가릴 처지가 아니기에 다니기로 결정했다.

아침 5시에 출발해서 동광양정거장에서 동회선 첫 버스 타고 함덕까지 가서 거기서 버스로 30분 더 가야 근무지에 도착할 수 있었다. 대지는 넓어서 할 일도 많고 비포장이어서 먼지가 많았다. 단체손님이 오는 날이면 길이며 운동장 주위로 물을 뿌려 먼지를 가라앉혀야 했는데 보통일이 아니었다. 다하고 나면 저녁 준비하고 있었던 일에 대해 잘 보고해야 했다. 사장은 내게 호의적이었지만 전무는 무시하는 듯한 태도였다. 불쾌했지만 어쩔 수가 없었다. 사장은 몸소 포클레인을 운전하면서 주변을 정리해 주었다.

일 년 동안 여기저기 판촉영업을 해서 많은 학교와 단체에서 손님을 받았다. 수익이 오르니 경영이 좋아졌다. 신진버스의 양 사장의 도움이 컸다. 인천, 서울, 울산 각지에서 손님을 보내주었다.

입사 2년째에는 고상범 친구가 제주에 있는 초·중·고 학생의 입학 MT를 모아와서 군대식 훈련과 오락 등이 포함된 2박 3일 기획상품으로 큰 매출을 올려주었다.

리조트가 잘 돌아가니 사장은 물론 전 직원이 신나게 일하는데 급제동이 걸리고 말았다. 모 중학교 학생부장이 술을 마시고 뇌를 다쳐 목숨을 잃은 사고가 일어난 것이다. 그 일로 인해 전국 각시의 초·중·고교의 제주 MT는 종료되고 말았다.

그렇다고 손을 놓을 수 없으니 틈이 날 때마다 주위 환경정리를 했다. 겨울에 출근하면 톱과 낫을 준비해서 한 구역씩 정리해 나갔고 먼지방지 차원에서 도로 및 운동장도 포장을 해나갔다.

　호텔에 부채는 좀 있긴 했으나 내가 판촉에 나서고 또 옛날에 같이 협조했던 여행사들의 도움으로 단체를 많이 받아 호텔 수익은 좋은 편이었다.

　사장은 객실 수가 모자라니 40실에서 60실로 객실수를 늘려야 한다며 대출을 받아서 동쪽에 지하 1층, 지상 2층을 짓기 시작해서 본관도 3층을 더 지었다. 무리한 공사에 부채가 30억 원을 넘어섰다. 아무리 단체 손님이 많다고 해도 한계가 있었다.

　사실 나는 사장의 의견에 반대였다. 동쪽 건물은 곶자왈 인근이라 건축허가가 잘 나오지 않는 지대라서 "2, 3백 명까지는 운영이 가능했으니 곶자왈 옆 땅을 사서 건축허가 받은 다음 기초만 닦아 놓고 자금을 확보하는 대로 다시 공사하자."라며 사장을 설득했다. 하지만 "할 때 해야지 못한다."고 하며 무리하게 진행했는데 이게 화근이 되었다.

　설상가상으로 전염병 사스와 메르스가 창궐하며 2년간 운영을 하지 못하고, 2008년 금융위기로 결국 선진리리조트는 2009년 경매를 통해 다른 사람에게 넘어가고 말았다. 100억 원짜리가 30억 미만에 낙찰되었다. 사장이 바라던 꿈은 중도에 멈춘 채 물거품이 되었다.

　공 사장이란 분이 낙찰받는데 10월 말로 인수하여 겨울 날씨에 고생이 많았다. 나도 일단 도와주기로 하고 계속해서 열심히 했다. 산책로도 정비하는 등 리조트 안팎을 다니며 힘써보았지만 내 맘대로 되지 않았다. 공 사장 외삼촌이 판촉을 맡아서 하겠다고 했으나 잘되지도 않았다.

　운영이 여의치 않으니 또다시 30억 원에 이 사장이라는 사람에게 인수되었다. 그러나 윤 이사란 사람이 실무자였던 부장을 해고하여 나 혼자 여러 가지 일을 감당해야만 됐다. 너무 힘들었다.

어느 날 윤 이사가 나에게도 그만두라고 해서 서운했지만 마음을 정리하고 떠나기로 하였다. 내 인생 마지막 호텔이라는 생각으로 힘들어도 내색하지 않고 선린지를 제주 최고의 리조트로 만들고 싶었는데 여건이 따라주지 않아 이루지 못한 것이 못내 아쉽다.

이곳을 끝으로 나는 45년 한 길을 걸었던 호텔맨으로서의 걸음을 멈추게 되었다. 그동안의 수많은 희로애락이 주마등처럼 스쳐간다. 최선을 다했기에 그 어떤 회한이나 미련이 남지 않는다. 나의 길에 함께 했던 모든 분들에게 감사를 전한다.

소중한 가족,
내 삶을 빛나게 하다

4

45년 세월을 집보다는 호텔, 가족보다는 직원들과
함께 한 시간이 많은 나였기에
먼저 간 아내 그리고 딸 아들들에게 늘 미안함뿐이다.
하지만 나를 믿어주고 따라주는 가족이 있었기에
나는 힘을 얻어 한 길을 걸어올 수 있었다.
자식들이 필요로 할 때 함께 있어 주지도 못하고
아내에게 능력 있고 따뜻한 남편이 되어주지 못했지만
내 나름대로 주어진 역할에 최선을 다하여 애를 썼다.
내게 힘과 의지가 되어주며
내 삶을 빛나게 해준 가족의 이야기를 들려주려 한다.

소중한 가족,
내 삶을 빛나게 하다

아내와의 결혼

'남자가 갖는 최고의 행복은 마음씨 고운 아내'라는 말이 있다. 어느 서양 철학자의 명언을 굳이 예로 들지 않더라도 남자에게 있어 마음씨고운 아내를 만난 건 행운임에 틀림없다.

내가 호텔리어로서 휴일도 휴가도 없이 오직 일에 전력질주하며 파라다이스에서 30년 재직하고, 뉴경남호텔에서 호텔의 꽃이라 할 수 있는 총지배인이 될 수 있었던 건 오롯이 아내 덕분이다. 그리고 내가 가정일 신경 쓰지 않고, 마음 편히 건강하게 지낸 것 역시 아내의 내조와 정성이 있었기 때문이다. 넉넉지 않은 형편에 3남매 자식 잘 키우고 가르쳐 시집 장가 보낸 것 또한 아내의 공이다.

아내는 내 인생 최고의 재산이자 편안함을 주는 안식처였다. 든든한 지원군이자 협조자, 가장 성실한 동반자였다.

나는 호텔에 가면 최고의 서비스와 친절이 몸에 밴 호텔리어였지만 집에서는 제주 섬사람 특유의 무뚝뚝함과 무표정으로 아내에게 "고맙다." "사랑한다."라는 낯간지러운 표현을 제대로 해본 적이 없다. 군이 말 안 해도 잘 알고 있으려니 짐작만 하며 살았다. 늘 가까이 있고 당연해서 그 소중함을 깨닫지 못하는 산소, 바로 아내는 그런 존재였음을 아내가 저 세상으로 가고 난 후에 깨달았다.

아내를 만난 건 고등학교 시절이다. 고등학교 1학년 때 오두진 선생님이 알선해 준 가정교사 자리가 바로 아내의 작은 이모 집이었다. 내가 가르치던 중앙인쇄소집 딸 문익영, 문명자, 문근영 삼 남매가 아내의 이종사촌 동생들이다.

이모가 나를 잘 보셨는지 내가 아이들을 가르치러 가면 환대해주며 제사가 있는 날이면 한 상 차려주시곤 했다. 이모의 정성과 손맛, 그리고 내게 베풀어주신 따뜻한 마음을 지금도 잊지 못한다. 이모는 큰집으로 심부름도 보내곤 했는데 그곳이 바로 아내 홍덕자가 사는 집이었다. 나보다 일곱 살 동생으로 갈 때마다 만나 얼굴을 익혔다. 그러니 오래된 사이라고 할 수 있다.

내가 제대한 후부터 작은이모 내외분이 자꾸 결혼 재촉을 하시며 "큰집의 막내인 덕자하고 결혼하라."는 것이었다. 덕자가 바로 큰집 갈 때마다 마주친 그 동생이었다. 그러던 어느 날, 작은이모가 서문통에 가자고 해서 갔더니 그 자리에 장모될 분이 나왔고 인사를 드렸다. 그러더니 며칠 지나 "둘이 결혼했으면 한다."는 말과 힘께 "친족 대표를 데리고 오라."고 하시는 거였다. 김성춘 형을 모시고 갔다.

작은이모의 주선으로 우리 결혼은 그야말로 일사천리로 진행되었다. 덕자와 정식으로 인사하고 사주까지 주어서 부모님께 드렸더니 택일을 해주었다. 아버지와 성춘 형과 같이 서문통 집에 가서 택일한 것을 드리고 결혼 준비에 들어갔다. 취직한 지 만 3년이 지난 때였다.

호텔 다니며 내가 번 돈으로 모든 준비가 이뤄졌고 어머니는 돼지 두 마리를 장만하셨다. 손재주가 야문 아내는 그 당시 양장점 일을 하고 있었다. 우리 둘은 데이트 한번 못하고 영화 구경도 제대로 하지 못했다.

내가 바빠서이기도 했지만 항시 장모가 같이 나왔기 때문이다. 하루는 영화를 보기 위해서 전화했는데 그날따라 약속장소인 원앙새 다방이 휴무여서 서로 다른 곳에서 헤매다가 결국 만나지 못했다.

고창호와 김좌근이 나의 결혼을 반기며 트럭으로 살림살이를 운반해주겠다며 나섰다. 그 친구들이 방첩대에 근무할 때였는데 하필 그날따라 작전이 있어 갑자기 못나온다고 하는 거였다. 이곳저곳 쫓아다녀도 트럭을 빌리지 못하자 하는 수 없이 동문시장에서 작업 마치고 들어온 트럭을 빌려 혼자 가서 살림살이를 싣고 집에 왔다. 화도 났지만 모든 게 나의 불찰이라 생각하였다. 동생 광진이도 맹호부대원으로 월남 간다고 떠나서 나 혼자 일을 치르려니 정말 힘이 들었다.

함은 병기 형이 들고 갔고, 명신 형, 작은외삼촌 내외가 신부 집으로 갔다. 서울이며 대구에서 처형될 사람들이 내려왔다. 호텔버스를 대절하고 제일관광호텔에서는 제주에서 몇 대 안 되는 크라운 승용차를 빌려주었다. 친구들이 승용차 뒤에 깡통을 매달아 서문통에서 제주관광호텔까지 요란한 소리를 내면서 달려 마침내 1970년 3월 27일 12시, 2층 홀에서 예비신부 홍덕자와 예비신랑 김광욱이 결혼식을 올렸다. 우리 호텔 직원 고태수는 이에 앞서 10시에 식을 마쳤다.

나의 결혼식

지금도 생각하면 우리 쪽 친척들도 많았지만 그 당시 신부 측 홍씨 집안과 신부 외가 친척들이 상당히 많이 와서 성황을 이루었다. 식이 끝나고 깡통소리 요란한 차를 다시 타고 구남동까지 달려왔다. 그 당시 길이 험해서 조심스럽게 달렸던 기억이 난다.

우리 집은 방 4개와 마루가 있어서 손님들 접대하기는 좋았다. 마당에는 천막을 치고 음식준비를 했다. 친구들이 많이 와서 축하해 주었는데, 신부 측에서 온 손님들에게 드릴 정종을 우리 친구들이 다 마셔 버린 불상사도 있었다. 그 당시에는 정종이 제일가는 술이었다. 어머니는 난감해하셨지만 재미있는 추억으로 남아 있다.

우리 부부는 그 흔한 드라이브도 못 해보았다. 결혼 첫날밤도 우리 집에서 지냈다. 동네 분들이 우리를 보려고 많이 와서는 밤 늦게까지 있었다. 신혼부부가 잠자리에 들었는데 구경꾼들이 서로 밀다가 그만 신방 창살이 넘어지는 바람에 혼비백산한 일은 잊히지도 않는다.

다음 날 또다시 신부 집에 인사를 가고, 신부 집에서노 우리집에 인사를 온 뒤에 함께 관광을 하기로 했다. 버스를 빌려 육지서 온 친척들과 같이 서귀포로 향했다. 그런데 돌아오는 길에 그만 버스가 고장이 나서 한참 기다리다가 대신 온 다른 버스를 타고 서문통 집으로 가서 한바탕

오락시간을 가졌다. 나는 민요 몇 곡을 불러주었는데 명자가 춤까지 춰가며 흥을 돋아주었다.

그리고 강민구 형은 〈눈물의 소야곡〉을 불러주었는데 지금도 노래가 들리면 형 생각이 많이 나고, 〈목포의 눈물〉을 들을 때면 그날 그 노래를 부른 처 이모가 떠오른다. 방에 모여 웃고 떠들며 흥겨운 시간을 보내던 그날의 일은 흑백영화 한 장면처럼 머릿속에 남아 있다.

─────

어렵게 시작한 신혼생활

결혼식을 올리고 새 보금자리를 꾸미기 위해서 열심히 움직였다. 신혼살림은 내가 책임지기로 약속했는데 정말 미안하게도 내가 구한 집은 전기도 들어오지 않았다. 호롱불을 켜고 살았는데 컴컴한 데서 닦다가 깨져서 손을 다친 일도 있었다. 수도도 연결이 안되어 물은 물허벅으로 구남천에 가서 길어다 먹고 빨래도 그곳에 가서 해야 했다.

아내가 친정에 가려고 해도 교통편이 없어서 걸어서 가야 하는 등 불편한 점이 아주 많았다. 하지만 어머니가 이해를 시켰는지 같이 살기로 해서 마음은 놓였지만 아내에게 미안하기만 했다.

불편함을 감수하면서도 아내는 불평 불만없이 며느리와 아내 역할에 충실했다.

결혼식 날 주례를 서주신 양치종 교장선생님과 사회를 맡은 정옥두 선생님이 "양가 부모님을 친부모같이 모시고 살면 모든 것이 이루어진다."고 말씀하신 것을 실천에 옮기고자 하였다.

결혼 만 2년이 지난 1972년 4월, 아끼고 아껴 모은 돈으로 동네에서 가장 좋은 집으로 알려진 대지 120평에 건평 22평의 콘크리트 슬라브집을 사서 분가하려고 준비 중이었다. 오롯이 내 힘으로 장만한 집이었다. 도배를 하는 날, 장모님이 와서 나를 대견해 하며 흐뭇한 표정으로 일을 도와주신 것이 지금도 기억에 남는다.

그런데 그해 7월 아버지가 돌아가시고 동생 광진이가 결혼을 한다고 하였다. 나는 고심 끝에 애써 마련한 이 집을 동생이 살도록 양보하였다. 이때 아내가 많이 화나고 서운하였을 것이다. 좋은 집으로 이사할 생각에 한껏 들떠 있었을 텐데 아무런 내색 안하고 내 결정에 순순히 따라준 아내가 고마웠다.

직장에서 열심히 일하고 집에 와서는 농사 등의 집안일을 도왔다. 당시 내 월급이 만 원이었는데 식솔을 건사하고 아픈 동생의 치료비를 대기에는 터무니없이 부족했다. 아내가 방 2개를 하숙생에게 내어주고 받는 돈으로 생활비로 충당했다. 우리 애들 3남매에 하숙생 식사까지 챙겨야 했으니 아내 손에 물 마를 날이 없었을 것이다.

하숙생들은 다행히 공부를 잘했는데 김창배는 농고를 1등으로 들어가 농협에 합격했고, 오남식은 교장, 김상익은 교사가 되는 등 좋은 성과를 냈다. 10년간 거쳐간 학생이 14명 정도 되는데 제사와 집안 대소사를 서로 챙길 정도로 각별하게 지내고 있다.

함께 살며 속상했던 일은 아내가 한 푼 두 푼 모은 돈이 오천 원이 되었는데 시장에 가서 소매치기를 당한 것이다. 돈 한 푼이 아쉬운 처지에 속상해서 흐느끼는 아내에게 "또다시 모으면 된다."고 다독이며 위로해

주었다. 그리고 그 당시에 부엌에서 연탄불로 밥을 지어먹었는데 불을 너무 세게 때서 장판이 다 타버린 일도 있었으나 이런 일쯤은 웃으며 넘어갔다.

아내와 처음 함께한 여행은 1986년 용평에서 열린 호텔지배인연합회가 주최한 3박 4일 지배인 교육이다. 설악산호텔 엄기환 지배인이 융숭하게 대해줬다. 제주에 왔을 때 우리집에도 초대하고 호텔에도 묵게 해주고 관광하라고 차도 내주어 정을 표했다. 아내가 입원해있을 때 엄 지배인이 반찬을 해다 준 고마움을 잊지 못한다.

———

부모님과의 작별

1972년 음력 7월 16일 아버지가 쓰러져 일어나지 못하셨다. 이상한 느낌이 들어서 일찍 퇴근하여 아버지 상태를 보니 말씀을 하지 못하시는 거였다. 예감이 있어 의사인 외사촌 형에게 전화를 했다. 와서 살피더니 마음의 준비를 하라는 것이었다.

형이 간 지 얼마 지나지 않아 아버지는 눈을 감으셨다. 한마디 말씀도 없이 68년 세월을 가슴에 품고 세상을 떠나셨다. 형편이 어려워 환갑도 못해 드린 것이 죄송스럽기만 했는데 정말 너무나 무섭고 슬펐다.

날씨는 한여름이어서 무더운데 나에게 돈은 2만 원뿐이었다. 장지는 생전에 말씀하시던 화북의 대락동산매모를 잡아 증조할머니 옆에 모시기로 해서 아버지 친구 강종훈 지관과 같이 가서 터를 고르고 돌아왔다.

그런데 관이 부풀기 시작해서 묶어도 소용이 없어 친족들과 의논해서 4일장으로 하기로 했다. 그날따라 날씨가 좋지 않았다. 노제는 법원 입구에서 했는데 양치종 교장선생님이 와서 위로의 말씀을 해 주셨다. 지금도 그날 일을 감사하게 생각하고 있다.

트럭으로 모시고 장지로 갔다. 관을 열고 하관하려고 하니 비가 내리는데 너무도 많이 쏟아졌다. 우의를 덮어 겨우 하관을 마치니 비가 개어서 마무리할 수가 있었다. 그런데 2년이 지났을 때 이묘하는데 시신이 살아 있는 모습 그대로였다. 아버지께서 말씀하신 할머니묘 앞 장소였다는 것을 그제야 내가 알았다. 지금 생각하면 아버지는 당신 하고 싶은 것을 맘대로 못하시고 가셔서 한스러운 일이 많으신 듯했다.

아버지 장례를 치를 때 회사에서 많은 도움을 주었다. 임직원들이 십시일반 조의금도 보내주어 감사했다. 바로 이런 의리와 정이 내가 호텔리어로서의 한 길을 가게 만든 힘이 되어준 것 같다.

그리고 6년이 지난 1978년 12월 24일 크리스마스 이브날, 어머니가 광식이를 세수시키고 발을 씻어주었는데 갑자기 광식이가 발작을 일으켰다. 그 바람에 어머니께서 쓰러지셨다. 병원에 갔으나 희망이 없다 하여 집에 모시고 왔는데 한마디 말씀도 못 하시고 세상을 떠나셨다.

나는 너무도 충격을 받아 그만 정신을 잃고 말았다. 친족들이 왔다 간 줄도 모르고 있었다. 내가 정신 차려야지 하면서 보는 것을 이겨나가야겠다는 생각으로 장례를 치렀다. 동네 사람들은 무서워서 장사를 치를 수가 없다고 해서 태원이 형이 광식이를 제민정신과의원에 입원시켰다.

어머니는 4일장으로 해서 아라목장에 모셨다. 어머니 생전에 동네 사람들에게 많은 것을 베풀고 가신 덕택에 산담묘의 둘레돌까지 쌓고 돌아올 수가 있었다.

제주호텔에 오래 몸 담고 있다 보니 가족처럼 되어버린 직장 동료들이 와서 위로하고 도와주어서 장사를 잘 치를 수가 있었다.

민병진 사장은 회사 간부들과 같이 문상을 와주셨다. 발인날에도 아침 일찍 오셔서 "조심해서 어머님 잘 모시고 오라."고 하신 말씀을 내 생전에 잊을 수가 없다. 지금도 감사하는 마음 여전하다.

1978년은 너무 슬픈 해였다. 음력 8월 그믐날 장모가 돌아가시고 음력 9월 그믐날에는 장인이 그리고 12월 24일 크리스마스이브 날에는 어머니마저 돌아가시어 정말 하늘이 노랗다는 말을 진심으로 느낀 한 해였다. 연이어 닥친 슬픔에 가을 겨울이 어찌 바뀌는지도 모를 지경이었다.

어머니와 함께

부모님을 여의고 난 후 고아가 되고 나니 두 분 살아생전에 더 잘해 드리지 못한 것이 못내 아쉽고 안타깝기만 하다. 자식이 부모보다 먼저 죽는 참혹한 슬픔 '참척慘慽'이라 한다. 인간이 느끼는 가장 큰 슬픔이라는데 이걸 네 번이나 겪으신 부모님의 그 마음을 어루만져드리지도 못한 것도 후회된다. 평생 가난과 노동의 고된 삶을 사신 부모님이 하늘나라에서는 행복하게 안식을 누리시길 기원해본다.

고생만 한 아내

"큰놈아, 내가 없더라도 동생들 잘 보살펴 주고 가정을 일으켜주기 바란다." 10대 학창시절부터 농사일이며 온갖 허드렛일과 가정교사까지 하며 집안과 동생들을 위해 희생해 온 내게 부모님은 임종하시면서까지 동생들 보살피라는 유언까지 남기셨다.

말씀에 따르려 부단히도 노력했다. 하지만 내 형편도 넉넉지 않은 상황에서 그 유지를 받들려니 너무 힘이 들었다. 생활을 꾸려가는 아내 역시 마찬가지였다. 그 말씀이 어떤 때는 원망스럽기까지 했다. 특히 광식이 뒷바라지로 인해 늘 생활에 쪼들려야 하는 점이 힘들었다.

광진이 동생이 소방정 진급하며 식솔들과 대전으로 이사 가고 광주소방본부로 이동하게 되었다. 광식이 때문에 집이 소용한 날이 없었다. 대전에 한 달 5만원 정도면 입소할 수 있는 곳이 있다고 하여 데리고 가서 입원시켰다. 하지만 5만원을 부치는 것조차 힘이 들었다.

1984년에 모든 빚을 합해보니 8백만 원이 넘어가고 있었다. 아내는 정신없이 일하고 있는데 돈 때문에 고민하다가 병이 날 것처럼 보였다. 그래서 제주은행에 다니는 창호 형을 찾아가서 사정을 이야기하니 5백만 원을 대출해 주었다. 서문지점에서 융자받아서 이자는 나중에 갚고 원금만 갚아나갔다.

　내 봉급은 은행 몫으로 고스란히 나가고 봉사료와 팁으로만 생활하려니 애들에게 해줄 것 못 해주고, 아내는 찬거리 살 돈이라도 아껴보려고 동문시장에 가서 다듬고 남은 고등어 대가리를 가져다가 무와 같이 졸여서 그걸로 애들을 먹였다.

　3년 지나고 나니 빚은 다 갚을 수 있었다. 내가 진급해서 영업과장이 되자 형편도 조금 나아졌다. 그 후에 새로 부임한 대표가 영업차장으로

아내와 함께

진급시켜 주었다. 월급도 오르고 절약한 덕에 1992년도에 2층 집을 집을 짓고 나서 융자받은 천만 원도 전부 갚을 수 있었다.

내가 직장에 매여 바쁘게 지내는 사이 아내는 자식 양육은 물론 과수원 일까지 도맡아 했다. 아내는 생전에 농사 관련한 일들을 수첩에 기록해 놓았는데 농사 일정이며 몇월 며칠에 농약을 사고, 일꾼 임금지불이며 또 누가 와서 일손을 거들었다는 내용들이 기록돼 있다.

가녀린 여자의 몸으로 넓은 귤밭을 책임져야 했으니 얼마나 고단하고 힘들었을까! 4중고를 감내해야만 하는 귤 농사를 위해 이른 새벽부터 해질녘까지 노심초사 고군분투했을 아내를 생각할 때마다 눈물이 앞을 가린다. 과수원의 귤나무들은 아내의 손길과 발자국 소리와 눈길을 느끼고 보고 들으며 성장한 것이다.

직장 다닐 때는 틈날 때마다 거들기만 하다가 퇴직 후에 내가 전정에서부터 수확까지 해보고서야 아내의 수고로움을 진정 알게 되었다. 먼저 간 아내를 떠올리면 이것저것 미안한 일이 너무 많기만 하다.

아내와의 슬픈 이별

1997년 예기치 않은 일이 일어났다. 아내가 대구 조카 결혼식에 참석했다가 갑자기 쓰러진 것이다. 아내를 어떻게 해서라도 낫게 하려고 모든 방법을 동원했다. 대전에 있는 처사촌 오빠의 소개로 7백만 원을 들여 사흘 동안 무당 5명을 불러 굿도 해보고, 누구 말을 듣고 형과 형수 묘도 이장을 해보기도 했다. 나로서는 무슨 수를 써서라도 아내를 낫게 하고 싶은 마음뿐이었다. 지푸라기라도 잡고 싶은 심정이었다.

그런데 갑자기 병이 악화되어서 한마음병원에 입원하여 치료했다. 처음에는 신장이 나쁘다고 해서 치료했는데 담낭에도 물이 고여서 수술을 받았다. 충격과 고통 때문인지 아내의 정신까지 오락가락해서 정신치료까지 했는데 도저히 회복 기미는 보이지 않고 치료가 어렵다고 하였다. 그 말을 듣는데 하늘이 무너져 내린 듯 눈앞이 캄캄했다.

서울 아산병원 송광현 박사에게 부탁해서 하루 대기했다가 일반병실로 옮겨서 치료를 받았다. 전염내과의를 주치의로 해서 치료를 이어갔다. 고통이 너무도 심한지 참을성 많던 아내는 울면서 소리를 연신 질렀다. 다른 환자들이 같이 있을 수 없다고 해서 환자 침대를 이끌고 복도에서 밤을 새운 적이 하루 이틀이 아니었다.

마음씨 고운 간호사가 자기 방에 침대 끌고 오라고 해서 여러 날 밤 간호사실에서 지내기도 하였다. 보름이 지나자 담당의가 "이제 큰일은 지났으니 다른 병원으로 옮기라."고 해서 고민하다 부원장한테 찾아가 더 치료받을 수 있게 해달라고 해서 2개월 15일 동안 입원할 수가 있었다. 재활치료까지 받고 난 후 걸어서 병원문을 나왔다. 병원에 감사하고 잘 버텨준 아내에게 감사한 마음으로 공항으로 향했다.

제주에 와서 신장 수치는 나아지고 있는데 투석은 계속해야 하는 상황이었다. 한마음병원에 옮겼다가 다시 한라병원으로 옮겨 치료를 이어갔다. 아내가 살아 있어 주는 것만으로도 고마운 시간이었다. 그러다 2005년 2월 27일 아내는 하늘나라로 떠나고 말았다.

전날 밤 늦게까지 아내는 고통에 몸부림치며 "엄마. 나 데려가."하면서 여러 번 외쳤다. 그것이 마지막 말인 것을 왜 몰랐을까? 하필 그날 나는 병원에 같이 있지 못했다. 선린지리조트에서 행사가 있어서 일찍 병원을 나서야 했다. 간병인에게 말하고 나왔는데 행사가 거의 마무리될 쯤 "엄마 이상해."하며 빨리 오라는 딸의 전화를 받았다. 그러나 교통편이 없어 시간을 지체한 후 가서 보니 이미 세상을 떠난 후였다.

너무나 억울하고 말문이 막혔다. 큰아들도 와야 하는데 눈을 감지 못하였다. 5시 30분경 성철이가 "큰아들 왔수다. 눈 감읍써." 말하면서 눈을 쓰다듬으니 그제서야 눈을 감았다. 아내는 가족들을 기다리느라 눈을 감지 못한 모양이었다. 그렇게 식구들을 눈에 담고 아내는 고통 없는 세상으로 여행을 떠났다.

부주철과 의논해 3일장을 하기로 하고 모실 장소를 알아보고 그외 모든 준비를 했다. 많은 손님들이 와서 조의를 표했다. 파라다이스호텔 직원들도 소식들 듣고 거의 와주었고, 뉴경남호텔 직원들도 모두 찾아와 위로해 주었다.

내가 걸어온 자취를 보는 것 같았다. 선린지리조트에서도 거금의 조의금을 보내주었다. 양원영 사장도 직접 와서 위로의 말씀을 건넸다. "집안의 안녕을 위해서 먼저 가신 것."이라는 양 사장의 말씀이 지금까지도 잊히지 않는다. 정말 감사드린다.

처가에서도 서울 및 대구에서 동서들 내외를 비롯하여 제주에서도 전부 온 것 같다. 큰 동서인 오두진 선생님이 많은 이야기를 해 주었다. 경철이는 정말 너무나 많이 울어서 안타까웠다. 이모 세 명이 달래면서 엄마는 좋은 곳으로 갔으니 안심하고 마음을 진정시키려고 하니 그제야 진정이 되었다.

가버린 아내에게

아픔이 있어도 참아주고 슬픔이 있어도 나 보이는 곳에서 눈물 한 방울 흘리지 않았습니다. 당신이 내게 와서 고달프고 힘든 삶으로 인해 하루에도 몇 번씩 죽고 싶을 만큼 힘들었어도 내가 더 힘들어 할까봐 내색 한번 하지 않고 모질게 담아 두었습니다.

돌아보니 당신 세월이 눈물겹습니다. 살펴보니 눈가에 주름만 가득할 뿐 아름답던 미모는 간 곳이 없습니다. 작은 일에도 화를 내고 아무 일도 아닌 일에 슬퍼하면 모두 당신 탓인 양, 잘못한 일 하나 없으면서 잘못을 빌던 그런 당신이었습니다.

당신이 없었다면 내가 어떻게 살아왔겠습니까?

당신이 없었다면 내 삶이 있었겠습니까?

이 모두가 당신 덕분입니다. 오늘이 있게 해준 사람은 내가 아니라 당신입니다.

내가 웃을 수 있는 것도 당신 때문이었습니다.

그런 당신에게 나는 무엇이었습니까?

생각해 보니 항상 나의 허물을 감추려고 화낸 일밖에 없고 그런 나를 따라와 준 당신. 그런 당신에게 할 말이 없습니다.

그저 내 곁에 있어 주는 당신만으로, 그저 같이 사는 사람이라는 이유 하나로 나는 폭군이었습니다. 돌아보니 내가 살아갈 수 있는 힘이었고 나를 만들어 준 당신이었습니다.

당신하고 같이 살아오던 세상도 나 혼자의 세상이 되었습니다.

나 혼자 모든 것을 짊어지고 간다는 착각에 내 곁의 당신을 잊었습니다.

당신을 잊어버리고 살아가는 세월 동안 얼마나 당신은 힘들었을까요?

아파도 원망 한번 하지 못하고 바라보는 가슴, 재가 되었겠지요.

같이 사는 이유만으로 그 소중함을 미처 알지 못했습니다.

이제는 돌아올 수 없는 길을 떠난 당신을 하루라도 잊은 적 없이 그리워하며 살았습니다. 내 곁을 떠나며 나를 얼마나 원망하면서 갔을까요?

용서하세요. 당신을 끝까지 지켜주지 못한 이 사람을 저주하셨겠지요.

이제는 당신이 남긴 자식들이 손자를 낳고 행복하게 살아가는 모습을 당신과 함께 누리지 못함이 애석할 따름입니다. 가족의 이런 행복을 만들어준 것 역시 당신 덕분입니다.

얼마 남지 않은 세월, 당신을 그리워하며 자식, 손자들과 오손도손 살다가 당신 곁으로 가겠습니다.

그리운 당신이여.

2014년 8월 5일

불쌍한 내 동생 광식이

막내 광식이는 1974년도에 제주일고를 졸업하고 육군사관학교에 합격했는데 신원조회 때 연좌제에 걸려 입학을 하지 못했다. 그 대신 좋은 대학에 가겠다고 열심히 공부를 했는데 무슨 연유에서인지 정신에 이상이 생겨 하루 아침에 다른 사람이 되고 말았다. 정신병원에 입퇴원을 반복했지만 병은 점점 악화만 되어갔다.

며칠 있다가 대구에 있는 강인구 형이 고령군 쌍림면에 절이 하나 있는데 거기서 요양하면 효험이 있다고 해서 동생을 데리고 쌍림면 절에 두고 돌아왔으나 마음이 놓이지 않았다. 몇 달 있다가 전화가 왔는데 더 이상 못 있겠다고 해서 이번에는 강원도에 있는 요양원 비슷한 곳에 맡기기로 해서 다시 데리고 갔다.

그곳은 큰누나 소개로 갔지만 계속 있을 수가 없다고 하여 이번에는 서울 광진구에 있는 국립정신병원에 입원시켰다. 병원비가 한 달에 15만 원에 용돈 5만 원 해서 20만 원이 소요되었다. 내가 한 달 봉급 7만 원 받을 때였다. 정말 힘이 들었다. 봉사료와 손님들이 주고 가는 팁으로만 생활하려니 집안 형편이 말이 아니었다.

1년간 입원했는데 정신이 많이 돌아왔다고 해서 큰누나 집에서 통원 치료 하기로 하고 퇴원시켰다. 누나가 고생하면서 3개월 동안 통원치료를 데리고 다녔고, 좀 나아진 광식이는 공사판에 나가서 돈을 벌어다 처음에는 누나한테 주었다. 그런데 시간이 지나자 자기가 관리한다고 하며 돈을 모아서는 기차와 배를 번갈아 타고 제주 집에 내려왔다. 하지만 완전히 나은 것은 아니었다.

광진이가 서귀포소방서 방호과장으로 전출가는 바람에 고기림 당숙에게 부탁해서 같이 생활하게 되었는데, 일 년쯤 지나 광진이가 제주도로 발령 나서 다시 오게 되었다. 그 바람에 광식이 혼자서 생활하다가 집에서 지내게 되었지만 언제 무슨 일이 벌어질지 몰라 모두가 불안감을 안고 살아야 했다.

어머니 살아계실 때 광식이 걱정에 잠을 이루지 못했다. 좋다는 약은 전부 해주고 산소가 잘못되었다 하여서 고조할머니, 할아버지, 아버지,

형, 형수 이묘까지 하였다. 구남동 주민들이 힘을 모아주었는데 그날따라 눈이 많이 와서 정말 힘이 들었다. 그러나 구남동과 영평동의 마을 청년과 어른들이 도와주어서 무사히 마쳤다. 내가 예비군훈련 때 동네 청년들에게 점심도 사고 어머니도 동네에 일이 있으면 솔선수범해서 도와준 덕분이었다.

하지만 아무 소용이 없었다. 어머니는 누구에게 들었는지 "큰 굿을 해야 한다."고 했다. 어머니 그 심정은 충분히 이해됐지만 큰 돈이 수중에 있을 리 만무했다. 하는 수 없이 내가 나중에 은퇴하면 장사할 목적으로 예전에 5십만 원 주고 사놓은 보성시장 점포 두 칸을 팔아 3백만 원을 마련했다.

그리고 늦가을, 사흘에 걸쳐 남의 과수원 창고에서 무당을 불러 굿을 했다. 그 당시 정부에서는 새마을사업으로 굿을 비롯한 일체의 무속행위를 못하게 하여 제성농장 모퉁이를 빌려서 했던 것이다. 행여 들킬까 조심하며 동생을 낫게 해달라고 빌고 또 빌었다.

1977년 겨울의 일이다. 어느 추운 날 광식이가 집을 나가서 돌아오지 않았다. 동네 사람들 모두 찾아 나섰으나 어디에도 없었다. 그해 유난히 눈이 많이 내려 온 천지가 눈세상이었다. 어머니와 작은누나는 이묘한 곳을 비롯해 눈 위애 사람 발자국이 있는 곳을 따라 동생을 찾다니다가 그만 길까지 잃어버려 삼의악 동쪽까지 헤매다가 내려오기도 했다.

동네 사람들이 함께 걱정해 주었다. 그러다 3일째 되던 날, 눈 내리는 늦은 밤에 동생이 돌아왔다. 반갑기도 하고 무섭기도 하였다. 이것이 집안의 우환이 왔다는 증거일 것이다. 그 이듬해에 어머니는 동생 때문에 돌아가셨다.

막내아들 때문에 어머니 눈에 눈물 마를 날이 없었다. 자식을 넷이나 앞세운, 창자를 끊어내는 듯한 단장지애斷腸之哀를 겪은 것도 모자라 온전치 못한 막내아들 걱정에 어머니 속은 까맣게 타들어가서 아마도 숯검댕이가 되었을 것이다. 지금도 광식이는 여전히 입원 중이다.

잘 자라준 나의 자식들

아버지가 세상을 떠난 후에 집안이 내리막길로 들어서게 되었다. 직장도 수입이 적었으며 모든 것이 힘들어졌다. 너무 힘들어서 직장을 옮기려고도 했지만 여의치 않았다.

그런 와중에도 시간은 어김없이 흐르고 세월은 갔다. 1971년 7월 12일에 딸 선희가 태어났다. 너무도 기쁘고 아내에게 고맙기만 하였다. 일주일간 친정에서 몸조리하고 집에 오는 날, 딸의 출생을 환영이라도 하듯이 동네에 전기가 들어오고 수돗물이 옆에서 나오니 우리 딸이 복덩이라는 생각이 들었다. 정말 행복한 날이었다.

이듬해 1972년도 봄, 동생 광진이가 결혼했는데 내가 모든 것을 다 준비하고 사놓은 집에서 살도록 해주었다. 남다른 사명감으로 소방공무원으로 취직한 것도 기쁜데 결혼까지 시키니 보람이 컸다. 형으로서 도리를 한 것같아 뿌듯했다. 소방공무원 시험 보러 갈 때도 1차에 2만 원, 2차에 1만 5천 원 차비를 준 기억이 새롭다.

아버지 돌아가신 지 8개월 만인 1973년 3월 18일 큰아들 성철이가 태어났다. 정말 기뻤다. 어머니가 "장손 나왔네."하며 무척 좋아하시던 모습이 눈에 선하다. 출산 직후 아내를 보니 정말 힘들고 고생스러운 모습이었다. 감사할 따름이었다. 우리 집안에 경사가 난 것이다.

그해 9월 1일부로 서귀포관광호텔 객실과로 이동하게 되었는데 자식은 둘이나 되는데 아내 혼자 어찌 키우나 염려되어 망설여졌지만 회사의 명령이라 어쩔 수 없었다. 어머니한테 부탁드리고 서귀포에 갔다.

그런데 1973년 12월에 유류파동이 전 세계적으로 일어나서 손님이 없어 다니던 호텔을 그만두어야 하나 하는 생각까지 들었다. 심지어 봉급을 못 줄 정도로 호텔 사정이 악화되어 생활은 더 어려워졌다.

이어서 경철이가 1974년 9월 26일에 태어났다. 기쁜 소식을 듣고 빨리 가고 싶었지만 일 때문에 갈 수 없는 상황이었다. 일주일이나 지나

자랑스러운 내 아들들   내 자식들과 조카들

집에 간 것 같다. 이때 황치전 부장이 황우럭 두 마리를 가져다주었다. 그 걸로 미역국을 끓여서 먹었는데 산모가 그렇게 맛있게 먹었다는 말을 듣고 기뻤고 나도 가서 먹어보니 최고의 맛이었다. 황 부장이 고마웠다. 성철이가 동생이 생겼다면서 내 손을 잡고는 자는 동생을 보여준 게 어제 같은데 이제는 장성한 자식을 둔 애비가 되었다.

어려운 형편에도 자식들은 착하고 반듯하게 잘 자라주었다. 공부도 열심히 하고 모범적인 학교생활로 삼 남매가 반장을 도맡아 할 정도였다. 구남동에서 제일 잘 나가는 집, 자식 잘 키운 집으로 이름이 나며 주민들의 부러움을 사기도 했다.

선희는 제주여중과 제주여고를 나와 제주대를 졸업했으며, 성철이는 동중과 대기고를 거쳐 울산대애서 석사모를 썼다. 막내 경철이도 일중과 일고를 나와 제주대를 졸업했다.

지금의 귤림농원을 있게 한 데에도 아내의 역할이 가장 컸지만 도와 주느라 애쓴 자식들의 노고도 상당하다. 처음 과수원을 만들 때가 선희가 열한 살, 성철이가 아홉 살, 경철이가 여덟 살 무렵이다. 감귤나무를 밭에 식재하기 위해 서귀포에서 묘목을 사 왔다. 아내 혼자 하기에는 무리일 것 같아 내가 하겠다고 했는데 퇴근하고 오니 밤이었다.

부랴부랴 옷을 갈아입고 나서는데 삼 남매가 따라나서는 것이었다. 달밤에 우리 가족은 묘목을 심었다. 얼마 뒤에는 성철이와 경철이가 고사리손으로 방풍림을 정식으로 심어 우리 부부를 감동시키기도 했다. 가족이 모이면 "우리 과수원은 달밤에 심은 나무들이야." 하며 그 당시에 있었던 일들을 추억 삼아 얘기하곤 한다.

그걸로 끝이 아니었다. 귤농사를 짓기 시작하면서부터 자식들은 어지간한 농부마냥 일손을 거들었다. 토요일 오후에 학교에서 돌아오면, 과수원으로 향해 일 하고 다음날 농사일 준비도 했다.

그리고 농약치기는 주로 일요일은 새벽부터 하루종일 했는데 특히나 무더운 여름철은 서 있기조차 힘들 정도로 내리쬐는 햇빛과 폭염 때문에 고역이었지만 강행군을 이어가야 했다.

수동으로 밀고 당기는 분무기로 농약을 치기에는 2천 평이 넘는 면적을 감당하기가 너무 힘들었다. 이 시기에 우리 가족들도 고생했지만, 간드락 조카들 창민(故),창전, 창돈(故), 창식이가 많이 도와주었다. 이로 인해 사촌들 간의 우애가 많이 돈독해졌다고 생각된다.

1986년 성철이가 중학교 가던 해에 농사용 관리기를 장만했다. 동력분무기를 사용할 수 있고, 밭갈이작업도 가능해졌다. 관리기 조작이며 정비는 성철이와 경철이의 몫이었다.

농약을 치려면 물 준비부터 농기계 점검 등이 전부 완료된 후에야 시작해 일을 마칠 수 있었다. 그러니 자식들의 손을 빌리지 않고는 해낼 수 없는 일들이었다.

어느 날 하루는 밭갈이 도중에 잠시 쉬었다가 다시 작업을 하려는데 잘되던 기계가 갑자기 시동이 걸리지 않아 애를 먹이는 거였다. 나는 아내에게 옥돔을 굽게 하고, 과일과 술을 준비시켜 고사 아닌 고사를 지냈다. 그리고 잠시 뒤 시동이 걸렸다.

농기계에 대한 기본 지식이 부족했던 그때, 엔진 연료점화장치 문제로 시간이 좀 지나면 해결할 수 있던 문제인데, 고사라도 지내서 기계가 빨리 작동됐으면 하는 조급한 생각에 난데없이 고사를 지낸 것이다.

농사에서 빠질 수 없는 일이 물 주기이다. 지금은 수도가 설치돼 있어 그나마 편하게 물을 줄 수 있지만, 그 당시엔 과수원 한쪽에 작은 연못을 파서 농업용수를 해결했다. 가뭄이 계속되어 이 연못에도 물이 마르면, 동네 큰 못에서 물을 길어 리어카로 날라야 했다. 자식들은 그득 채운 물통들을 리어카에 싣고서는 끌고 밀고 하며 수차례 오가기를 반복하면서도 힘들다는 투정 한 번 하지 않았다.

어느 해인가 일요일 아침 5시, 해가 뜨기 전이었다. 눈 뜨자마자 온 식구가 과수원으로 가는데, 경철이가 "내가 관리기를 운전하고 가겠다." 하여 그러라고 했다. 나머지 식구는 걸음을 재촉해 서둘러 갔다. 집에서 과수원까지의 거리가 꽤 됐는데 경철이가 캄캄한 어둠 속 산길을 혼자 가려니 겁도 나고 무서웠던 모양이다. 속도가 느린 관리기를 몰고 오며 울먹이는 경철이를 보며 그날 너무 가슴 아팠다. 휴일이면 늦잠을 자고 친구들과 한창 뛰어놀 나이에 부모 잘 못 만나 고생을 시키는 것이 너무 미안했다.

수확 시기가 되면 귤을 농협이나 상인에게 판매하는 과정도 너무 힘들었다. 지금처럼 과수원까지 차가 들어오지 않은 오지에서, 3백 미터 떨어진 큰길까지 바퀴동산 소낭밭길소나무 숲길을 리어카로 운반해야 했다. 울퉁불퉁 비포장도로를 수차례 오가야 하는 고된 노동의 수고로움도 딸과 아들들은 마다하지 않았다.

돌이켜보면 맏이인 선희의 역할이 컸다. 선두에 서서 두 남동생들은 물론 사촌동생들까지 잘 이끌어주었다. 성철이도 동생 잘 보살피고 누나 말을 잘 따르니 경철이도 그걸 보고 잘 자라준 것 같다. 직장 핑계로 졸업식, 소풍 등 중요한 행사 때는 물론 집에서도 늘 부재중이었는데 그런 아버지 밑에서 잘 자라준 자식들이 정말 고맙고 대견하다.

　지금의 귤림농원은 오롯이 아내와 자식들의 땀과 정성으로 일군 것이라 해도 과언이 아니다.

귤밭에서

　자식들을 키우며 생각나는 일화가 몇 가지 있다.

　성철이가 군에 입대해 전방부대에 가게 되었는데 보직을 잘 받았다고 해서 기뻤다. 그리고 얼마 안 있어 소대장이 제주로 신혼여행을 왔다. 아들의 상관인 만큼 귀한 손님 모시듯 호텔숙박을 비롯해 정성을 다해 대접을 해주었다. 그 덕분인지는 몰라도 군 생활에 잘 적응해 나갔다. 그러던 중 아찔한 일도 있었다. 근무하던 중에 부상을 당해 병원에 입원했다는 소식을 받은 것이다. 그 연락을 받고 가슴이 철렁 내려앉는 줄 알았다. 만사 제껴두고 아내와 고양시 벽제동에 있는 병원에 가서 무사한 모습을 확인하고 돌아온 적도 있다.

경철이도 대학 1학년을 마치고 의무경찰에 지원하여 갔는데 부산으로 갔다고 하여 아내와 딸이 면회를 다녀왔다.

힘든 상황에서도 아들딸들이 속 썩이지 않고 잘 자라준 덕분에 내가 경제적 어려움과 바쁜 호텔생활에서도 기운을 내어 버틸 수 있었던 것 같다.

경철이는 2005년 6월 12일 남서울호텔에서 결혼식을 올렸다. 작은 며느리는 아내가 세상을 뜨기 전에 약혼식을 해서 그대로 진행하였다. 아내 장례식 때 상복 입고 며느리로서의 역할을 다했다. 결혼하기 전에 동아아파트에 2천만 원 전세로 살기로 했는데 아내 떠나고 나서 집에서 같이 살기로 했다. 며느리가 수협에 다니느라 고생도 많이 하였다.

그 후 2006년 2월 4일 승현성철 딸이 태어나고, 같은 해 3월 2일 웅범선희 아들, 4월 22일 민수경철 큰아들, 2008년 5월 9일 민우경철 큰아들, 2011년 4월 20일 민영경철 딸이 태어났다. 가족은 늘어가는데 내 갈 길은 아직 먼 듯하여 조바심이 났다. 손자가 어느덧 일곱 명이 되었다. 2006년은 나에게 행운의 해가 틀림없다.

2010년부터는 과수원에서 귤농사만 지었는데 아르마리조트에서 같이 일해주기 바란다고 해서 먼 길을 걸어갔다. 그러나 근무조건이 좋지 않아서 6개월 만에 그만두었다. 과수원에 매달려서 지내기로 하고 열심히 했다. 처음에는 윤탁이가 도와주었는데 전정하는 것은 기술이 필요하기에 선린지리조트 주방에서 같이 일하던 이태원이가 도와주었다. 같이 전정을 하기 시작해서 여기저기 남의 밭에도 전정을 하러 다녔다.

지금도 귤농사는 계속 짓고 있다. 자식들과 주변 사람들이 농사 그만 두고 편히 쉬라고 하지만 밭을 놀릴 수도 없거니와 어려서부터 노동으로 단련된 몸이라 항시 움직이여야만 하기에 눈 뜨자마자 밭으로 향하는 게 일상이다.

농작물은 농부의 발자국 소리를 들으며 자란다고 하지 않았는가!

하지만 감귤밭에는 4가지 고통이 있다고 할만큼 결코 쉬운 일이 아니다. 봄에는 나무마다 일일이 가지치기를 해줘야 하는 '전정의 고통', 여름에는 병충해를 입지 않고 무럭무럭 잘 자라도록 비료와 농약을 줘야하는 '비료의 고통', 가을에는 사람 손으로 일일이 따야 하는 '수확의 고통'과 겨울에는 '판매의 고통'이 따르니 감귤은 4계절 내내 고통의 작물이기도 한 것이다. 그러나 이러한 고통을 감내하면서 키운 감귤들을 자식들과 친지 그리고 좋은 사람들과 나누는 기쁨은 그 무엇에 견줄 바가 못된다.

그 맛에 나는 오늘도 일어나자마자 나의 자식과도 같은 귤나무들이 있는 밭으로 부지런히 걸음을 옮긴다.

좋은 분들과
인생길을 함께 걷다

5

팔십여 년이란 세월을 살아오며
나는 성실하고 정직하게 주어진 일에
최선을 다하여 살아왔을 뿐이다.
그리 자랑할만한 것도 내세울 것도 없지만
하늘을 우러러 결코 부끄러움이 없는 삶을
살아왔다고 해도 과언이 아니다.
그리고 나의 곁에는 언제나
종친들과 전우들, 마을사람들이 자리했었다.
내 삶에 동반자가 되어준 고마운 사람들과
함께한 여정은 따듯했고 흐뭇했다.

좋은 분들과
인생길을 함께 걷다

우리 문중을 위한 종친회 활동

아버지는 가문에 대해 자부심이 많았으며, 생전에 종친회 일도 보셨다. 그걸 보고 자란 나 역시도 늘 우리 선조와 집안에 대해 관심을 갖고 부끄럽지 않은 후손이 되어야겠다는 생각으로 살아왔다. 그러던 차에 아라종친회에서 같이 할 것을 제안해왔고 여러 가지 도움도 많이 주어 2005년부터 2006년까지 아라종친회장을 지냈다.

종친을 위해 누군가는 해야할 봉사직이라 여기고 재임기간 동안 역할에 충실했다.

김시호 회장이 도종친회장이 되면서 6년 동안 도종친회부회장으로서 활동했다. 임기를 마친 후 위남공계 종친회장도 맡게 되었다. 2013년 4월 7일 40여 명의 종친이 참석하여 위남공과 배위 이하 7대 선조 및 배위 묘제를 위남공 선영에서 지냈다. 그리고 이날 김시호 종친회장의 주관하에 종가댁에서 정기총회를 개최했는데 신임 회장으로 선임되었다.

부회장, 총무, 감사 등 40여 명의 임원진으로 새 집행부를 꾸려 활동을 시작했다. 6년간 회장직을 수행하였는데 회장을 하면서 종친들의 애로사항을 해결하고자 노력하였다. 또한 종가 주관으로 진행한 위남공계 선친 7대묘를 경방공 선영으로 이장하는데 회장으로서의 소임을 다한 것 같아 뿌듯했다. 특히 삼의악의 묘는 정말 힘들게 모셨다. 봄철 묘제 준비 며 산소에 가는 것과 벌초 문제까지 해결이 되어 마음이 편해졌다. 2019 년 김우현 종친에게 인계하였다.

종친회 활동

그리고 나주 김씨 인충공파 종친회 수석부회장을 거쳐, 2019년 5월 5일부터 도종친회장을 맡아 활동했다. 2019년 5월 5일 회장 이·취임식 이 있었다. 묘제와 총회에 종친들이 많이 참석해 여러 가지 일들이 성황 리에 진행되었다. 중앙종친회에서도 많은 임원이 참석해 주었다. 문제는 묘 관리가 잘되지 않아서 청년회와 부녀회에서 불평이 많았다. 회관 주변

정리작업이며 6월에 묘지 벌초와 제초제 작업도 한 번씩 실시했다. 제주도내 나주 김씨 종친을 이끄는 수장으로서 막중한 책임감과 사명감이 버겁게 느껴졌지만 내 나름대로 열과 성을 다해서 부지런히 뛰었다. 고내봉 성역화에 많은 정성으로 행하다 보니 종친님들의 칭찬도 많이 받았다.

성지순례 전국투어 등의 중앙회 행사나 성역 선묘의 잔디 복토 및 조경 정비, 원룸건물 정비보수 등 자체행사에 종친들의 관심과 도움 덕분에 잘 치를 수 있었다.

2019년 7월 12일~14일 경순왕 어진봉안식 및 성지순례와 같은 해 9월 27일~29일까지 열린 대전 뿌리공원 행사 등 중앙회 행사에도 도종친들이 참여해 자리를 빛내 주었다.

2019년 9월 21일 열린 하계수련회는 50여 명이 참여해 오름 등반 후 오라성가든에서 식사를 하는 것으로 일정을 마쳤으며, 2020년 2월 1일 신년하례와 제주나주인상 시상식에는 180여 명이 참석한 가운데 진행되었다.

코로나로 집회 인원이 제한된 정기총회는 이사회에서 대행하였고 장학금을 9명에게 개별 송금하였으며, 시제봉행과 청년회가 주도한 사려니 오름탐방도 무난히 행사를 치렀다.

이 밖에도 원룸 경쟁업체 등장에 대응하기 위해 종중 소유의 건물 리모델링을 실시하여 외벽페인트를 칠하고 상시 정비보수를 진행해 깔끔하고 산뜻하게 새단장하였으며, 고사마루주택 가로등주차장 3개 설치와 투룸 평면도를 재수정하여 건물 용도변경을 완료했다. 그리고 고내봉성역 주변 전주 정리 및 선묘 잔디교체 작업 등을 실시했다.

내 임기 동안 나를 적극적으로 지원하고 보좌해준 전임 김시호 회장님을 비롯한 자문위원들과 김창해 수석부회장, 김인 총무부회장, 김우현 재무부회장, 김재홍 사업부회장, 김정화 홍보부회장, 김익수 전례부회장, 김천우 조직부회장과 김태남, 김홍찬 감사, 김만우 사무국장, 이사진의 김형준 총무, 김경환 재무, 김인철 사업, 김용일 홍보, 김창범 전례, 김창희 조직이사에게 감사를 전한다.

그리고 청년회를 이끈 김형준과 허국자 부녀회장의 도움도 잊지 않을 것이다. 감사하게 생각한다.

코로나로 종친들과의 모임과 대면이 어렵고 활동의 제약이 있어 2년의 임기 동안 친교와 소통을 활성화시키지 못한 점이 많이 아쉽다. 그럼에도 불구하고 관심과 협조를 아끼지 않은 종친회원 분들에게 고마움을 전하며, 맡은 소임에 충실히 임해준 임원진에게도 감사드린다.

임기 동안 두 번의 묘제를 며느리와 아들, 딸이 도와주어서 무사히 끝낼 수가 있었다. 사랑하는 내 자손들이 나이가 들어서 선묘에 가면 보람을 찾을 수 있으리라 생각하니 흐뭇했다.

임기 2년을 마치고 2021년 5월 2일 김창해 부회장에게 회장직을 인계하였다.

인충공파 종친회 선묘 순례

2016년 9월 22일 아침 8시 제주공항을 출발하고 청주 공항에 도착해 중간에서 점심식사를 한 후, 부여 관광을 시작하였다. 백마강에 도착하여 유람선을 타니 〈백마강 달밤〉 노래가 생각났다. 주변 경치도 좋고 고란사에 도착하여 풍광을 살펴보니 오래된 절이었다.

낙화암은 그리 높지 않았다. 삼천궁녀가 꽃잎같이 떨어져 세상을 마감했다는 전설이 실감이 나지 않는다. 일행들은 "궁녀 몇 명이 죽었지 삼천궁녀는 아니었을 것."이라고들 했다. 등산길을 따라서 산을 오르니 시설이 잘 되어 있어서 관광지로서 손색이 없었다. 저녁에는 소고기 파티를 하고 식후에 대전에 있는 뿌리공원 체험 학습장에서 하루를 지냈다.

다음 날 아침 일찍 일어나서 여러 가지 이야기 나누면서 단체배식을 받고 중앙종친회에서 마련한 음료 및 기타 음식을 나누어서 행사장으로 이동하여 우리 종친이 마련한 행사장에 모였다.

개회식이 열린 뿌리공원에는 278개 성씨가 입장했는데 우리 나주 김씨는 187번째로 입장하였다. 경순왕 후손이라는 설명을 해주어서 좋았다. 전국에서 200만여 명이 모여서 각기 자기 성씨를 자랑하는 장이 되었다. 우리 나주 김씨 표지석을 개막했는데 다른 종씨보다 작은 것 같이 보였다.

중앙종친회에서 열심히 일해준 덕에 뿌리공원에서 우리 조상의 발자취를 읽을 수 있어서 좋았다. 개막식이 끝난 뒤에 점심식사는 도시락을 먹었다. 그런데 음식은 김치까지 준비되었는데 칼이 없어서 난감했다. 나는 깡통을 쪼개 칼을 만들어서 김치를 썰어 잘 먹을 수가 있었다. 식사는 맛있었지만 주류가 모자라서 고성이 오가기도 했다.

식사 후 철수하는 데도 힘이 들었다. 대전에는 특별한 관광지가 없었다. 한 가지 특이한 것은 공군기지에서 축하 비행을 해주어서 인상이 깊었다. 정말 우리의 기상을 더욱더 높일 수가 있었다. 관계 당국에 감사드린다.

이번 행사에서 한 가지 아쉬운 점은 각 지역 종친들을 일일이 소개하지 않았다는 점이다. 차후에는 그리 되기를 기대해본다. 오후 7시 제주공항에 도착해 해산하였다.

나주 김씨 중앙종친회 연수 및 관광

2017년 6월 23일 아침 일찍 일어나서 식사하고 제주공항에서 종친들과 만나서 김시호 중앙회장님을 비롯한 17명이 8시 30분 제주공항을 이륙한 지 한 시간 만인 9시 30분에 청주공항에 도착하였다.

동생이 대전에 있을 때는 일 년에 3번 이상 다니던 길이었다. 독립기념관을 관광했는데 옛날이나 지금이나 변화는 없지만 수리공사를 하고 있어 기분이 착잡하였다. 우리 국민이 한 푼 두 푼 모아 지은 기념관인데 벌써 수리한다는 데 아쉬움을 남기고 아산 현충사로 갔다. 현충사에서 이순신 장군의 업적을 기리면서 국가와 민족을 위하여 평생을 바치신 데 진심으로 경의를 표하였다.

점심은 한정식이었는데 그렇게 좋지 않았지만 '시장이 반찬'이라고 모두들 감사히 먹었다. 또다시 대전으로 옮겨서 우리 나주 김씨 뿌리 표석을 관람하였다. 일 년 전에 왔다 갔는데 변한 것은 없었다.

가뭄으로 가는 곳마다 농촌에는 물주기에 바쁜 것 같다. 저녁에는 금산한우고기를 먹었는데 질이 좋고 맛이 있어서 술도 많이 마셨다. 금산인삼호텔에서 투숙하면서 노래방에 갔다. 젊은 종친들은 재미있게 놀았으나 몇몇 종친들은 나이 탓에 힘이 들어 중간에 숙소로 돌아갔다.

다음 날 일찍 일어나서 모든 것을 준비하고 해장국집에서 식사를 했는데 별로 좋지 않았다. 출발하여 단양팔경을 구경하였으나 1년 전에 충주호에 물은 많이 빠져 보기 좋지 않아서 섭섭하였다. 점심은 쏘가리 매운탕으로 했는데 몇 년 전에 팔당에서 먹은 것 같지는 않았어도 맛있게 먹었다.

속리산으로 향해서 법주사 관광을 했는데 법주사가 속리산을 너무 많이 점령한 것 같이 느껴졌다. 신라 때 지었다는 절은 잘 보존되어 있었다. 그리고 충주 수안보로 출발하여 오후 5시 종친회 중앙연수회에 참석하였다. 김선숙37세 회장의 인사말과 당직 종친회장 김성권37세의 나주 김씨 전통예절 교육은 정말 좋았다. 특히 선조인 황 왕자 유적지 순례로 우리 나주 김씨의 뿌리를 알 수가 있었다.

연수회를 마치고 식사하고 김우영 대전종친회장의 사회로 열린 종친 가족화합 한마당에서 우리 제주 종친들은 나와 창해, 성두 종친만 입상을 못하고 다른 종친은 모두 상품을 타서 재미있게 놀았다. 노래자랑에서 김창회 청년회장이 일등을 차지하여 기분이 좋았다. 잔치를 마치고 우리는 테이블을 깨끗이 치워 모범을 보였다.

경순대왕 춘행대제

2018년 5월 12일 아침 8시 10분 제주공항을 출발해 9시 30분 김포공항에 도착했는데 비가 내리고 있었다. 버스를 타고 경기도 연천군 장남면 고량포리 성거산에 위치한 경순대왕릉에 도착했는데 비가 많이 내린 가운데도 나주 김씨를 비롯하여 많은 성씨들이 모여서 춘향대제를 준비하고 있었다. 바로 참배를 못하고 옆으로 돌아가서 4배를 했다. 제물도 떡과 생과 등을 포함해 7가지였고 술은 탁주를 이용하였다.

김선숙 나주김씨중앙회장 주관으로 초헌, 아헌, 종헌 경주 김씨의 예를 차례로 봉헌했고 집례는 경주 김씨 김참복이 했으며, 대축 때는 우리 김성권 씨가 우렁차게 고하니 여러 종실들이 감동하는 것 같았다.

봄이지만 비가 계속 내려 참석한 모든 사람들이 추워하였다. 음복은 떡으로 하고 김밥 한 줄로 점심을 먹었다. 경순왕릉은 세 번째 참배하는 것이었는데 주위 환경이 많이 변하였다. 진입도로도 깨끗이 포장되어 있었으며, 왕릉도 깨끗하게 정리가 되어 있었다. 김문수 지사가 많이 힘써 정리가 되었다고 하니 우리 신라 김씨 자손들은 감사할 따름이다. 또 비무장지대에서 신원확인을 위해서 몇 달 전에 신고를 해야 하는데 번에는 위병소에서 자유롭게 출입할 수 있도록 해주어서 편리하였다.

돌아오면서 임진각 전망대에서 북쪽을 바라보면서 남북 정상회담을 했으니 조국통일이 빨리 되어서 남북을 자유롭게 왕래할 수 있었으면 바람을 가졌다. 제3땅굴도 보기로 했는데 두 번이나 보았기에 이번에는 구경하지 않고 좀 쉬었다. 도라산역은 우리가 자주 온 곳으로 북쪽으로 가는 첫 길이다. 고양시에 와서 저녁 및 숙소를 정했는데 밤새도록 다른 친족들은 재미있게 놀았다.

아침 일찍 일어나서 정리하고 해장국을 먹고 서울로 향했다. 잠실 롯데월드 121층을 관람했는데 시가지를 내려다보니 외국에 온 것 같았으나 사람들이 너무 많아서 마치 지하철 타는 것과 같이 붐볐다. 없는 것 없이 다 있고 지하에는 철길이며 주차장도 여러 차종들이 모두 모여 있어 누구나 편히 관광할 수 있게 만들어져 있었다. 정부에서 잘 주도해서 명물을 만든 것이다. 이것이 정부의 역할이라는 생각이 들었다.

그런데 요즘 정부에서는 기업을 죽이기 위해서 있는 것 같은 느낌을 주고 있다. 잘하는 정책은 그대로 따라가고 못했던 것은 시정하면서 가야 하는데 모든 것을 부정해서 기업을 죽이고 있는 형편이다. 기업이 잘 돼야 나라 경제가 살아나는데……. 안타깝다.

롯데월드 식당에서 식사하고 남대문시장을 처음 구경했는데 없는 것이 없다. 여러 가지 물품이며 사람이 너무 많이 모여 여기저기서 사고 파는 것이 놀라웠다. 나도 여름 양복 한 벌 사고 허리띠도 하나 샀는데 정말 가격이 비교가 안될 정도로 저렴했다. 김포공항에서 비행기 타고 9시 20분쯤 집에 도착하였다.

마을을 위한 봉사

구남동은 규해 할아버지 덕분에 우리 가족이 떠돌이 피난 생활을 마치고 집을 지어 정착한 동네다. 가난의 고통과 동생들을 잃는 아픔이 있기는 하지만 나를 품어주고 성장시켜준 곳이다. 비록 태어난 곳은 영평동이지만 구남동의 흙과 바람이 나를 키워주었다. 그렇기에 고향과도 같다. 그러니 마을을 위해 봉사를 하는 건 당연한 일일 것이다.

때마침 2013년 1월부터 마을회장을 맡게 되었다. 우리 마을 발전과 마을사람들을 위해 최선을 다하겠다는 마음으로 활동을 시작했다. 가장 먼저, 마을이 활성화될 수 있는 방법을 모색하여 젊은이들 공동체인 청년회와 여성들의 참여를 이끌어낼 수 있는 부녀회 조직에 나섰다.

그리고 마을 입구에는 지나는 사람들이 동명을 쉽게 알 수 있고, 주민들에게는 소속감을 느낄 수 있게 '구남마을'이란 표석도 세웠다. 이날 마을사람들과 조촐한 행사도 마련했는데 이 자리에서 나는 간단히 인사말을 하였다.

매년 마을회를 위해 백만 원을 희사하면서 일을 처리해 나갔다. 2015년 11월 15일부터 2박 3일에 걸쳐 대구를 시작으로 강원도를 여행했는데 설악산에 눈이 많이 내려 산에는 가지 못하고 한계령을 타고 중부지방 관광을 하였다.

2017년 1월까지 4년 동안 임기를 마치고 다음 회장에게 이임하였다. 지금 생각하면 내 생애에 구남동을 위해서 잘했다고 본다.

해병대, 월남전 참전 전우들과 함께

청룡유공자회 단체관광

2016년 9월 27일 제주 출신 해병대 청룡유공자회 회원들과 9시 10분 제주공항을 출발해 10시 10분 대구공항에 도착하였다. 다부동 6·25 격전지 기념탑과 박물관을 구경하고 유네스코 문화유산인 안동 하회마을 관광을 했는데, 하회마을은 낙동강 굽이굽이 돌아서 섬 같은 마을로 제주민속촌하고는 비교가 되지 않았다. 넓은 면적에 옛집이 그대로의 모습이 남아 있었다. 병산서원과 서애 유성룡의 생가며 종가가 보존되어 있고 또 집집마다 고유의 음식과 전통주가 있어 안동의 대표 명물이 되는 듯했다. 또한 인근 풍산면에는 아내의 문중인 풍산 홍씨 종가도 있다고 한다. 양반고을 안동을 깊은 관심을 갖고 둘러보았는데 감동적이었다.

영주로 이동하면서 주위에서는 온통 사과나무뿐이었다. 이어서 부석사, 선비촌, 소수서원과 추풍령, 단양8경, 청풍호 등을 관광했다. 이밖에 문경관문과 주흘산, 조경산 일대는 중부지방과 영남지방을 잇는 교통요지며 군사상 요충지로 옛 역사가 흐르는 듯하였다. 문경새재에 이어 문경 초등학교를 찾는데 박정희 대통령이 대구사범을 졸업하여 초임교사로 부임하여 3년 동안 아이들을 가르쳤던 곳이다. 옆의 초가집이 당시 하숙집이었다. 문경군청에서 박정희 대통령이 돌아가신 뒤에 박물관을 지어 소품을 정리해 놓아서 보기 좋았다.

충주 수안보로 갔다. 수안보는 관광호텔 재직 시절 많이 갔던 곳이기도 하다. 그러나 너무 발전하여 옛 모습을 찾아볼 수가 없었다. 충주시 수안보면에 위치해 온천이 유명한 곳으로 숙박시설과 맛집 등이 많은 곳이기도 하다.

한우고기로 저녁을 먹으며 대화를 나누는데 이것이 여행이구나 하는 흡족함과 더불어 옛 전우들이 생각나기도 하였다. 음성, 증평, 청주 거쳐 세종시를 지나 부여박물관을 구경하고 또다시 청주를 거쳐 오성비행장으로 이동했는데 한해수 전우가 몹시 아파서 마음을 놓을 수가 없었다. 여러 가지 행사 때문에 지친 몸이 풀린 것 같다. 그래도 좋고 즐거운 여행이었다.

중국 방문

2016년 12월 15일부터 일주일 동안 옛 친구들과 함께 중국 여행을 다녀왔다. 15일 밤 11시 30분 제주공항을 이륙하여 12시 30분에 중국 산동성 제남공항에 도착해 버스로 1시간 동안 이동해 호텔에서 잠시 휴식을 취하였다.

아침식사를 마치고 5시간 이상 달려 대아장에 도착해서 점심식사 후 세계에서 가장 크다는 마산 습지로 이동했는데 유람선에 몸을 싣고 제주도의 반이 넘는 바다와 같은 넓은 호수를 감상하면서 쓸모없는 땅을 휴양지로 개발해 세계적인 관광상품으로 변신시킬 수 있었던 것은 지도자가 정책을 잘 쓴 결과라는 생각이 들었다. 조림도로며 교통수단, 휴식공간을 많이 만들어서 제일의 쉼터를 만들었다는 데 크게 감탄하였다.

농촌에서는 이모작을 하여 지금은 밀을 심어 내년 5월이면 추수하고 그 뒤에 옥수수들 재배한다. 지금 밭농사 중 배추를 수확하여 우리나라를 비롯한 여러 나라에 수출을 하고 있다. 농경지도 잘 정리정돈하여 기계로 모든 인력을 대신한다고 한다. 이 지역은 산이 없어서 넓은 광야를 이루고 있었으며 중간에 산림을 조성하여 태풍과 홍수에 대비한다니 지혜로운 일이라고 본다.

습지 관광을 마치고 주촌 고상선 관광지로 이동하여 저녁식사를 마치고 유교사상이 남아 있는 쑤저우시 고운하 야경을 보기 위해 유람선을 탔다. 야경을 구경하면서 대대손손 살아온 옛 모습을 볼 수 있어서 좋았다. 옛것을 살려서 그대로 관광객들에게 보여주는 것은 정말 감명 깊었다.

고성 복흥호텔에 투숙하였다. 아침 식사 후 옛날거리, 상가거리, 골동품상가를 거쳐 공자의 유적지 대아장고섬, 공자의 춘추전국시대 집무실 모습이 재현되어 있다. 당시 또 거주했던 집들이며 옛날에 쓰던 유물이며 나무도 천년이 된 것이 많아 인상 깊었다.

공자의 제자 70인을 기념해 양옆에 심은 나무가 옛날 모습 그대로였다. 집들도 오밀조밀 모여 있는데 제자들을 사랑하는 스승과 훌륭한 제자들의 돈독한 사제간의 정이 느껴졌다. 또한 공씨 집안 가족 묘역은 공자 묘역을 비롯해 3,700기가 모여 있었고 비도 모양이 다르고 벼슬에 맞게 비문이 새겨져 있다.

공자의 아들이 공자보다 먼저 세상을 떴고 공자가 죽은 뒤 손자가 모든 것을 이어갔다고 한다. 우리나라는 한 권력이 사라지면 모든 것이 끝났지만 중국 문화는 좋은 것은 그대로 이어졌다는 것을 느꼈다.

여행 중에 화장실에 갔던 일행 한 명이 실종되어서 애를 먹었다. 왜

냐하면 다른 관광지는 들어가는 곳에서 다시 나오는데 이 지역은 들어가는 곳과 나가는 곳이 다르기 때문이었다. 그러나 치안당국에서 보호해서 다행히 같이 관광을 할 수 있었다.

오전 관광을 마치고 '태산이 높다 하되 하늘 아래 뫼이로다. 사람이 제 아니 오르고 뫼만 높다 하더라.'는 시조로 유명한 태산 지역을 관광하였는데 이 지역은 석산이라는 뜻도 있어 석제품을 판매하는 곳이 끝이 없었다. 총천연색으로 자연이 주는 색채가 그대로 있는 돌들은 우리들에게 깊은 산골에서 생활하는 듯한 느낌을 주었다.

태산은 모습을 보여주기 싫었는지 황사의 영향으로 볼 수가 없어서 안타까웠다. 산악지역에 관광시설을 잘 조성했는데 관광 숙박시설 및 편의시설과 함께 특히 온천이 좋다고 하여서 가보았으나 몇백 명이 모여든 탓에 혼탁하여 깨끗함을 느끼지 못하였다. 관광객들이 "육수온천에 왔다."는 말을 할 정도였다. 모두가 좋게 말하지 않았다. "산은 좋다만은 온천은 나쁘다."는 말이 나왔다.

제남시로 이동해 저녁식사 후 천성호텔로 투숙하였다. 제남은 흑호천과 거대한 해빙각을 배경으로 언덕의 아래쪽 분지에 큰 못이 널려 있었다. 대형 샘물약수터 등 천혜의 자연환경에서 아낙네들이 이불을 널고 남자들이 물을 길어가는 모습은 옛날 제주에서 자연용천수를 떠다 마을까지 나르고, 가뭄이 심하면 먼 곳까지 가서 물 길어 오던 생각을 나게 하였다.

나흘 동안 관광을 했더니 몹시 피곤하였다. 황사 먼지가 온누리를 덮어오는 느낌이 들었다. 저녁은 한식으로 맛있게 먹었다. 시가지 도로마다 먼지를 제거하기 위하여 물을 뿌리고 있었다. 가는 곳마다 물차가 지나가

해병대, 월남전 참전 전우들과

고 온 국민이 마스크를 쓰고 다녔다. 이것이 중국문화인 것 같았다. 마지
막 코스로 전신마사지를 한 시간만 받았는데 기분이 좋았다. 내가 팔과

손에 저림이 있었는데 마사지 마치고 나니 통증이 좀 낫는 것 같았다.

음식천국이라고 선전하지만 주로 10대, 20대들이 찾는 곳이었다. 우리에게는 맞지 않았다. 아침식사를 마치고 귀국에 앞서 옛날장터를 찾았는데 기대에 못미치는 곳이었다. 전부가 골동품과 문화상품만 파는 상점이었다. 우리 5일장의 모습은 없어서 실망하였다.

날이 점점 흐려져가고 있었다. 산동성 성도 제남의 대명호수와 인공호수들을 관광했는데 날씨는 계속 더 흐려가는 느낌을 주었다. 관광을 마치고 저녁식사를 하는데 난데없는 소식이 들려왔다. 황사현상으로 인하여 제남공항이 폐쇄되어서 오늘 갈 수 없다는 것이었다. 모두가 실망하여 여러 가지 의견이 나오면서 옥신각신하였다.

우리는 자비로 며칠 더 지내기로 하고 일금 6만 위안을 주고 자유여행을 하기로 했다. 자연을 원망할 수도 없지 않는가. 아침식사 후에 박물관을 관람하였는데 정말 건물은 세계적이고 장식품도 일류급이었다. 추운 날씨에 좀 쉬고 싶어 길에서 점심을 먹고 여기저기 입장권이 무료인 곳을 찾아다녔다. 날씨는 점점 험악하기만 하고 몸은 무거웠지만 자연은 우리 편이 아니었다.

하룻밤을 또 자고 가야 하는 신세가 되어 우리 팀은 저렴한 여관을 찾았다. 추운 날씨에 방이 써늘해 몸이 쑤셨으며 아침식사도 말이 아니었다. 불평이 많았지만 참고 이겨야 한다는 생각뿐이었다. 어젯밤부터 비가 내려 추웠다. 늦게 방을 비우고 또다시 집시 인생의 길을 실어야 했다. 점심 먹고 백화점에서 휴식을 취했는데 커피 한 잔에 따뜻한 쉼터를 얻을 수 있어 그런대로 좋았다. 친구가 커피를 사고 3시간 정도 쉬면서 졸음을 달래고 어제 화장실 때문에 여기저기 헤매던 생각을 하였다.

또다시 저녁을 먹고 공항으로 갔다. 가는 도중에 농산물 판매점을 구경하고 공항에서 4시간 30분이나 기다리며 여러 이야기를 하며 시간을 보냈다. 드디어 새벽 2시 30분에 공항을 출발해 5시 30분 제주공항에 도착해 집으로 돌아왔다. 참으로 힘든 여행이었다.

베트남 방문

2017년 10월 14일 오후 5시 30분 제주공항에서 전우들을 만나 김해공항으로 가서 10시 30분 베트남 다낭으로 출발하였다. 비행기에서 밤을 새우고 새벽 1시 45분에 다낭공항에 도착해 호텔로 이동해 몇 시간 쉰 다음 점심을 먹고 해변을 돌아보고 휴식을 취하였다.

그런데 이상한 걸 보게 되었다. 아침에 바다에서 해수욕을 하고 가설 샤워장에서 샤워하고 나와서 집으로 또는 직장으로 가는 사람들의 모습이었다. 도무지 이해가 되지 않았다. 관광객을 위해서 샤워장을 만들었으면 하는 마음이 들었다.

다음 날 과거 청룡부대 주둔지를 방문했는데 바닷가에 정문 기둥만 남아 있었다. 주변에도 많은 변화가 있었다. 안내인이 대강 설명을 해주었으나 이해가 잘 되지 않았다.

다낭 호이안은 옛날의 무역항이었는데 일본식 가옥이 많이 보였고 거리와 상점도 일본식이었다. 중국인 거리나 야경 그리고 강 위에서 뱃놀이하는 모습은 옛날의 추억을 떠오르게 하였다. 다낭시는 옛 모습은 볼 수가 없을 정도로 변해 있었다. 우리나라 기업이 3,000개 이상 사업장을 가지고 있고 아파트 및 호텔 빌딩숲을 이루고 있었는데 계속해서 관광산업 위주로 개발되는 것 같았다.

우리나라에서 하루에 17편 이상 비행기가 왕복하고 있어서 가는 곳마다 한국 사람들이었다. 못 산다고 하지만 그래도 잘사는 나라인 것 같다. 여러 곳 관광을 했으나 별로 재미는 없었다.

16일에는 선짜반도에 있는 베트남 최대 불교사원을 찾았다. 이 사원에 얽힌 얘기가 흥미로웠다. 월남 패망 당시 우리나라 선장이 참치잡이 어선을 몰고 항해하던 중 남부 베트남인 96명이 탄 보트를 발견하고 이를 본사에 보고하였다. 선장은 이들을 구조하지 말고 그대로 항해하라는 명령을 받고서도 가다가 다시 돌아와 사람들을 전원 태우고 부산으로 귀항했다. 그는 회사에서 파면을 당하고 고향에 내려가서 농사일을 짓고 있었는데 월남 피난민 중 한 분이 미국에서 성공한 다음 방송과 신문을 통해서 이 선장을 찾아서 미국으로 초청해 후히 대접했다는 말을 들었다.

인간은 좋은 일을 하면 언젠가는 은혜를 받을 수 있다는 것을 새삼 느꼈다. 성공한 월남인은 자기나라를 위해 무엇을 할 것인지를 고민하던 중 다낭 해변 경치 좋은 곳에 불교사찰을 지어서 국가에 헌납하였다. 이곳은 하루에 만명 이상이 찾는 명승지가 되었다.

17일 후에호텔에서 하룻밤을 보내고 후에 왕궁오문, 자금성, 태화전을 관람했는데 안내인이 한국말로 정말 해설을 잘해주었다. 그것도 구수한 전라도여서 정감이 있었다. 후에 옛 왕궁은 정리정돈이 잘되어 있었으며 마지막 왕이 정치를 잘못하여 7대 왕 때 나라를 잃었다는 것이다.

베트남이나 우리나라 옛 왕궁을 보면 왕궁 주변은 강물을 끌어모아서 주위를 물이 흐르도록 만들어서 외국군의 침입을 막은 것은 비슷하다는 느낌이었다. 왕릉도 마찬가지로 크게 만들었다. 후에 관광은 옛날의 모습이 그대로 유지되고 있는 것이 좋은 느낌을 주었다. 모든 것이 옛날은 옛날이고 지금 베트남 국민이 잘살아 보겠다고 열심히 일하는 모습은 옛날 새마을정신으로 열심히 땀 흘렸던 우리 국민을 떠올리게 하였다.

말로는 3박 5일이지만 비행기에서 2일을 보내는 시간이 아까운 여행이었다.

국립현충원 참배

월남 전선에서 생사고락을 함께하며 부하들을 위하여 애쓴 대대장 오윤진 장군이 모셔진 대전현충원 묘역을 참배했다. 그 옛날 작전을 마치고 돌아온 졸병을 대대장실로 불러서 "수고 많았다."고 손잡아 주며 "꼭 승리하고 귀국하여 나라의 새 일꾼이 되라."고 하시던 모습이 어제일처럼 떠올랐다.

또한 1969년 여름 서귀포, 천지연 동쪽 기슭에 무장공비가 침투했을 당시 해군과 공군의 지원 아래 해병대 작전부대가 전투에 참가했는데 그때 연락장교로 와서 우리 호텔에 묵게 되어 다시 만나 옛이야기를 나누던 일도 생각난다. 이후에 계속해서 연락을 주고받았다. 또한 1970년 3월 28일 나의 결혼식에 해병대령 오윤진 이름으로 "결혼을 진심으로 축하한다."는 축전을 보내와서 사회자 정옥두 선생님이 읽어주었던 기억이 난다.

동생이 군대 간다고 하니 훈련소에 연락하여 보살펴 주겠다는 말씀과 "직접 찾았는데 없다."는 편지를 받고 눈물이 났다. 정말 정성어린 편지였다. 준장 진급 후 제주에 시찰 와서 공항에서 우리 형제가 인사드렸더니 "광욱이 형제는 용감했다. 정말 자랑스럽다."고 말씀하신 것이 엊그제 같은데 세상에 안 계시니 슬프다.

또한 소장으로 진급하고 제주에 왔을 때 같이 식사하면서 여러 가지 이야기를 해주신 일도 기억난다. 당시 해병대 제주사령관은 곽재성 장군으로 내가 3연대 2대대 군수참모실에 있을 때 같이 근무했는데 분위기가 좋았다.

오 장군님 예편하고 중앙전우회 총재가 되어서 1987년 9월 1일 해병대 날에 오셔서 "힘있게 잘살고 있으니 반갑다."고 하신 말씀과 그 후 반공 안보강연 때 뵈었을 때 와이셔츠와 커프스버튼을 선물로 주시며 제주 탑동에서 저녁식사로 회정식을 먹던 생각이 난다. 그 후에도 내가 전화도 드리고 감귤도 보내기는 했지만 돌아가시기 한 달 전에 "귤을 맛있게 먹었다."는 전화를 받고 건강 인사를 한 게 마지막 이별 전화가 되리라는 것은 꿈조차 꾸지 못하였다. 결국 신문 부고를 보고 늦게 알아서 찾아뵙지 못한 것을 죄송스럽게 생각한다.

살아가는데 용기를 주고 해병정신이 깃들면 못할 것이 없다고 하신 말씀 새기면서 성공한 인생을 살고 있다. 해병대에 입대해서 월남전에 참전하고 죽을 고비를 많이 넘기며 인내심과 용맹심을 길렀다. 안되면 될 때까지 무에서 유를 창조하는 정신을 심어주신 장군님을 내 생전에 잊을 수가 없다. 존경한다. 저승에서 다시 만나도 나는 장군님의 부하가 될 것이다. 사랑합니다. 존경스럽습니다.

2017년 9월 29일에는 대전현충원에 가서 이화출 장군님을 참배하였다. 1966년 11월 16일 귀국한 후 근무한 3연대 2대대의 대대장이었는데 그 당시 월남전에 대한 이야기를 많이 나누었다. 대대장이 하신 말씀 중에서 "전투는 용기가 있어야 하고 후회는 없는 것이다. 또한 사회에서 개병대라고 하면 물어뜯어라."는 구절이 기억에 남는다.

1982년 1월 장군 진급하고 제주에 시찰 왔을 때 새해 첫날부터 계속 내리는 눈으로 인하여 일주일 이상 비행기가 뜨지 못하자 호텔에서 공항을 수시로 왔다 갔다 하면서 여러 이야기를 나눈 적도 있다. "아내가 많이 아파서 병간호하며 지낸다."며 아내 걱정을 하던 모습도 기억난다.

그 후에 예편하고 제주에 왔을 때 우리 호텔에서 해병 간부 7기생들과 서귀포 앞바다를 바라보면서 차를 마시고 옛이야기 하던 생각이 난다. 내가 "적에게 많은 포탄을 쏘면 적들은 자유롭게 움직일 수 없다."는 월남 시절의 말씀을 떠올리자 "내가 월남에서 그렇게 말했지."라며 웃으셨다.

이화출 장군은 6·25때 소대장으로, 월남전에서 대대장으로 근무하며 후배들에게 전쟁의 의미를 가르쳐 주었다. 지금 대전현충원 장군 묘역에 내외분이 나란히 영면하신 모습을 보면서 저승에서나마 편안히 잘 지내시기를 간절히 기원하였다.

'21회 고엽제의 날' 행사

2017년 7월 18일 오후 2시 '21회 고엽제의 날, 전우 만남의 장' 기념식에 참석하여 옛날의 고통과 전쟁터에서의 쓰러져 나가던 모습을 다시 한번 마음 깊이 되새겼다.

이번 행사에서 K.A.O.V.A가 Korean Agent Orange In Vietnam War의 약자로 대한민국고엽제전우회를 뜻하는 글자라는 사실도 알게 되었다.

기념식을 마치고 전적지 순회를 하기 위해서 영동고속도로를 이용해서 강원도로 가는데 옛날의 대관령 고갯길은 간데없고 일직선으로 산을 뚫고 터널을 만들어서 2시간 만에 갈 수 있도록 하였다. 옛날에는 반나절 걸리던 곳인데 우리나라 기술로 정말 잘 만들어서 가는 곳마다 이전의 모습은 볼 수가 없었다. 원주의 인터불고원주호텔에서 하룻밤을 지냈는데 객실도 좋았고 음식도 맘에 들었다.

　　아침식사를 마치고 간현관광지에 있는 소금산 출렁다리를 구경했는데 봉우리 정상까지 올라가느라 힘이 들었으나 끝까지 해내었다. 계곡을 이용해서 다리를 놓고 관광자원으로 활용하는 것을 보았는데 이걸 보면서 제주에는 여러 가지 개발할 것이 많다는 생각이 들었다.

　　강릉으로 이동해 통일공원 전시관과 함정전시관을 관람하였다. 양양으로 이동해 저녁식사를 마치고 속초 더클래스 300인호텔에서 1박하였는데 어제 숙소보다는 객실 수는 많으나 시설은 못한 것 같았다.

　　아침 시간에 고성 통일전망대로 갔다. 북한이 한눈에 보이고 눈앞에 보이는 섬들이 다 북한 땅이라고 한다. 6·25때 통일을 위해서 싸우고 싸워서 여기까지 올라올 수가 있었으며 많은 전우들이 희생으로 고성을 차지할 수가 있었다고 한다. 금강산 관광을 하기 위해서 출입검사하는 곳이 이곳에 있었다.

　　화진포로 이동하니 김일성별장이 바다와 산이 어우러져 질경을 이룬 모습이었다. 이 모습을 보고 자유당 때 이승만별장과 이기붕별장을 지어서 경쟁을 시켰구나 하는 생각이 들었다. 화진포호수는 민물과 바닷물이 서로 통하는 호수로 물이 맑고 조용한 곳이다. 해수욕장도 있어서 주변풍광이 아름다웠다.

날씨는 무더웠지만 마음이 편해서 힘들지 않았다. 21일 아침 설악산으로 이동하여서 권금성까지 케이블카를 타고 산세를 구경할 수가 있었다. 특히 정상까지 5분밖에 걸리지 않았다. 또한 한 번에 50명씩 탑승해서 두 대로 100명을 수송하니 수입도 만만치 않을 것 같았다.

주말이라 관광객들이 많이 모여들었다. 점심 후 서울-양양고속도로를 타고 김포로 오는데 터널이 50개는 되는 것 같았다. 긴 터널이 11킬로미터나 된다고 한다. 정말 잘 만들어져 있었다.

해병대 1사단과 포스코 방문

2017년 9월 12일 제주공항에서 옛 전우들을 만나 무안공항으로 향하였다. 무안에서 경주로 이동하는 중에 울주의 자수정동굴을 관람하였는데 옛날에 광산이던 것을 관광자원화하여서 여러 가지 볼거리와 함께 동굴 안에 식당, 공연장, 전시장 등을 갖추고 있었다.

경주에는 더호텔이 있어 투숙했는데 제주라마다호텔과 같이 교원공제조합에서 운영하는 호텔이었다. 시설이 잘되어 있어서 편히 쉴 수가 있었다. 저녁에는 파티를 했는데 모두들 신이 나서 나이가 무색할 정도로 잘 놀았다.

다음 날에는 해병 1사단을 방문하기로 했는데 버스 타고 부대를 한바퀴 돌고 오는 것밖에 안 된다고 해서 그만두기로 하고 가는 도중에 양동마을에 들렀다. 조선 중기에 손씨와 이씨가 촌락을 이루었는데 위쪽에는 양반이 살고 밑에는 하인들이 살았다는 집들이 보존되어 있었다.

옛날 선비들이 과거에 많이 합격하여서 높은 벼슬을 한 마을이라고 한다. 일제강점기 때 지어진 학교도 볼 수 있었다.

포항으로 이동하여서 포스코포항제철를 견학했는데 세계 1위라는 이 제철공장은 우리가 1965년 월남 갈 무렵 기초가 닦였다. 당시 박정희 대통령의 영도 아래 박태준 회장이 심혈을 다해 여러 가지 철을 만들어서 세계 많은 나라에 수출하여 우리 경제의 기반을 다질 수 있었다. 거기에는 우리 근로자들의 피와 땀이 묻어있다는 생각이 들었다. 고개 숙여서 먼저 가신 건설 역군들의 명복을 빌었다. 지금은 포스코 종사원이 1만 7,000명이나 된다니 우리나라의 제1일의 기업이고 세계에서도 으뜸인 것이다.

경주에 와서 천마총, 미추왕릉 및 유적지 및 보물전시장을 돌아봤는데 미추왕릉은 김씨 왕 중 첫 번째 임금의 능인 만큼 규모가 컸다. 한편 울산은 자동차공장, 정유공장이 있어 한국 공업을 선진화한 현장으로 우리나라가 잘 살 수 있게 만든 원동력이 여기서 비롯됐다고 하겠다. 울주군 서생면 진하리 진하리조트에 투숙했는데 주변에는 해수욕장이 있어서 여름 한철 관광객이 많이 올 것 같았다. 주변에는 숙박시설 및 음식점, 오락실이 있었다. 농어촌 마을을 개발해 관광지로 만든 것이다.

방어진에서 고래박물관 등을 관람하고 태화강 생태관광을 했는데 정말 좋았다. 20년 전에 강이 오염되어서 모든 생물이 다 죽어 갔는데 관과 주민이 협동해 오염방지운동과 함께 도처에 대나무숲을 조성하여 잘 가꿔서 세계적으로 유명한 관광지를 만들었다는 것은 우리 제주도 참고할 만하다는 생각이 들었다.

나누고픈 얘기와 글

6

'열심히 최선을 다해 살면 되겠지.' 하는 생각으로 묵묵히
내 앞에 놓인 길을 따라서 부지런히 걸어왔다.
그렇게 팔십 년을 살고 나서 지나온 삶을 되돌아보니
그래도 내 인생이 행복하구나 하는 생각이 든다.
어려운 가정형편에도 고등학교까지 학업도 마쳤고,
죽거나 다친 장병들이 많았던 월남전에서도 살아 돌아왔고
또 호텔에 취직해 45년간 식장생활하며 가족들 건사하며
못다한 배움을 이어 학사학위까지 받았으니 이만하면
행복한 삶이라 할 수 있지 않은가!
살아오며 내가 터득하고 깨우친 삶의 지혜와 방법,
그리고 끄적거린 글을 공유해보려 한다.

나누고픈 얘기와 글

___

배움에 대한 열정

정박해 있는 배는 안전하지만 새로운 항구에 도달할 수 없는 법이다. 닻을 올리고 나아가서 폭풍과 세찬 물결에 맞서는 모험을 해야만이 원하는 목적지에 도착하게 되는 것이다.

"이봐, 해봤어?"

이 말은 현대 정주영 회장이 한 말이다. 힘든 일을 앞에 두고 포기하려는 직원들에게 했던 말이다. 해보지도 않고 포기하고 시도조차 안 하기보다는 일단 해보라는 의미일 것이다. 인생에서도 도전과 모험은 필요하다. 안주하면 더 나아갈 수 없으니까 말이다.

호텔에 근무하면서도 대학 진학의 꿈을 접지 못했다. 어떡하든 대학은 졸업해야겠다는 생각이 늘 마음 한구석에 남아 있었다. 각 대학에 관광이나 호텔 관련한 학과가 생기면서 이론에 대해 지식을 쌓은 직원들이 늘어갔다. 선배된 입장에서 축적된 실무 경험만 가지고는 안 되겠다는 생각도 들었다.

하지만 연중무휴 24시간 돌아가는 호텔이란 직장을 다니면서 더욱이 아내와 자식이 셋이나 되는 곤궁한 집안의 가장에게 대학공부는 너무도 허황되고 실현 불가능한 일이었다.

사실 그 당시는 직원 중에 대학을 나온 이도 드물었고 고졸학력으로도 일하는데 큰 지장은 없었다. 하지만 나는 실무에 이론을 겸비한 전문가가 되고 싶었고 고졸 학력으로 내가 올라갈 수 있는 자리는 한계가 있기 때문에 도전하기로 했다.

남는 시간 틈틈이 대입공부를 다시 시작했다. 1979년도에 대입 예비고사를 치르고 80학번으로 제주정보대학 야간부에 입학했다. 그때부터 주경야독의 삶을 살았다.

집과 호텔, 학교를 부지런히 오가며 1인 3역을 하기란 몹시 고단한 일이었다. 호텔 일로 몸이 천근만근 피곤한데도 늦게까지 학과공부와 과제를 해야 했다. 교수님들도 나의 의견에 따라주었고 같이 연구해 나갔다. 중간고사 기말고사 시험공부도 열심히 한 덕에 학점도 좋은 편이었고 졸업생들이 주는 장학금 50만원을 받기도 했다.

홍남표 지배인도 일 년 후에 나와 같은 길을 걸었다. 나의 도전이 주위 사람들에게 기회를 만들어 주었다고 생각한다.

당시 직책이 제주호텔 프론트 계장이었는데 하루 종일 근무하고 다음날은 휴식이 주어졌는데 이틀에 한 번씩 수업을 들었다. 나보다 열 살 많은 학생들이 몇 명 있었고 대부분은 어린 학생들이었다.

모든 게 힘들었다. 나름대로 레포트도 열심히 써서 제출해 좋은 평가를 받고자 애썼다. 2학기 마지막 졸업시험 날, 눈이 많이 내려 버스가 다니지 못해서 도보로 제주대학 입구까지 내려와 버스를 타고 집에 온 일은 잊지 못할 추억이 되었다.

수업은 김태연 교수의 관광 관련 강의와 김응식 교수의 경영과 경제, 고정언 교수의 영어, 이근 교수의 일어 등으로 진행됐는데 우리 호텔경영과 출신 김복만 교수도 있었다. 우리 학과 2회 졸업생으로 학교 졸업 후 일본으로 가서 정규대학 대학원을 졸업하여서 우리 학과에 교수로 온 분이었다. 마음 놓고 이야기할 수가 있었으며 공부하는데 도움을 주었다.

나는 학교에서 동료 학생들에게 모범이 되려고 노력하였다. 가정생활, 자녀교육, 직장생활을 함께 하면서 어려운 점이 한두 가지가 아니었다. 무엇보다 아내가 대학 다니는 남편 때문에 너무 고생이 심했다. 물론 경제적 어려움이 가장 컸다. 가뜩이나 쪼들린 살림에 내 학비까지 추가로 지출되니 몹시 힘들었을 것이다. 당시 학생이던 자식들에게는 "아버지도 열심히 하는데 너희들도 따라오라."고 격려하며 앞장섰다. 그 결과 우리 가족이나 동생 가족 전부 4년제 대학에 입학하여 졸업할 수 있었다.

직장생활을 하며 학교 다니는 것도 만만치 않은 일이었다. 한번은 시험시간과 근무시간이 겹쳐서 동료에게 3시간만 근무해달라고 사정했으나 못 해준다고 하여 학교에 뒤늦게 가서 시험을 치르고 오기도 했다.

MT 한번 못가 본 것이 지금 생각해도 큰 아쉬움으로 남는다. 늦게나마 2년제 대학이지만 졸업을 해서 인정도 받으니 자신감도 생기고 또 직장생활과 사회생활을 해나가는 든든한 힘이 되어 주었다. 가르쳐 주시던 교수님들이 거의 세상을 떠났다. 섭섭하기만 하다.

1982년 2월 10일 졸업식에 아내의 작은이모가 와서 어머니같이 축하해 준 일은 평생 잊지 못할 것이다.

배움에 대한 나의 열정은 여기서 식지 않았다. 그 후 15년 뒤인 1997년 봄 파라다이스에서 퇴임과 동시에 뉴경남호텔 총지배인으로 부임한 그해 제주도에 첫 설립되는 4년제 종합대학인 동원산업대학교의 학생 모집공고를 보게 되었다. 동원산업대학교는 1997년 12월 5일, 탐라대학교로 교명이 변경되었고 2011년 7월 제주산업정보대학과 통폐합되면서 2012년 제주국제대학교로 새로 출범하였다.

편입시험을 치르고 호텔경영학과 3학년으로 편입해 호텔 공부를 계속할 수 있었다. 주변에서는 염려의 눈빛으로 나를 바라보았다. 나 역시 4년제 대학공부를 따라잡을 수 있을까? 자식들보다 어린 친구들과 잘 어울릴 수 있을까? 내심 걱정도 됐지만 이 또한 못하겠냐 싶었다. 여러 가지 자료를 같이 모아 동기생 7명과 함께 책을 출간하기도 했다.

특히 박호래 교수, 이무성 교수, 양창식 교수 등 여러 교수님들의 가르침을 받았는데, 열심히 공부한 결과 졸업논문으로 호텔리조트에 대한 설계 및 운영에 관한 책을 만들 수가 있었다. 박호래 교수님과는 여러 가지를 의논하면서 제주호텔의 새 길을 여는데 힘을 보탰다. 또한 우리 후배들이 제주 호텔의 주춧돌이 되어서 자기 분야에서 인정을 받아 나에게 호텔맨으로서의 자부심을 갖게 해주었다. 1999년 2월 마침내 호텔경영학 학사학위를 받았다. 시간 제약 때문에 MT도 못가고 졸업여행도 가지

못했지만 같이 공부한 학우들과도 친하게 지내며 나름대로 학창시절을 누린 것 같다. 학업을 마칠 수 있도록 나를 많이 배려하고 도와준 뉴경남 호텔 사장님에게 감사하다는 인사 전하고 싶다.

그러던 중 2월말 교육부로부터 자랑스러운 졸업생으로 뽑혔으니 3월 12일 청와대에서 열릴 오찬에 꼭 참석해달라는 연락이 왔다.

서울로 상경하던 날은 날씨가 쌀쌀하고 추웠다. 약속장소인 경복궁에 모여 인원점검을 끝내고 7개 시·도 지역의 만학도들과 청와대로 들어갔다. 텔레비전 화면으로만 보던 청와대를 직접 보고 들어가기까지 하려니 가슴이 벅차올랐다. 헤드테이블에 앉아 김대중 대통령, 이해찬 교육부장관, 이희호 여사 등 8명과 함께하는 영광도 누렸다. 김 대통령은 1972년 대통령 후보로 제주에 유세를 위해 방문했을 당시 제주관광호텔에 숙박했을 때 내가 당번을 맡아 가까운 거리에서 모신 인연이 있다. 대통령과 나란히 앉아 식사를 하면서 많은 이야기를 나눌 수 있었다. 대통령이 제주에서의 실상과 앞으로의 희망 그리고 제주도정에 대하여 물어보길래 "제주도민이 살길이란 관광밖에 없습니다. 왜냐하면 감귤산업이 수입 개방으로 사장산업이 되어가고 있기 때문에 관광산업 육성에 힘써주실 것을 당부드립니다."대답했다.

그랬더니 연구 많이 했다며 칭찬도 들었다.

오찬을 마치고 참석자 중 나를 포함한 두 명의 만학도와 「시사터치 코미디파일」방송에 출연도 했다. 서세원 씨의 진행으로 자라온 과정과 직장생활의 힘들고 어려운 점들을 극복해왔던 과정을 서로 얘기하였다.

녹화를 마치고 늦게 집에 오니 9시 뉴스에 대통령과 같이 식사하는 모습이 방영되고 있었다. 자랑스러운 만학도 졸업생들을 청와대로 불러 오찬을 함께하며 격려 말씀이 있었다는 내용이었다.

11시경에 「시사터치 코미디파일」이 방영될 때는 많은 곳에서 격려 전화가 쇄도하였고, 제주KBS의 초청으로 「자랑스러운 제주인」 생방송 에 출연해 기쁨과 슬픔이 어우러진 나의 삶을 이야기하는 시간을 가졌다.

방송이 나간 후 알아보는 사람도 늘고 심지어는 20년 넘게 소식이 끊긴 강원도 사는 친지에게서 전화 까지 와서 기뻤다. 정말 방송매체 의 힘이 이렇게 크구나 실감했다. 내 직장을 많이 알릴 수 있어 홍보 효과도 적지않았다. 만나는 사람마 다 칭찬이자자했다.

더욱이 손님들도 "우리 총지배 인이 TV에 나온 사람인데 훌륭한 분이야."하고 자신의 애들에게 소개해 주는 것을 볼 때 정말 행복감을 맛보았다.

뒤늦었지만 공부에 도전한 대가로 나는 그토록 소망하던 학사모도 쓰게 되고 평생 기억에 남는 영광이자 가문의 자랑도 덤으로 갖게 되었다.

모험과 도전

"안나푸르나에는 모진 비바람이 불고 눈사태가 일어나고 가파른 비탈이 있다. 하지만 우리는 천천히 그리고 인내심을 가지고 이 장애물을 견뎌냈고 정상에 올랐다. 당신들도 당신 인생의 안나푸르나를 찾아 오르고 올라서 꼭 정상에 서는 데 성공하시길."

세계에서 열 번째로 높은 8,000미터 높이의 안나푸르나 정상에 오른 여성 산악인 알렌느 블럼이란 여성의 쓴 책의 서문에 적혀 있는 글이다.

건장한 남자들도 오르기 힘든 산 정상을 향해 모진 역경과 고통을 감내하며 한 발짝 한 발짝씩 발을 내디디며 정상을 향해 오르고 있는 한 여성을 떠올리려니 그동안 나는 과연 이 여인만큼 목표를 위해 이렇듯 치열하게 살아왔을까? 하는 생각이 든다

흔히 인생을 등반에 비유한다 어떤 목표를 향해 걸어 나가는 인고의 행위이기 때문이다. 그 정상에 오르는 동안 계곡을 만나고 시냇물도 만나고 막다른 절벽과 만나기도 한다. 인간의 삶 역시 마찬가지로 살아가면서 고난과 역경과의 마주침을 숱하게 반복한다 누가 먼저 빨리 가느냐는 그리 중요하지 않다. 다만 그 정상을 향해 인내심을 가지고 부지런히 포기

하지 않고 가면 되는 것이다. 바로 저 고지에 원하는 꿈과 목표가 있기에 가야만 하는 것이다.

꿈과 목표가 없는 사람은 앞으로 나아가지 못한다. 학창시절 선생님들이나 주변 어른들로부터 "어디에서든 없어서는 안될, 꼭 필요한 사람이 되어라."는 말을 종종 들은 기억이 있다. 용의 꼬리가 되지 못할 바에는 차라리 닭의 벼슬이라도 되라고도 하셨다. 이 말은 내 마음속에 각인되었고 항상 그런 사람이 되려고 노력했다.

비록 용의 꼬리도 닭의 벼슬도 되지 못한 것 같지만 그래도 어느 자리에서건 필요한 사람이 되려고 노력했고 학교에서도 직장에서도 인정을 받았으니 목표는 이룬 셈이다.

요즘 학생들에게는 꿈은 없고 점수만 있다고 한다. 자신의 꿈이 무엇인지 모른 채 점수에 맞춰 대학을 가기 때문이다. 사람에게 꿈은 사는 목표이자 살아가는 방법이다. 나는 후손들이 꿈을 갖고 목표를 세워 그것을 이루며 살았으면 하는 바람이다.

대학을 졸업하고 30세까지는 무엇을 하고 30~40세까지는 무엇을 하고, 40~50세까지는 어떤 사람이 되어 사회에 이바지하겠다는 인생의 계획을 세워나갈 때 참된 인생이 되는 것이다.

꿈과 목표를 이루는 비결에 대해 월트디즈니는 이렇게 말했다.

"생각하라. 믿어라. 꿈을 가져라. 용감하게 도전하리."

나는 이 말을 참으로 좋아한다. 그 안에는 진정 꿈을 이루는 비결이 담겨 있기 때문이다.

'생각'이란 건 호기심이다. 모든 세상은 인간의 끝없는 호기심에서 비롯되었다. 생각으로부터 인간의 진화가 시작되었고, 종교가 생겨나고,

사상이 분파되고, 문명의 발전이 이루어졌다. 다시 말해 세상은 생각하는 자들에 의해 진보되어온 것이지 저절로 이루어진 건 결코 아니다. 이처럼 생각은 세상을 변화시키지만 자신을 좀 더 나은 방향으로 이끌기도 한다. 꿈을 꾸게 하고 야망을 갖게 하고 행동에 옮길 용기를 준다.

'믿음'은 자기 자신을 믿는 자기 확신에서 비롯되며 잘될 거라는 희망을 잉태한다. 자신이 유용한 인재라는 믿음만큼 사람에게 유익한 건 없다고 카네기는 말했다. "길을 가면 앞서가라."는 우리 속담처럼 확고한 자시의 주관이 섰다면 자신의 이루고자 하는 꿈이 분명하다면 믿고 나아가길 바란다.

"소년이여, 야망을 가져라." 중학시절, 영어를 배울 무렵 누구나 한 번쯤은 보았을 문장이다. 야망은 곧 꿈이다. 자기 안에 꿈이나 목표를 가지지 못하면 그건 삶을 포기하는 것과 마찬가지다. 꿈을 잃어버렸을 때 일상을 살아가는 것이 아니라 하루하루 견뎌내는 일에 불과하게 된다. 일관성 있는 꿈을 가지고 열정적으로 살아갈 때 비로소 삶은 가치를 지니게 되는 것이다.

내 후손들은 모두가 꿈을 가지고 그 꿈을 이루기 위해 부지런히 정진했으면 하는 것이 나의 당부이다.

'도전'은 자신감이다. 길을 알면 앞서가라는 말이 있다. 중국의 정치가이지 혁명가인 노신은 이런 말을 했다. "길은 처음부터 없었다. 사람이 지나며 만들어진 것이다."

누군가 앞서 나간 길 해놓은 일을 답습하는 행위는 안정감은 있을지언정 발전이 없는 머무름에 불과하다. 도전정신으로 모험을 감수하며 새로운 길을 만드는 사람이 되어보면 어떨까!

나의 생활신조

언제나 성실, 근면 정직하고 인내하며 검소하게 살아야 한다는 것은 나의 생활신조이자 학창시절 가난 속에서 터득한 처세이기도 하다. 성실 근면은 사람이 살아가면서 갖추어야 할 기본 덕목이다. 성실, 근면하게 열심히 노력한 자만이 공부도 잘하고 일도 잘하며 사는 목적을 충실히 달성할 수 있기 때문이다.

성실 근면한 사람에게는 그만큼의 대가가 주어지기 마련이다. 물론 불로소득이나 정당하지 않는 방법으로 쉽게 목표한 결과를 획득하는 경우도 더러 있지만 우리는 대부분 어떤 결과보다 성실, 근면함 그 자체에 후한 평가를 내리게 된다.

성실함과 근면은 꾸준함을 수반한다. 자기 맡은 일을 묵묵히 성실 근면하게 하는 사람을 볼 때 미더운 생각과 함께 두터운 신뢰를 갖게 된다.

어느 집단에서나 성실한 부류와 그렇지 못한 부류의 사람으로 나뉘는 것을 볼 수 있다. 성실하다 하여 반드시 최고의 성공을 보장받지는 못한다. 오히려 용의주도함이 성실성을 제치고 우선순위가 되는 경우도 더러 보았다. 하지만 성실하다는 것은 남에게 보여지기 위해서도 아니고 어떤 목적을 위해서만 수반되는 행동이 아닌 것이다. 부지런히 성실하게 살다 보면 바리던 목적도 이루게 되고 성공도 따르게 되는 것이라고 생각한다.

정직함은 올바른 사고와 반듯한 행동이라 할 수 있다. 이는 하루아침에 이루어지는 것이 아니라 어려서부터 가정 교육에서부터 비롯된다. 부모의 행동을 보고 자식이 따르게 되는 가운데 형성된다고 볼 수 있다. 거짓이나 꾸밈이 없이 곧고 바른 마음 자세로 한평생 정직하게 산다는 것이 그리 쉬운 일은 아니다. 하지만 모든 것은 마음을 다스리는 데에서 오는 것이다. 잘못은 남에게 모두 미루고 너나없이 책임지지 않으려 드는 요즘, 정직한 사람이 그리워지는 세상이다.

성실, 근면함과 정직함이 갖추어졌어도 참고 견디는 인내심이 없다면 어떤 일이라도 이룰 수가 없다. 조금 고생스럽다고 힘에 부친다고 쉽게 포기해버리면 낙오자가 되기 때문이다.

세상은 결코 녹록하지 않다. 가정생활도, 학교생활도, 군대생활도, 사회생활도 모두 인내를 필요로 한다. 모든 고난을 참고 이겨낸 사람, 즉 인내하는 사람만이 달콤한 열매를 맛볼 수 있는 것이다.

요즘 사람들은 무슨 일이든 빨리 하려 들고 또 일등만을 추구하고 참을성이 없는 것이 특징인 것 같다. 어떤 일의 경과보다는 결과에만 가치를 부여하고 귀찮거나 힘든 일은 아예 포기하는 좋지 않은 습성들을 지닌 사람들이 많다.

그리고 근면 성실하고 정직하게 살면서 원하는 삶을 살게 되었다 해도 검소하게 생활하지 않는다면 가진 것을 지키지 못하게 된다. 아무리 많은 돈을 가졌다하더라도 절약할 줄 모르고 함부로 써버리면 그 돈이 오래도록 남아 있을 수 없는 법이다. 돈은 얼마를 버느냐보다 얼마나 절약하느냐가 더 중요하다고 생각한다.

성실 근면하고 정직, 인내하며 검소하게 사는 것이야말로 우리가 세상을 살아가는데 꼭 필요한 덕목이라고 생각하며 나를 이러한 생활신조로 살아왔고 앞으로도 살아갈 것이다.

행복의 조건

나는 요즘 들어 문득 '과연 나는 행복한 삶을 살았을까?' 하는 물음을 내 자신에게 하곤 한다. 나이가 들었다는 증거일까? 젊은 시절엔 그저 주어진 일에만 매달리느라 행복에 대해서 생각해 본 적이 없었다.

'열심히 최선을 다해 살면 되겠지.' 하는 생각으로 묵묵히 내 앞에 놓인 길을 따라서 부지런히 걸어왔다.

그렇게 팔십 년을 살고 나서 지나온 삶을 되돌아보니 그래도 내 인생이 행복하구나 하는 생각이 든다. 그 어려운 가정형편에도 고등학교까지 학업도 마쳤고, 죽거나 다친 장병들이 많았던 월남전에서도 살아 돌아왔고 또 호텔에 취직해 45년간 직장생활하며 가족들 건사하면서 못다한 배움을 이어 학사학위까지 받았으니 이만하면 행복한 삶이라 할 수 있지 않은가!

사람은 누구나 행복하기를 바라며 그것을 찾아 행동하고 있다고 해도 과언이 아니다. 대부분의 사람들은 현재보다는 더 나은 삶에 눈높이를 맞춰 놓고 욕심을 내곤 한다.

더 큰 집, 더 많은 돈, 더 높은 지위 등 지금보다 더 좋고 나았으면 하고 바랄 뿐 현재에 만족해하며 행복하다고 말하는 사람은 많지 않은 것 같다. 그러나 자신이 원하는 것이 자신이 정한 행복의 기준에 맞추어졌다고 해도 곧 다른 것을 찾아 다시 행복의 기준을 설정해 놓는다. 그렇기에 살아가는 것 자체가 행복을 얻기 위한 과정일지도 모른다는 생각이 든다.

채근담에는 이런 말이 있다.

"행복에는 여러 형태가 있는데 돈 있는 것도 행복의 하나요 지위가 있고 명예가 있는 것도 행복의 하나다. 그러나 그 중에서도 번민이 없고 사고 없이 평온하게 지내는 것이 가장 크나큰 행복이고, 또한 불행에도 여러 가지가 있는데 사람에 따라 그 경우가 천차만별이다. 그 중에서도 가장 불행한 사람은 마음이 사방으로 흩어져서 스스로 마음을 잡지 못하는 것이라 하였고, 이에 반해 가장 행복한 사람은 내 마음을 조용히 한 곳에 여미고 있는 사람이라고 하였다."

나는 이 말에 전적으로 동감하고 있다. 사람의 욕심은 끝이 없어 하나를 얻으면 두 개를 갖고 싶어하고 두 개를 얻고 나면 열 개를 바라는 것이 인간의 마음이다. 욕심이 없는 이는 드물다. 그러나 진정으로 행복을 원한다면 작은 것에도 만족할 줄 아는 마음의 지혜가 필요하다.

일생을 살아오는 동안 부질없는 것이나 좀 더 나은 것들에 대해 쓸데없는 욕심을 내기도 하였고 그것이 행복이라 여기기도 했었다. 그러나 인생을 좀 더 살다 보니 참된 행복이란 각자의 마음속에 있다는 것을 깨닫게 되었다.

즉, 행복이란 정작 행복은 멀리 있는 것이 아니라 가까이 있는 것이고, 밖에 있는 것이 아니라 각자의 마음 속에 있는 것이라고 생각한다.

행복이란 절대 남에 의해서 얻어지는 것이 아니라 스스로 부단한 노력으로 정성을 다하여 가꾸어 자신의 내면에 쌓아 올려야 하는 것이다.

인생에는 비바람 부는 날도 있고, 눈이 내리는 날도 있다. 심하게 폭풍이 치는 날도 있고 따사롭게 햇살이 내리쬐는 날도 있기 마련이다. 그러나 자신의 마음속에는 언제나 희망의 태양이 떠 있고 힘찬 삶의 열정이 자리해야 한다. 아울러 자신의 행복뿐만이 아니라 함께 살고 있는 모든 사람들의 행복까지도 바라고 지켜주는 마음의 아름다움도 있어야 한다.

행복은 또한 자기만족에서 오는 것이기도 하지만 타인에 대한 행복을 바라지 않는다면 별 의미를 가지지 못한다. 세상은 남과 더불어 사는 삶이기에 혼자만 행복해서는 안된다는 말이다. 나보다 남을 더 배려하는 가운데 참 행복을 느낄 수 있는 것이기 때문이다.

얼마전 한 일간지에서 국가별로 사람들의 행복지수에 대해 조사를 한 기사 내용이 있었다. 공교롭게도 선진 강국보다는 작고 못사는 나라의 국민일수록 더 행복하다는 결과가 나와 있었다. 또한 상류층보다는 중하류 정도의 계층에서 행복치수가 더 높게 나와 있었다. 즉 행복이란 물질적 풍요보다 정신적 만족이란 명제를 단적으로 보여 주는 결과였다.

하지만 행복의 조건엔 몇 가지 부수적 전제가 따르고 있다. 의식주에 대한 걱정을 안해도 되는 재산과 사랑 받고 사랑할 수 있는 마음의 넉넉함, 그리고 건강인 것 같다.

작은 일에도 만족하며 감사히 여기는 마음과 이 세 가지 정도의 조건만 갖춰졌다면 모두 행복하다고 해야 할 것이다. 더욱이 내겐 지금 세상의 가장 든든한 의지가 되는 자식들과 손주들이 있고 언제나 정을 주고 받는 벗들과 종친을 비롯한 친인척 그리고 오랜 연을 맺은 학교와 군대, 사회의 고마운 선후배 동료들이 있으니 더 이상 무슨 행복을 바랄까!

─────

명예에 대하여

명예란 단어를 국어사전에서 찾아보면, 세상에서 인정 받고 존경 받는 좋은 이름이나 자랑이라고 되어 있다. 어찌 보면 명예라는 것은 일반 사람들과는 상당히 거리가 먼 말인 것 같고 또 어떤 특정한 이에게만 주어지는 것이라 여겨지기도 한다.

하지만 내가 처음 이 명예란 단어를 가슴에 담을 때 나는 이 명예란 단어의 뜻조차 잘 알지 못했었다. 단지 부끄러움없이 소신을 지키며 사는 것이라고 막연히 생각했을 뿐이다. 그러면서 남들로부터 존경을 받는 사람이 곧 명예를 지키며 사는 것이라 여겼었다. 그리고는 평생을 명예로운 사람이 되기 위해 노력을 경주해왔다.

나는 지금도 명예를 소중하게 여기는 사람이다.

나주 김씨 집안 사람으로서의 명예, 가장으로서의 명예. 호텔 직원으로서의 명예, 더 나아가서는 국민으로서의 명예를 목숨처럼 생각하는 사람이다. 월남전에서는 대한민국 해병대라는 명예를 드높이기 위해 목숨을 걸로 전투에 나서기도 했다.

명예란 거창하거나 멀리 있는 것이 아니다. 세상에 이름을 드높이 날리거나 대단한 공로를 세웠다고 해서 진정한 명예가 주어지는 것은 아니라 고 본다. 맡은 일에 최선을 다하며 정직하게 바르게 사는 것이야말로 자기 이름 석 자에 책임을 지고 스스로를 명예롭게 하는 것이라 생각한다.

요즘 각종 방송매체나 언론에 등장되는 사건 인물들을 보면 참으로 답답하기 그지없다. 모두 권력이나 이권, 명성에만 급급해 그것들을 얻으려고만 하지 막상 자신의 명예를 지키기 위해 애쓰는 이는 드문 것 같다.

나라의 정책을 결정할 때나, 건물을 지을 때도 자신의 책임과 명예를 생각하며 행동한다면 모든 불의와 부실, 거짓이 사라질 텐데 사람들은 이

것을 깨닫지 못하는 것인지 안하는 것인지 알 수가 없다.

각자 맡은 분야에서 자신의 명예를 소중히 지켜나간다면 아마도 이세상에 불의나 거짓, 무책임한 행동으로 인한 문제들은 결코 일어나지 않을 텐데 지금도 우리 사회에는 그런 일들이 비일비재하게 일어나고 있다. 참으로 염려스럽고 불안한 일이 아닐 수 없다. 이는 모두 자신의 명예를 망각한 데에서 비롯되어진다고 볼 수 있다.

돈을 잃으면 조그마한 것을 잃는 것이며 명예를 잃는 것은 큰 것을 잃는 것이라고 했다. 호랑이는 죽어서 가죽을 남기고 사람은 죽어서 이름을 남긴다 했는데, 사람은 모름지기 명예롭게 삶을 살아서 깨끗한 이름을 남겨야 한다는 것이 내 평소 지론이다.

명예라는 것이 세상에 이름을 드높이 날리거나 대단한 공로를 세웠다고 해서 주어지는 것은 아니라고 본다. 각자의 위치와 형편에서 분수를 지키며 정직하게 최선을 다하며 자기가 하는 일에 책임을 질 줄 알고 남에게 피해를 주지 않고 부끄럽지 않게 사는 것. 이것이 바로 명예롭게 사는 것이 아닌가 싶다.

후손들에게 하는 당부

이제까지 부모 속 썩이는 일 없이 건강하고 반듯하게 자라서 사회인으로서 각기 제 역할에 충실한 자식들에게 인생을 살아가는 데 있어 다소나마 참고라도 될까 생각이 되어 몇 자 남기려 하니 잘 새겨 두길 바란다.

첫째로 가문과 조상에 대해 소중하게 생각하는 마음을 가졌으면 한다. 그리고 오늘의 우리가 있기까지 가문을 세우고 지켜주신 조상님들의 은덕에 대해 늘 감사한 마음을 가지고 가문의 명예를 빛내고 지켜나가는 사람이 되었으면 하는 것이다.

나 역시 학창시절부터 군 복무 시절 그리고 사회에 나와 일을 하면서도 집과 부모님께 누가 되는 행동은 하지 않으려 노력을 했다. 또한 우리 가문에 부끄럽지 않은 후손이 되려 했다.

나의 할아버지와 아버지도 가문과 후손에 부끄러움이 없도록 살아오셨다. 아무리 세상이 바뀌고 시대가 변한다 해도 자식들 모두 우리 가문의 후손으로서 부끄럽지 않은, 자랑스러운 모습으로 살았으면 한다.

그 다음으로 나의 생활신조라 할 수 있는 성실, 근면, 정직, 인내, 검소를 삶의 좌우명으로 삼아 생활하는 사람이 되었으면 한다. 아무리 능력이 있어도 성실, 근면하지 못하면 어디에서든 인정받기 힘들고 또 정직하지 못하면 신뢰를 잃어버리고 만다. 신뢰를 쌓기에는 오랜 시간이 걸리지만 아주 사소한 일에 쉽게 무너진다는 사실도 유념하기 바란다. 자기 맡은 분야에서 묵묵히 성실하고 정직하게 최선을 다한다면 어떤 위치에서든 인정받게 마련이고 또 그에 대한 삶의 대가도 찾아오기 마련이다.

어떤 어려운 일이든 참고 견디는 인내심을 갖길 바란다. 요즘 사람들은 참고 기다리는 것을 할 줄 모르는 것 같다. 그저 빠르고 쉬운 것, 편한 것만 찾으려는 경향이 있다. 그리고 제 뜻대로 되지 않으면 쉽게 포기하고 만다. 인내심을 갖고 포기하지 말고 끝까지 이루려는 목표를 향해 정진한다면 그 사람에게 반드시 기회는 주어질 것이다.

있을 때는 없을 때를 생각하며 자기의 분수를 지키며 작은 것에도 만족하며 검소함을 잃지 말기를 당부한다.

마지막으로 모두의 건강과 형제간의 우애를 더하고 가정의 화목함을 항상 지켜나갔으면 하는 바람이다. 아무리 돈이 많고 지위가 높아도 건강치 못하면 다 소용없게 되고 가정이 화목하지 못하면 모든 것을 이룰 수 없기 때문이다.

특히 건강은 가정의 화목을 이루는 데 있어 사랑과 더불어 가장 중요한 부분을 차지하는 요소이다. 정신적 건강은 물론 육체의 건강을 위해 운동도 열심히 하고 긍정적이며 늘 적극적으로 도전하는 삶을 살며 정신 건강을 유지하기 바란다.

나 혼자만으로는 결코 행복할 수 없다. 형제간에 상부상조하며 화목하고 희로애락을 서로 같이 하며 또 서로간의 일을 내 일처럼 염려해주는 따뜻한 동기간의 정이 있어야만이 모두가 행복할 수 있다는 사실을 명심해야 할 것이다.

격몽요결의 가르침

2008년 어느 날에 쓴 건지는 안 적혀 있지만 아마도 대학 때 강의를 들으며 메모해 놓은 것으로 짐작된다. 아마도 마음에 와닿아 고이 보관해 놓은 듯하다.

이 내용은 율곡 이이가 쓴 격몽요결에 나오는 문장이다. 격몽요결이란 어리석음을 쳐내는 방법이라는 뜻이다. 어리석음을 쳐내니 지혜로워진 다는 것 아닌가!

첫째, 두용직頭容直이다.

항상 머리를 곧게 세워라. 이는 고개를 바로 세움으로 올바른 정신을 유지하라는 뜻이다. 끝났다고 좌절하지 마라. 아직 끝이 아니다. 끝인 듯 보이는 거기가 새출발점이다.

둘째, 목용단目容端이다.

이는 눈은 바르게 가져야 한다는 뜻이다. 단정한 눈에는 세상을 꿰뚫어보는 힘이 있다. 나아갈 방향을 보라. 눈매나 눈빛은 중요하다. 눈매를 안정시켜 흘겨보거나 곁눈질하지 말며 좋은 인상을 줄 수 있어야 한다. 맑은 눈 고운 눈매는 마주보는 이까지 행복하게 한다.

셋째, 기용숙氣容肅이다.

기운을 엄숙히 하라는 뜻이다. 우리는 세상 속에서 기 싸움을 하고 있다. 기 싸움은 무조건 기운을 뻗친다고 이기는 게 아니다. 리더가 기운이 뻗쳐 혼자 설치면 다른 사람들은 엎드려 눈치만 본다. 반대로 기가 빠지면 기어오른다. 이 조절이 리더십이다.

넷째, 구용지口容止다.

입을 함부로 놀리지 말라는 뜻이다. 물고기도 입을 잘못 놀려 미끼에 걸린다. 그렇듯 사람도 입을 잘못 놀려 화를 자초하게 된다. 입구口자가 세개가 모이면 품品자가 된다. 자고로 입을 잘 단속하는 것이 품격의 기본이다.

다섯째, 성용정聲容靜이다.

소리를 정숙히 하라는 뜻이다. 말은 할 때는 시끄럽게 해서도 안되며 바른 형상과 기운으로 조용한 말소리를 내도록 해야 한다.

여섯째, 색용장色容莊이다.

얼굴빛은 씩씩하게 하라는 뜻이다. 얼굴에 화색이 돌게 하라. 살기가 어렵다고 찡그리지 말고 애써 웃는 얼굴을 하라. 긍정과 낙관이 부정과 비관을 이기게 된다.

일곱째, 수용공手容恭이다.

손을 공손히 한다. 인간은 손을 쓰는 존재다. 성희롱 뇌물수수 등 손을 잘못쓰면 벌을 받게 된다. 잘 쓰면 누군가를 도와주는 일이 된다. 손이 두 개인 까닭은 한 손으로 자신을 돕고 다른 한 손으로 타인을 돕기 위함이다. 손을 사용할 때가 아니면 마땅히 단정히 손을 맞잡고 공수하여야 한다.

여덟째, 족용중足容重이다.

발은 무겁게 가져야 한다는 뜻이다. 즉 처신을 가볍게 하지 말라는 말이다. 발을 디뎌야 할 곳과 디디지 말아야 할 곳을 구별할 줄 알아야 한다는 의미이기도 하다.

아홉째, 입용덕立容德이다.

서 있는 모습을 덕이 있게 하라. 이는 서있는 모습은 의젓하게 가져야 한다는 뜻이다. 중심을 잡고 바른 자세로 서서 덕이 있는 기상을 지녀야 한다는 얘기다. 서 있을 자리 물러설 자리를 알고 처신하라는 말이다. 사람 됨됨이를 살필 때 몸가짐은 그것의 으뜸이 된다.

위의 격몽요결에 율곡선생이 우리에게 주는 교훈은 몸가짐뿐만 아니라 말투나 말씨까지 중함을 말하고 있다. 책을 내기 위해 자료를 정리하던 중 내용이 하도 좋아서 함께 나누고자 적어보았다.

사회에서의 생존전략

월남전에 참전해서 작전을 수행하기에 앞서 지휘관들은 전략을 짜고 전술을 동원한다. 우리 인생에도 전략과 전술이 있어야 살아남고 또 목표한 바를 이루게 된다. 스티비 비스쿠시란 사람이 직장인 생존철칙 50가지에 대해 정리했는데 나는 이것을 대학에 다닐 때 배웠다. 좀 더 미리 배웠다면 호텔에서 직장생활을 할 때 도움이 되었을 것이다. 수업을 들으며 이 내용에 대해 메모를 해놓았는데 직장생활을 하는 후손이나 호텔리어 후배들에게 유용할 것 같아 정리해보았다.

눈에 띄게 일하라

눈에 보이지 않는 직원은 해고 대상 1순위라는 사실을 명심해야 한다. 회사를 위해 아무리 헌신적으로 열심히 일한다 하더라도 그것이 상사나 동료의 눈에 띄지 않는다면 아무도 알아주지 않는다는 이야기다. 또 회의와 프레젠테이션에 적극적으로 참여하고 사내 실력자를 보고 배워라. 외모도 경쟁력이다. 늘 신경 써야 한다.

다루기 쉬운 직원이 돼라

잘 나가는 시기에는 불평을 하거나 동료와 불화가 있더라도 큰 문제가 되지 않는다. 그러나 회사가 어려운 시기에는 상황이 달라진다. 회사가 다루기 어렵거나 불평 바이러스를 퍼뜨리는 직원이 정리 대상 1순위에 오른다. 사적인 문제는 집에 두고 출근하라.

사생활을 노출시키지 마라. 항상 예의 바르게 행동하는 것이 중요하다. 또한 동료·상사와 언쟁하지 말고 '나'보다는 '우리'를 앞세워 융통성 있게 행동해야 한다. 특히 아낌없이 칭찬하고 많이 웃어 사무실 분위기를 밝게 만드는 것이 바람직하다.

필요한 직원이 돼라

불황기에는 맡은 업무를 성실히 처리하는 것만으론 부족하다. 자발적으로 일을 찾아 월급 이상의 일을 한다는 인상을 심어줘야 한다. 예를 들어 신입 직원의 멘토를 자청하거나 정보를 공유함으로써 전문가로 인정받는 것 그리고 경비를 절감하거나 새로운 수익원을 찾는 등 회사 수입을 늘릴 수 있는 방안을 적극적으로 찾는 것이 바람직하다.

늘 준비하라

예상하지 못한 상황에 대비하는 것도 중요하다. 업계의 변화, 고용환경의 변화에 대비해 이력서를 언제든 사용할 수 있게 업데이트해 놓아야 한다. 이것은 유사시의 경우 이직을 위해서도 필요하지만 구조조정으로 새로 부임한 상사에게 자신을 돋보이게 할 수 있는 방법이기도 하다. 또 자기계발을 통해 필요한 학위와 자격증을 취득하고 새로운 기술 도입에도 적극적으로 참여해 변화에 앞서 나가는 것이 필요하다.

한해를 보내며 남긴 기록들

2016년을 보내면서

올해도 바쁜 한 해가 될 것 같다. 경철이가 살고 있는 집을 헐고 새로운 집을 짓는다고 하여 걱정이 된다. 계획대로 잘되겠지? 설을 쇠고 난 뒤에 이사할 집을 구하기 위하여 이집 저집 다녀보았다. 그런데 이영남 해병대 선배님이 "나는 새로 지은 집으로 이사를 하니 집이 다 완성될 때까지 우리 살던 집에 와서 당분간 사는 것이 좋겠다."라고 하여 영하우스 301호에 자리를 잡을 수 있어 다행이었다.

5개월은 원래 영남이 형이 살기로 한 기간이어서 그대로 살았는데 8월이 되어서 한 달에 65만 원을 월세로 내라고 해서 계속해서 12월 말까지 관리비며 많은 경비가 지출되었다.

공사는 4월부터 시작되어 건물을 철거했는데 모든 것을 다 버리고 새 것으로만 장만한다고 하여 그동안 애지중지하던 것들이 쓰레기로 버려지는데 마음이 아팠다.

이 집은 가신 님아내과 여러 가지 난관을 헤쳐나가면서 1992년도에 어렵게 지은 집인데 말이다. 말문이 막힌다. 그러나 아들이 하는 일이라 참고 있어야 했다. 빨리 완성되기만을 기다려야 했다.

11월에는 성철이가 제주에 와서 사업을 한다고 해서 그것도 걱정이다. 여러 가지 조건이 맞는지 의문이다. 감귤은 매일 밭에 가서 비료 주고 김 매고 열매 솎아내니 제법 상품같이 되었다.

봄에 간벌은 잘했다고 해서 나뭇가지를 태우고 있는데 옆에서 신고하는 바람에 소방차가 출동까지 하였으나 이것이 이웃의 인정이란 말인가?

국가적으로는 있어서는 안될 일이 생겼다. 청와대에서 크나큰 사건이 일어나니 대통령이 탄핵당하고 매주마다 광화문에 모여 데모를 하고 있으니 나라 꼴이 말이 아니다. 무엇이 좋은지 거리에 나와서 노래 부르고, 거리 행진을 하는 것을 볼 때 '우리가 어떻게 만든 대한민국인데.' 하는 생각이 들어서 마음 아팠다. 최순실게이트라는데 국회의원, 청와대 참모들과 각료들은 4년 동안 무엇을 했는데 대통령이 어디로 가는지? 이 사건이 하루아침에 이루어졌겠는가? 한심스럽기만 하다.

잘한 일도 있었고 못한 일도 있었지만 너무한 것 같다. 옛날 일을 생각하니 쓰러질 것 같다. 월남에서 피를 흘리면서 외화를 벌고 파독 간호원, 광부 등이 땀을 흘리면서 이룩한 대한민국인데….

감귤은 탐스럽게 익어가서 가는 사람, 오는 사람 인사하고 지나간다. 11월이 다가와 밭떼기로 판매하였는데 12월초 5일부터 닷새 동안 수확해서 보내자니 이만저만 맘고생이 아니었다. 그러나 다행스럽게도 친척인 김신우가 와서 일주일 동안 같이 일하였다. 그러다 보니 몸이 고되고 몹시 아프다. 회복이 빨리 되어야 중국 나들이도 갈 텐데 하는 생각이었다. 13일 한파가 몹시 몰아쳤다.

12월 25에는 민정큰손녀, 성철의 딸이 식구가 왔다. 자라나는 손녀들을 보니 마음이 좋았다. 이것이 가족의 만남이라 본다.

다음 날 아침식사를 하고 나는 밭에 갔는데 아라동에 있는 성철이 사무실에 가서 문영진 사장과 1년에 1,500만 원을 받고 2년 계약을 하였다.

12월 27일 새로운 집으로 이사했는데 정리도 안 되어 있고 집이 완성되지 않아 불편한 점이 말이 한둘이 아니었다. 그러나 참고 이겨야지! 집 정리를 12시까지 해도 다 못하고 여기저기 난장판이었다. 선희, 웅재, 성철, 경철 내외가 다 같이 했지만 역부족이었다.

설 준비가 다 되고 지난해같이 창민이 가족과 형제 둘이 오고 선희 식구들이 와서 저녁을 먹고 여러 가지 이야기하면서 웅재의 합격을 축하하였다.

12월 31일 올해의 마지막 날인데 아침 일찍이 집 성주풀이를 한다고 하여 정리정돈을 하고 마침 종친회 일이 있어 집을 나왔다. 종친회 사무실에서 여러 가지 문제점을 듣고 풀어가기로 했는데 투룸 18세대가 완공이 안 되어서 근심이다.

큰누나가 제주에 온 지도 2년이 다 되었다. 처음에는 큰 걱정을 했는데 건강은 좋아보이나 말이 많은 것 같다. 자기는 자기대로 생활하는 것이 좋겠지만 나로서는 한다고 하는데 마음에 차지 않는지 뭔가 못마땅해 심기가 불편한 것 같아서 내 마음이 편치 않다. 저번에는 귤을 가지고 갔는데 "네가 주는 귤은 맛이 없다."고 한 말이 청천벽력과 같았다. 실망이 많았다. 하루빨리 큰아들 건일에게로 돌아가셔서 편안히 지내시는 것이 좋겠다고 기원해 본다.

외손자 웅재가 그래도 나에게는 희망을 주었다. 어릴 적에 할머니가 살아계실 때는 자주 와서 자고 갔는데 할머니가 하늘나라로 가시고 없으니 한두 번 오더니 안 오는 것 같아 섭섭하기만 했는데 초등학교, 중학교, 고등학교에서 일등만 하더니 난관을 극복하고 서울대학교 경제과에 합격하였다. 가문의 영광이고 나에게 희망을 주어서 감격하였다. 더욱더 비전과 용기를 갖고 훌륭한 나라의 일꾼이 되기를 외할아버지가 기원한다.

2017년을 보내면서

설날 아침에는 며느리들이 일찍 일어나서 준비하고 아들 둘이서 준비하여 9시 전에 진설을 마쳤다. 떡국 먹고 애들은 영평동에 가고 집에서 여러 가지 생각에 잠겼다.

12시에 제사 지내고 5시에 선희 가족이 와서 저녁을 같이 먹었고 후에 윷놀이를 하면서 하루를 마쳤다. 올해는 할 일이 많다. 조부모묘 이장과 부친묘 이장에 비석까지 해야 한다. 힘찬 한 해가 되기를 기원한다.

1월 5일 중앙종친회 신년하례회에도 김시호 회장과 같이 참석하여서 전국 종친들과 대화도 하고 정을 나눌 수 있었다. 23일에는 김봉익 종친께서도 우리 나주 김씨 책자를 책임지고 발간하겠다고 약속하였다.

나라는 하루도 조용한 날이 없이 두 갈래로 나뉘어서 서울 거리를 비롯하여 전국에서 데모를 하였다. 5월 대선을 한다고 하여 4당이 후보를 내고 다녔다.

우리 집안도 할 일이 많았다. 2016년 4월 15일 고조부님을 비롯하여 고조모님 두 분까지 장구물 선산에 모셨고, 5월 15일 증조모님 두 분을 증조부묘 옆에 같이 모셨다. 그리고 4월 5일 조부모, 부모님 3기를 이묘하면서 비석도 4기를 세웠다. 조상에 대한 것은 내 생전에 다 했다는 생각이 들어 마음이 편하다.

3월 초부터 감귤나무 전정작업을 열심히 하여 과수원이 제대로 되어가는 것 같다. 그러나 건강했던 내 몸이 점점 여러 군데 아프지 않은 곳이 없으니 걱정이지만 자신이 이겨나가야 한다. 내 손으로 용돈 및 가내 지출을 하지 못하며 사는 보람이 없을 것 같지만 그래도 관리하는 힘으로 버텼다.

또한 5월 25일 광진이 동생이 무안에서 모든 것을 정리하고 대전으로 이사했는데 너무 섭섭하고 마음이 아프다. 제주에 내려와서 노후를 같이 의논하면서 살았으면 했는데 내 희망은 물거품이 되고 말았다. 또한 가까운 친족인 김병협 형님이 세상을 떠나셨는데 슬프고 헛헛한 마음을 금할 길 없다. 그곳에서 영면하시기를 기원한다.

가을 들어서 감귤이 익어가는데 작년에는 6,000관 이상 생산했는데 올해는 상인이 2,000관밖에 안 된다고 해서 밭떼기로 500만 원에 판매하였다. 수확을 해야 하는데 1차로 11월 25일에 따가고 그대로 두어서 마음이 아팠다. 결국 안 따가서 남은 것 따느라 닷새나 일을 하였다. 겨울은 몹시 추운 날이 많다. 눈도 많이 내렸다.

마을회도 내가 회장직을 그만두고 젊은 층들이 새 임원을 구성하였다. 새 임원들이 구남마을을 위해 많은 활동을 해주기를 기대해본다.

손자들도 잘 자라서 이제는 자기 할 일을 하는 것 같은 느낌이 들었다. 집을 새로 짓고 나서 경비가 너무 많이 들어가는 것 같다. 이자며 관리비는 너무 많다. 어떻게 해나갔으면 좋을지 망설여진다.

제주에는 입춘이 되면서 많은 눈을 뿌렸다. 열흘 가까이 계속 내려서 우리 구남동에도 이렇게 쌓인 적은 1960~70년 이후 처음이었다. 정말 힘들었다. 지난 설날에는 우리 가족과 누님네 가족이 한자리에 모여 한 해를 돌아보고 앞으로 갈 길을 의논도 하는 자리를 만들었다. 많은 가족들이 오랜만에 모였다. 내가 큰 수입이 없어서 많이 도움을 주지 못하는 것이 마음이 아프다.

설날에는 친족들 특히 판석이네 사촌형제들이 많이 와서 한층 설이 빛나는 것 같았다. 세뱃돈도 많이 나갔다. 성철이가 처가에 간다고 4시에 울산으로 가족 데리고 가버리고 경철이네도 처가에서 같이 모이기로 했다고 가버리니 나 혼자 외로이 집에 있게 되어 섭섭하기 한이 없다. 이것이 고독이란 말인가. 늦게 오정훈 선생오두진 은사의 장남이 세배 왔고 밤에 사위가 와서 세배하고 떠나니 눈물이 났고 가신 님이 더욱더 생각이 난다. 새해에는 좋은 일만 있었으면 하는 맘을 가지면서 한 해를 시작하였다.

2018년을 보내면서

1월 초부터 추위가 기승을 부리더니 중순에는 전국이 많은 눈으로 덮였다. 지방이라고 예외는 아니었다. 제주공항에는 5,000여 명이 사흘 동안 발이 묶여서 많은 어려움이 있었다. 겨우 정리가 된 것이 15일 이후였다. 자주 비나 눈이 내리고 한파주의보가 있었다.

설을 계기로 해서 제주에서 설, 추석 명절을 다하기로 마음 가졌으니 한결 답답한 심정이 해결된 것 같다. 민수 엄마가 좋은 결단을 내려 주었다. 할아버지, 할머니 제사도 합제해서 제주에서 제를 모시게 되었다. 새해에는 모든 일이 잘 풀렸으면 한다.

1월 22일 새벽에 용범이 부친의 부고를 받고 너무나 슬펐다. 어려울 때 서로 의지하면서 서로 도우면서 살았는데. 3일장을 지냈고 나는 친족 대표로 장례식장에서 손님을 맞았다. 용범이가 종친회나 사회에서 많은 일을 해서인지 조문객들이 많았다. 23일 늦게 용일이가 집까지 데려다

주어서 편히 왔다.

24일 장지에도 못가고 민수 졸업식장에 갔다. 우리 손자 두 놈이 도지사 상을 탔는데 너무나 기분이 좋았다. 점심은 사돈과 함께 하려고 했는데 사양해서 우리 식구만 먹고 돌아왔다.

2월 4일 민정 엄마 식구들이 제주에 왔다. 저번 승현이 졸업식 날에 가서 여러 가지 이야기하고 난 뒤에도 마음이 놓이지 않았다. 그런데 식구가 다 와주었으니 정말 반갑고 다행이라 생각한다. 집안 분위기가 좋아졌다. 나도 힘이 났다.

광진이가 설이 되었는데 소식이 없어 내가 전화했다. 11시 30분에 설 차례 지내고 완석 가족, 판석 가족이 모이니 우리 집이 가득하여 좋았다. 특히 판석이가 건강을 많이 회복하여서 더 반가웠다. 종훈이, 지훈이가 간을 이식해주고 형제가 콩팥 이식까지 해주었으니 이런 효자가 없다. 완석이 가족도 많이 번창하여 각자 자기들의 할 일을 하고 있어서 마음이 놓인다. 완석이는 사회에서도 인정받는 일꾼이 되었으니 '이 할아버지가 잘 지도했구나.' 하는 생각이 든다. 정말 고마운 일이다.

3월 들어서 전정작업이 시작되었는데 작년보다 일감이 적어서 수입도 적다. 우리 밭은 나 혼자 열심히 해서 좋게 가꾸어 나갔다. 봄은 가고 여름에 접어드니 가뭄과 폭염이 시작되어서 물주기를 비롯해 계속해서 관리하지 않으면 안 되었다.

6월에는 병효 형님이 돌아가셔서 너무나 큰 슬픔을 주었다. 어려운 시기에 우리 집에서 여러 가지 도움도 주고 가구도 만들어 주신 분이다. 친형제같이 지냈다.

8월 10일 창민작은누나 큰아들이 조카가 사고로 죽었다는 청천벽력 같은 소식에 눈물이 앞을 가렸다. 왜 이렇게 되었는지 마음이 아팠다. 8월 15일에야 안장하게 되었다. 매형 옆에 장사지내었는데 사랑하던 제자들과 동료 교사들이 많이 참석하여서 더욱더 맘이 아팠다. 이렇게 갈 것을 서로 사랑하고 소통했으면 이런 일이 없었을것 아닌가. 잊자 한들 잊을 수가 있겠는가. 나에게는 슬픈 일만 찾아오는지. 나의 운명인 것 같다.

나라 돌아가는 게 탐탁지않다. 북한과 미국이 정상회담을 하고 정부는 북한만 생각하고 국민경제는 날로 어려워져가고 있다. 어떻게 종북세력들이 판을 치는 국가가 되었는지 나의 청춘을 다 바쳐서 잘 살게 만든 나라가 아니었던가 생각하면 잠이 안 온다. 내가 걱정한다고 나라가 잘되겠느냐만은 젊은 세대들이 정신 차려야 하지 않겠나 생각이 들지만 안되는 것을 어떻게 할 것인가? 올해는 나에게 슬픔만 주고 간 해인 것 같다.

10월 2일 주손인 원순이가 세상을 떠났다는 소식이 전해졌다. 너무 슬프다. 다음 날 부민장례식장에 가서 손님도 맞았다. 늦게 입관하고 손님들이 많이 오셨다. 늦게까지 있다가 내일 장례에 직접 가기로 하고 다음날 아침 성철이와 같이 장지에 가서 여러 가지 예를 갖추었다. 장례가 끝나서 집에 오는 길 내내 마음이 아팠다.

지금까지 우리 집안을 위해서 모든 일을 솔선수범하던 원순이가 없으니 누가 이 일을 해줄 것인가 생각이 들었다. 정말 열심히 살려고 노력하지 않았는가! 어려서 부모 없이 할머니 밑에서 자라서 어려움을 잘 이겨나가지 않았느냐? 이제 살만해졌는데 세상을 등지다니 섭섭하고 이 가정을 잘 이어가주기를 김창민원순의 아들에게 기대해 본다.

감귤 수확도 밭떼기로 팔아서 12월이 되어도 따가지 않아서 매일 밭

246

에 가서 한숨만 쉬고 있었다. 가을이라 날씨는 좋았지만 한파가 오면 감귤 품질이 떨어져서 안 된다고 생각하니 마음이 편하지 않다. 겨울 12월 10일에야 수확하기 시작하여 나흘 동안 다 마쳤다. 4,630관이 생산되었다. 전부 상품이 되어 주어서 감귤나무에 감사하는 마음이다.

우리 집안은 웅재가 군에 가는 대신 의무소방 근무를 하면서 사회를 배우는 모습이 좋다. 민정이가 고등학교 입학하고 민수, 승현, 웅범이가 중학교 입학하게 되어서 좋았다. 가고 싶은 학교로 가서 열심히 공부하기를 바란다.

2018년에는 도의 종친이며 사회에서 인정받는 분들이 많이 하늘나라로 가시니 섭섭하다. 1월 23일 김봉익 종친께서 우리 나주 김씨 책자를 책임지고 발간하겠다고 하셨다. 또한 2월 6일 유하영 회장께서 별세하며 시신을 제대 병원에 기증하셨다는 부고를 받고 슬펐다. 내가 1967년 10월부터 제주관광호텔에 근무할 때 제일 무서워하던 분이며 모든 것을 가르쳐 주신 분이다. 제주 서귀포호텔을 운영하면서 제주 관광에 한평생을 바친 분이시다. 내가 2002년 12월 〈영원한 호텔맨상〉을 받을 때도 축하하여 주기 위해 서울까지 오신 분이시다. 명복을 빌어본다.

2019년을 보내면서

바쁜 한 해가 시작되었다. 올해부터 김시호 종친이 나주 김씨 중앙회장으로 취임하고 나는 1월 4일 인충공파종친회장을 맡게 되어서 바쁜 한 해가 될 것이다. 김창해 부회장 내외와 같이 서울에서 열린 회장 취임 및 신년하례회에 참석하였다. 여러 종친들이 많이 오셔서 성황을 이루었다.

점심식사 후 옛 전우 이정윤 장군과 김장현 중사 등 옛 전우를 만나기 위해서 광진이 안내로 서울 가양역에 도착, 5번 출구에서 만나서 저녁식사를 같이 하고 옛 월남에서 생사를 함께 했던 이야기를 나누었다. 제주 해병사령관으로 오신 것을 환영하여 파티하고 헤어진 지 25년 만에 만나보니 세월이 많이 흘러서 어느새 홍안이었던 모습은 간데없고 노장군이 되었다. 생각하니 인생무상함을 느꼈다. 김장현 중사도 많이 늙었다. 나보다 한 살 위였다.

광진이와 같이 큰누님을 만나보고 오려고 했는데 만날 수 있는 상황이 못되었다. 허무한 세월을 원망할 수밖에 없었다. 광진이와 헤어지고 수원의 큰아들 집에 찾아가는데 옛날과 달라져 길 감각이 변한 것 같았다. 다행히 큰며느리를 만나서 집에 가서 쉬었는데 옛날의 모습은 간 데 없고 썰렁한 느낌만이 감돌았다. 하룻밤을 지내고 아침 먹고 승현이 졸업식에 참석하기 위하여 학교로 갔다. 점심식사는 중국집에서 하기로 했는데 일요일이라 여기저기 헤매다가 겨우 점심 먹고 헤어졌다.

버스 타고 고양시에 있는 김재옥 친구 집에 갔다. 친절하게 맞아 주었다. 저녁 먹고 여러 가지 이야기하고 시국 이야기까지 했다. 다음날 서울 시티투어 버스를 타고 시내구경을 했는데 가는 곳마다 빌딩숲으로 이루어져서 30년 전 서울 모습은 간 곳이 없어 보였다. 점심 먹고 친구와 헤어져서 김포공항으로 와서 제주에 왔다.

2월 4일 수원에서 큰며느리하고 두 손녀가 집에 왔다. 기쁘다. 설 준비로 매우 바쁘다. 올해는 창민이가 없어 저녁식사도 우리 식구끼리 하고 조용히 설을 맞이하기로 했다. 그러나 설날에 많은 친척들이 많이 모여서 세배하고 지내니 보람을 느낀다.

2월 말부터 과수원 전정을 하기 시작했다. 3월부터 영평 2일, 선흘 2일, 동회천 3일간 하고 여러 가지 사정으로 올해는 남군에는 가지 못했다. 호박파종 및 물외파종 등 많은 일을 했지만 여의치 않다. 봄에는 가뭄이 심해서 물을 많이 주었다. 3월 7일 비료를 1차로 뿌렸는데 혼자 하느라 힘이 들었다. 하다 보니 요령이 생겨서 쉽게 할 수 있게 되었다.

감귤 관리도 쉬운 것이 아니다. 농약은 날씨에 따라 15일~20일 사이에 일 년에 8~10회를 살포해야 하는데 태풍이 올 때는 48시간 이내에 약을 살포하지 않으면 병충에 감염되어 상품이 되지 않는다. 올해는 감귤이 잘 열리지 않아서 8월부터 밭떼기로 판다고 야단이다. 그래서 우리도 약 3,000관 수확에 500만 원 받고 팔아 버렸다. 감귤은 팔았지만 다시 상품을 만들어야 하기때문에 농약은 잘 주어야 한다. 올해는 9월부터 10월 하순까지 3차례 태풍이 와서 농약을 4회 더 주었다. 자연이 원망스러웠다.

추석 때는 대전에서 추석을 지내려고 하던 것을 올해부터는 제주에서 쇠기로 하여 집에서 우리 식구끼리 조용히 지냈다. 한편으로는 섭섭하지만 제사도 전부 합제하면서 제주에서 하기로 하였기에 그렇게 했다.

11월 2일 포천에 있는 시조단에 열린 시제에 참석해 제사 지내고 종친회 정기총회까지 했는데 의견이 너무 많아서 빨리 끝나지 않았다. 김시호 회장이 너무 힘드신 것 같다.

11월 14일 월남참전전우회의 전적지 순례에 참석하기 위해 인천상륙전시관과 강화도로 갔다. 북한이 2킬로미터밖에 떨어져 있지 않은 전망대에서 북한을 바라보면서 우리 세대에 통일이 되겠는가? 생각해 본다. 날씨가 너무 좋았다. 다음 날에는 아침부터 비가 오는데 관광지에 도착하면 날씨가 개어 우리를 환영하는 느낌이었다. 용산 전쟁기념관에서 옛날의 전쟁의 옛 모습을 볼 수가 있었으나 우리가 월남에 참석해서 전과를 올리고 신화를 남긴 해병 모습은 하나도 없어서 섭섭하였다.

아내 형제들이 1남 7녀 부부인데 그중에서 벌써 10명이 세상을 떠났다. 12월 16일 고문석 동서가 사망함으로써 동서는 2명 남고 처형들이 4명 남았지만 큰언니는 이시저시하는 형편이다. 인생무상이다. 옛날이 그리워진다. 새해에도 좋은 날이 많았으면 한다.

2020년을 보내면서

올해는 내 인생에 해야 하는 일들이 많이 생겨서 매우 바쁜 해다. 중앙종친회가 주관하는 신년하례회에 제주에서는 나를 비롯해서 창해, 정화, 인, 우현, 정희 고문, 시호 중앙회장이 참석해서 제주 종친의 위상을 높여 주었다. 각처에서 오신 인충공파 종친들이 많이 모여서 기분이 좋았다.

끝나고 귀향하는 비행기로 가려고 하는데 제주에 기상이 좋지 않아서 제주공항까지 왔다가 회항해서 김포공항까지 돌아왔는데 비행기표를 내일 것으로 변경하려고 하니 뜻대로 되지 않았다. 하는 수 없이 두 편으로 나눠 오기로 하고 공항 근처에 있는 모텔에서 히룻밤을 자고 아침 일찍 공항으로 갔으나 같아 못 오고 12시경에 탑승할 수 있었다. 정말 공계 회장님들 고생 많이 하셨다.

1월 25일 설날 전날 밤에 우리 가족 14명이 다 모여서 저녁을 먹으면서 여러 가지 이야기를 나누었다. 설날에는 진설하고 애들은 영평으로 친척 집에 제사 지내러 가고 우리 집에는 11시 30분에 제를 지냈는데 온 친척들이 많이 참석해서 너무 기분이 좋았다. 조카며느리까지 와서 위로하니 가신님 생각이 너무 그리워졌다.

2월 1일은 인충공파 종친회 신년하례회가 열리는 날이다. 코로나로 인해서 종친들이 참석할까 걱정했는데 중앙종친회, 시호 종친회장을 비롯하여 근학, 안웅, 면수 님을 비롯하여 인충공파 고문님들이 전부 참석해서 189명이 오셨다. 어젯밤부터 걱정했는데 날씨가 따뜻했다. 내가 근무했던 파라다이스 옛 호텔에서 했는데 관광호텔에서 4시부터 모이기 시작해서 5시부터 시작하여서 성황리에 끝났다. 중앙에서 오신 분 하는 말이 "김창해 부회장님께서 잘 모셔 주어 모든 분들이 만족했다."면서 좋아하는 모습을 볼 때 우리 회장단은 기분이 좋았다. 4월 5일 위남공 묘제에도 작년보다 적게 참석해서 마음이 아팠다. 날씨가 좋아서 다행이다.

감귤나무 전정도 해야 하는데 우리 밭에서 사흘 하고 이사장 밭에서 이틀 했는데 오른쪽 다리와 팔이 저려서 일할 수 없었다. 재홍 처에게 부탁해서 받은 제대 병원의 퇴행성관절염 약 먹고, 주사 맞고 계속해서 물리치료를 받고 해도 잘 낫지를 않았다. 코로나는 계속해서 확산되어 대구는 쑥밭이 되었다. 인구 형님이 걱정이 되어 위로 말씀도 많이 드렸다.

4월 26일 고내봉 입도로 성역 환경정리에 청년회 부녀회 21명이 참석해서 정리를 마칠 수 있었다. 제초제 살포하여 작년보다도 수월했다. 용연공 묘도 잔디를 새로 입혀서 보기 좋았다.

5월 5일 인충공 위시해서 20위의 묘제를 지내게 되었는데 아침에 비가 조금씩 내려서 걱정이 되었다. 7시 30분 토신제를 지내는데 비가 내리다가 본제를 지내려 하니 날씨가 좋아서 마음 편했다. 코로나로 인한 정부시책에 따라서 임원 및 각 공계 임원들만이 참석해서 45명의 음복으로 식사를 대행했는데 음식이 모자라서 부녀회원 및 청년회가 식사를 못해서 시내에서 하기로 하고 식대를 지불하였다.

5월은 오래 비가 오지 않아서 밭에 물 주느라 바쁜 시간이 흘렀다. 그런데 6월이 오니 계속되는 장마로 인하여 한 달가량 비가 왔다 하면 세차게 와서 밭이 물바다를 이루었다. 녹두 및 참깨, 콩농사도 제대로 되지 않아 일한 보람을 느끼지 못했다. 계속해서 물리치료 받고 하는 데도 힘이 모자란다. 종친회 행사로는 가을에 단합 체육대회가 열리기로 되었는데 정부 시책으로 모든 행사가 취소가 되어서 걱정이 되었다.

8월 9일 청년회에서 예산을 도와주면 오름 오르기 대회를 연다고 해서 지원을 약속하고 행사준비에 힘써 많은 종친들이 참석한 가운데 사려니숲에서 걷기대회를 했다. 다행으로 산천단 밑에 있는 식사시간에는 도위원과 고문 분들이 참석해 주어서 행사가 빛이 났다.

감귤밭에는 제주에 태풍이 세 번 내리 불어서 감귤나무 22주가 피해를 입었다. 감귤을 밭떼기로 판매해야 하는데 잘되지 않아서 고영민 사장에게 팔기로 했다. 싸게 팔았다고 야단이라서 내 마음이 병이 날 것 같다. 10월 들면서 감귤이 잘 익어가서 맘이 놓였지만 크기가 작은 열매가 많아서 고민이 생겼다. 자주 가서 솎아냈지만 가지가 너무 많아서 맘대로 되지 않았고, 코로나 때문에 감귤 소비가 줄었는지 가격이 내림세로 되어 걱정이 태산 같았다. 날이 갈수록 마음고생이 많아지는 것 같다.

나 혼자만의 걱정이 아니다. 전 농가마다 근심 소리가 들린다. 11월이 다 가도록 감귤을 수확해 가지않으니 밤에 잠이 오지 않는다. 일 년 동안 정성 들여서 상품을 만들었는데 상인이 전화조차 받지 않는다. 주위를 돌아봐도 우리 형편과 똑같다. 12월이 되어도 따간다는 소식은 없었다. 날마다 기대하지만 오는 소식은 감감무소식이다. 상인들이 너무 손해나서 여러 가지 말들이 많이 들린다. 마지막 달도 허송세월로 보낸다. 1월 2일에야 9명씩 이틀 동안 윗가지만 따고 밑가지는 따지 않아서 너무 섭섭했다. 그러나 3,000관을 따가니 멀리서 보면 수확이 완료된 것같이 보였다. 6시에 일어나서 이틀 동안 인부들이 와서 몸 녹일 수 있도록 나무를 모아서 불 피워 주니 너무 좋아했다. 정말 다행이다.

1월 17일 전부 따간다고 해서 인부들에게 좋은 인상을 주려고 일찍 밭에 갔는데 몹시 눈이 많이 내렸다. 그러나 계속해서 작업을 한다고 하니 내 일은 불 피워주는 것과 물 뜨겁게 해주는 일이다. 하루종일 눈이 내렸지만 계속 작업을 했다. 내일까지 한다고 하니 마음이 놓인다.

다음 날도 일찍 밭에 가서 불 피워준 다음 병원에 가서 물리치료를 받고 밭에 갔는데 인부가 12명이 와서 자동차에서 밥 해먹고 모두 마친다고 한다. 몹시 추웠지만 불 지펴주고 해서 무사히 마칠 수가 있었다. 다행한 일이라 생각이 들어서 저녁 늦게 한잔 먹고 쉬었다.

올해는 주위 분들이 하늘나라로 많이 가셨다. 6월 16일 존경하는 대구 강인구 형님이 가셨다. 너무 자상하시고 언제나 나의 벗이 되어 주신 형님 좋은 곳에서 편히 쉬십시오. 12월 23일 종부님인 경범 엄마 부고를 받고 한참 할 말을 잃었다. 젊은 나이에 종부로서 모든 제사, 묘제와 기타 종가 일을 열심히 하셨다. 남다른 봉사정신으로 일찍 남편을 잃고 세 아들을 잘 키워서 사회에 진출하게 하였고 재산관리도 잘했다고 본다. 한평생 봉사하다 가신 종부님 좋은 세상 만나서 낭군님과 같이 계시지요. 12

월 30일 근수 부친이 돌아가셨는데 조문도 못하였다. 한 해가 가는데 계홍 고문님마저 세상을 뜨다니 섭섭하였다. 우리 가문에 많은 공적을 남기신 분이다. 공무원 생활을 부시장까지 하시고 민선군수는 못했지만 사회에서 인정받는 분이셨다.

새해에는 많은 일이 순조롭게 되기를 빌어본다.

2021년을 보내면서

새해가 밝았지만 코로나19로 인하여 올해도 자유롭지 못할 것 같다. 계속해서 코로나 전염이 심해서 온 세계가 너무 걱정이구나. 설날도 조용히 지내야 했다. 종친회도 신년하례회를 못하게 되었다. 걱정이 너무 많아 임원회 및 전체이사회도 못하게 되었으니 임원총회에서 결산 및 예산을 의결해서 묘제날 통과시키기로 결정하였다. 마음고생이 이만저만이 아니다.

임기 중에 모든 부채를 다 갚으려고 했기 때문에 내 힘으로 할 수 있는 일은 입도조 성역 정비사업을 우선하는 것인데 사무국장과 같이 열심히 해서 주위는 많이 달라졌다.

5월 2일에 시제 및 총회를 했다. 민수 엄마, 경철이 가족, 성철까지 합세하여 재물 준비를 해서 식사도 70명 분 준비해 가니 모인 종친들께서 만족해하는 느낌이 들었다. 선물은 1만 원짜리 상품권으로 해서 좋은 반응을 보였다. 종친회장 하면서 부채상환 완료히고 종친회에서 존경받을 일을 했다고 자부한다. 할 수 있는 일은 다 했기 때문이다. 열심히 했다.

올 한해도 창해 새 회장님께서 잘해주기 바라는 마음뿐이다. 임원도 전부 유임하기로 했다.

　여름 들면서 가뭄이 심했다. 자주 물을 주면서 호박, 물외며 손을 썼는데도 결과가 좋지 않다. 참깨와 녹두는 효자 작물이었다. 태관이가 좋다고 해서 다 갖고 갔다. 콩은 윤작이다. 성철이가 8월부터 주택과 창고를 겸한 집을 짓기 시작했는데 몹시 신경이 쓰인다. 잘되어서 훌륭한 건물이 되기만을 기대하면서 창고를 임시로 80평 빌려서 성업 중이다. 몹시 바빠서 얼굴 보기가 어렵다.

　여름에 감귤을 밭떼기로 팔지 못해서 고민이었다. 감귤은 익어 가는데 상인들이 외면하니 마음이 아파서 잠이 오지 않는다. 11월에 선물할 것으로 35상자 분량을 따서 부쳤다. 나의 정성인 것이다. 다만 빨리 따서 팔아야 하는데 힘이 모자란다. 청년회에서 오전에 도와주었으나 가고 난 후 나 혼자 창고 입고하는데 힘이 들었다. 김태정 사장이 와서 택배한다고 해서 250만 원에 팔았다. 12월 13일까지 전부 수확하고 나니 마음이 편하고 나무에게 미안한 감이 사라진 것 같다. 80세가 넘으니 모든 것이 힘이 없다. 하기가 싫어지는 느낌이 든다.

　성철이와 가족이 합쳐서 제주에서 생활하기로 해서 반갑고 손녀 민정이가 한국외국대학교에 입학하고 민수, 승현, 웅범이가 고교에 입학하였다. 정말 잘 커주어서 감사하기만 하다. 민우도 키가 많이 컸다. 민영이도 잘 되기를 기원해 본다.

마음으로 적은 시와 단상

바퀴동산에 오르면

소년 시절 바퀴동산에 오르면
소나무숲 우거져 있어
우리 마을 생명줄이 되어 주었다.
땔감이며 솔가지 이것저것 모아
등짐 한가득 지고 장에 가서 팔았다.
우리 동네 보고인 바퀴동산
잊을 수가 없다.
바퀴동산에 올라 사방을 둘러보면
마을은 초가삼간이요
뜰에는 봄이면 보리, 유채밭이 있어
농사 짓는 풍경이 좋았고
오솔길 따라 덜컹거리는 마차에
짐을 싣고 가는 모습이 그림 같았다.
장년이 되어서 올라보니
사방이 과수원 되어 있어
봄에는 감귤꽃 향기 따라 벌 나비들이
춤을 추며 꿀을 따고 다녔다.

가을 되면 황금빛 물들어 보기도 좋았고

살만해지니 집들도 보기좋게 고치어

마을이 풍성해 보였다.

노년이 되어 올라보니

오솔길은 간데 없고 넓은 대로가 생겼다.

길마다 자동차 행렬에

옛날 농촌의 풍경은 간데 없고

사방이 빌딩 숲을 이루고 있으니 마음이 아프다.

소나무 숲이던 바퀴동산도

소나무재선충 병에 걸려 다 죽고

몇 그루만 외로이 서있다.

이것이 나의 인생길을 보는 듯 하구나.

인간이나 자연이나 서로 닮아가면서

살아간다는 생각이 든다.

2022.10.15.

당신에게

간다고 하면은 못 가게 하나!

너무 빨리 헤어져 먼 길을 가다니

해줄 것 못해주고, 가지고 싶은 것, 하고 싶은 것

먹고 싶은 것, 입고 싶은 것, 하고 싶은 것 전부 해줄 것을.

마지막 나에게 미안하다고 한 말이 마지막 말이 되었고

엄마 이상하다는 딸 전화에 뛰어와보니

당신은 이미 저 세상 사람이 되었네.

내가 너무 무심했나.

눈을 감지 못한 채로 성철이

오기를 기다리는 듯. 큰아들 도착 후

엄마 나왔어 하면서 눈을 감기니 그제야 눈을 감네.

세월이 흘렀지만 너무도 가슴 아파서 못 견디겠소.

MBC 늘푸른 인생 아침방송을 보면서

마음 아파서 얼마나 눈물을 흘렸는지,

이제는 손자 손녀들이 7명이나 되었다오.

당신이 뿌린 씨앗이라 생각하면서 살아가고 있소.

이 글을 쓰면서 하염없이 눈물이 앞을 가리네.

힘있게 열심히 살아가겠다고 다짐하면서도

불쑥불쑥 생각나는 당신.

2013.1.21.

눈 내리는 오후에

귤 따는 농군

먼동이 텄구나.
귤밭으로 나가는 농군
귤밭에는 햇빛을 받아 황금빛으로 변하고
귤 따는 아낙네들이 웃음 지으며 귤을 따네.
째깍째깍 가위소리에 장단 맞추어
귤들이 신이 나서 뚝뚝뚝 노래 부르듯
광주리에 가득 채우니 농군은 신이 나서
춤을 출 듯 바삐 귤을 나르네.
오늘도 가득 실은 손수레는 힘이 드는지
수레 바퀴가 고장이 났구나.
농군은 그래도 좋다고 웃음 짓네.
하루종일 일 마치고 가는 아낙네
노동에서 벗어나 한숨 내쉬네.
귤 가득 실은 차 떠나가네.
우리네 농군 보화가 가득하니
웃음이 절로 나네.

2012.11.20.
귤 따는 풍경을 보며

감귤나무의 고마움

나는 아침에 기상하여 감귤원에 간다.
밤에 잘 있었는지 얼마나 자랐는지
병충해는 없는지 바람에 상처는 없는지.
나는 점심 먹고 또 감귤원에 간다.
나무와 대화를 한다. 모자란 것이 없는지
가뭄에 물이 필요한지 비료영양이 부족한지
대화를 한다.
무더운 철이 가고
풍성한 가을이 찾아오며
감귤은 무럭무럭 자라서 온통 금빛으로 변한다.
나는 감귤밭에서 행복을 느끼네.
나에게 희망과 용기를 주는구나.
감귤나무야 고맙다.
일의 보람을 느끼며
인생의 참맛을 알았구나.

2011.11.

감귤 꽃의 향기

귤밭의 귤꽃향기는 가득한데
가신님의 향기는 간데 없네.
귤꽃향기 맡으니 가신님의 향기가 느껴져
눈물이 앞을 가리네.
임은 갔어도 님의 향기는 감귤꽃향기로 남아
나의 마음에 꽃을 피워 주네.
임에게 사랑 덜 주고 보낸 이 마음
언제나 섭섭하고 마음이 아프다오.
눈시울이 뜨거워
봄 아지랑이처럼 눈물이 앞을 가리네.
임이 뿌리고 간
새싹들은 무럭무럭 자라서
내 손자 손녀들이네.
임이여 고이 잠드소서.

2012. 5.

추억 어린 옛 목장을 보고

옛날 50년 전 우리들의 소와 말을 4월부터 10월 말까지 방목하였던 곳에 한라산리조트가 형성되었다. 15킬로미터나 되는 거리를 아침 일찍 일어나서 산머리 바윗길을 올라서 소를 몰고 민밭을 거쳐서 방대문 죽성마을 아라 윗동산을 거쳐서 계동 구름으로 이어지는 길을 걸어서 다니던 길.

그 목장 지대는 고된데못 가운데못 광남못 등 소말들이 넓은 광야에서 마음껏 풀을 뜯던 곳이었다. 지금은 한라산골프장과 리조트가 조성되어 관광객 및 제주도민이 골프를 즐기는 곳이 되었다. 그런데 총지배인 모임이 한라산리조트에서 열리니 감개가 무량하구나.

옛날 처음 번쇠번을 설때 돌봐야 하는 소를 몰고 계속 산으로 올라 물을 먹이고 돌아왔던 기억이 새로웠다. 지금 길에서 한라산 쪽을 바라보면 난타호텔 모습이 보인다. 시간이 나면 동생과 같이 옛날을 회상하면서 다시 가고픈 곳이다.

칼다리와 서굴치 풍경

옛날 관음사 서쪽 지대의 목장지대는 오등동, 아라동 동민들이 방목하는 소와 말이 떼를 지어 봄부터 늦가을 첫눈이 내릴 때까지 풀을 뜯던 우마의 터전이었다. 우리집도 소, 말들에게도 먹이를 주기 위해 걸어서 찾아갔던 곳이다. 개울가에는 물이 마르지 않고 있는 칼다리 옆 물은 가뭄에도 마실 수 있는 물이다.

칼다리는 양옆으로 낭떠러지가 있어 조심하지 않으면 떨어져 소, 말들이 죽음을 맞이할 수도 있는 곳이다. 아무리 날쌘 소나 말이라도 이쪽으로 몰아 양쪽에서 목을 지키면 꼼짝없이 잡히고 만다. 제주말로 워리 쇠방목 중에 태어난 소 날쌘 말 등은 이곳에서 고삐를 메는 곳이기도 했다.

그러나 지금은 도깨비 도로가 되어 관광객들이 즐기는 곳으로 변했다. 북쪽 경사면을 무동력으로 가는 신기한 도로다. 제주에는 1100도로와 축산진흥원 인근에 한 곳이 더 있다.

옛 영평동 신소물터

11월 10일 증손자뻘 되는 우리집 주손의 49재 일이다. 아침 먹고 버스 타고 옛 고향 영평에 갔다. 옛 모습은 없고 아파트 및 빌라가 너무나 많이 들어서 어디가 어딘지를 모를 정도였다. 9시 반에 초등학교 입구에 도착하여 신소물이 좋은 곳이라는 뜻로 향했다. 우리밭에 있던 족제비골을 보았다.

옛날 모습은 간 곳 없이 잔밤나무 도토리나무는 많이 자라서 숲을 이루고 있었고 조금 지나 골생이 동산을 지나 신소에 이르렀는데 다리가 생겨 있어서 산천이 변했다는 느낌을 주었다. 사찰에서는 49재가 시작이 되었다. 잠시 신소물을 바라보니 자연 모습은 간데없다.

49재를 마치고 옛날을 생각하면서 물가에 자세히 보니 옛날 푸른 물은 간데가 없고 오염된 물로 가득 차 있다. 그 옛날 주위에 흐르던 샘물도 보이지 않았다. 어린 시절 우리집에서 신소까지 우마를 몰고 머슴들이 앞서거니 뒷서거니 해서 물을 먹이러 갔던 생각이 많이 났다. 4·3사건 나기 전에 아버지께서 우마를 전부 팔고 정리한 것 같다.

그래서 마지막 적다말 어미의 새끼까지 팔려고 해서 어린 마음에 아버지가 많이 원망스러워 우니까 누님이 나를 업고 딴 곳으로 갔는데 그 말은 결국 팔리고 말았다.

손주 서러움을 아신 외할아버지께서 회색털의 총마 망아지를 주셨는데 이 말이 신소에 물을 먹으러 가면 고비를 뿌리치고 도망을 가서 아버지께서 외가에 가서 데리고 왔던 기억이 새로웠다. 마을 회관은 옛날 공회당이라 하여 밤에는 야학장소로 한글과 산수를 가르쳤다. 그러나 4·3사건으로 인해서 계속되지 못했다. 그러나 지금도 옛날 팽나무는 지금도 옛날의 모습을 그대로 보여주어서 나의 옛 고향의 향기를 느끼게 했다. 나무야, 너라도 자리를 지키고 있어 고맙구나.